講談社文庫

悪道　五右衛門の復讐

森村誠一

講談社

目次――悪道　五右衛門の復讐

悪《あく》道《どう》　五右衛門の復讐

悪道——現世で悪事を犯した者が、死後、落ちて行くところ。地獄、餓鬼《がき》、畜生、阿修羅《あしゅら》の四悪道の意味。

また悪を接頭語としておおむね人名について、その人が抜群の能力、気力、体力、超常の能力を持っていることを示す。例えば悪源太《あくげんた》、悪左府《あくさふ》、悪五郎《あくごろう》など。

道は移動する旅人や物資を運ぶためにある。人や物が動かなければ道は必要ない。本書の悪道は通常の道ではなく、常に危険や、困難や、敵などと戦い、これを克服しなければ生き残れない超常の道であることを示す。

本シリーズの主役流英次郎《ながれえいじろう》は、本能寺《ほんのうじ》の変のとき、堺《さかい》に居合わせた家康《いえやす》を、浜松《はままつ》に帰還するまで敵性地を護衛した伊賀《いが》忍者の末裔《まつえい》である。

彼の許《もと》に集った、天才女医・おそで。

累代《るいだい》、書物奉行付お調役《しよもつぶぎょうしらべやく》の名義に隠れての将軍影武者養成役、立村《たつむら》家の息子・道之介《みちのすけ》。

稀代《きたい》の剣客《けんきゃく》・雨宮主膳《あまみやしゅぜん》。

幕府の秘匿《ひとく》暗殺集団の一人、故霧雨《きりさめ》の弟・村雨《むらさめ》。

掏摸《すり》の名人・銀蔵《ぎんぞう》。

稀代の早耳、耳音《みみおと》（情報）収集役の元雲助《くもすけ》・弥《や》ノ助《すけ》。

そして、豪商紀文《きぶん》（紀伊国屋文左衛門《きのくにやぶんざえもん》）に養われ、柳沢吉保《やなぎさわよしやす》に仕えた後、一統に加わった水陸両用の遣い手《つかいて》、イルカ使いと変装の名人、絶世の偽装美女・貴和《きわ》。

弥ノ助の馬で、圧倒的な疾足《しっそく》を誇るかさね。

以上、八人一頭の面々が、天下の名将軍を務める御当代影《かげ》の隠れた護衛役となって、天下の大変をさばいていく。

徳川の勢威定まる江戸中期にあって、お膝元《ひざもと》に隠れる凶悪な気配を察知した英次郎一統が、再々度立ち上がらざるを得なくなった。

かつてなかった殺気が天下の泰平《たいへい》を脅かし、戦国の世に引き戻そうとしている。

平和惚《ぼ》けした幕府と江戸四民は、英次郎一統が予感した不穏を能天気に嘲笑《わら》うだけであった。

江戸の朝飯《あさめし》

江戸は春たけなわ、天下は泰平である。

江戸の町の夜気《やき》の中に沈丁花《じんちょうげ》の芳香が漂い、花見名所の桜が、花冷《はなび》えの夜の後、一斉に開く。

桜が満開となり、折からの春風に乗って花吹雪《はなふぶき》の後を追うように、桃《もも》や、木蓮《もくれん》や、藤《ふじ》や、少し足を延ばした郊外には蓮華草《れんげそう》や、菜の花が田園を彩《いろど》る。

どんな平凡な街角も花に囲まれ、あまねく春光が降り注いで溌剌《はつらつ》としている。

江戸を彩る花を反映するように、町には早朝から「花買いませ」と、花売りののどかな呼び声が聞こえる。

つづいて「えー、桜草や桜草」と声高く売り歩いて来るのは、植木屋の荷《にな》い売《う》りで、優雅な少女の花売りに比べて威勢がよい。

その後から野菜売りや、季節の惣菜《そうざい》と煮物売り、豆腐屋《とうふや》、魚屋などが、各町内をまわって来る。

花売り、魚屋、つまみ菜売りなどは早起きであるが、各町内のお得意をまわる時刻は定まっている。住人たちは行商の訪問を暮らしの時間表にしている。

午後にまわると、気の早い蚊帳《かや》売りが「萌葱《もえぎ》の蚊帳ぁ」と一町《いっちょう》一声《いっせい》、歌うように美声を競い合う。

蚊帳売りに誘われるように、風鈴《ふうりん》売りが各町内に涼しい音を振りまく。五月半ばから朝顔売りが早朝から出て来る。

金魚売りや苗《なえ》売りも、晩春から初夏にかけて現われる。

蚊帳売りをはじめとして、いずれも美声の持ち主で、彼らののどかな売り声を聞いていると眠くなってくる。

金魚売りや、蛤《はまぐり》やさざえ売りが商品を野良猫《のらねこ》に盗まれるのは、この時刻である。

江戸の平和を象徴するような街角泥棒《どろぼう》の主役は野良である。売り手は野良に狙われているのを知りながら、舟を漕《こ》ぎ、盗まれたのを気がついても追いかけない。

地方ではなかなか見かけられない江戸ならではの風景である。

雛祭《ひなまつ》りが終わると、「出替わり」と称《よ》ばれる雇い人の交替日になる。延長する者もいれば、帰郷する者もいる。いまでいう新入社員は新品《しんぴん》、帰る者は帰参《きさん》、残る者は長《ちょう》年者《ねんしゃ》と称ばれる。

これが一区切りして、武家屋敷の宿下がりとなる。丁稚《でっち》の藪入《やぶい》りと異なり、武家の奥女中が三日から五日、暇《ひま》が出て、実家へ帰る。

現代でも年度末は三月である。移動の季節の源は、江戸期の三月、人間交替期にある。

徳川《とくがわ》の威令《いれい》は全国に及び、海外の脅威《きょうい》もなく、江戸の四民は天下泰平を満喫《まんきつ》していたが、元禄《げんろく》から宝永《ほうえい》にまたがるこの時期は、大奥に威を振るい、政治にまでくちばしをはさんだ将軍綱吉《つなよし》の生母、桂昌院《けいしょういん》が身罷《みまか》り、紀伊《きい》の徳川頼方《よりかた》が紀州《きしゅう》徳川家の家督を相続するなど、幕府の上層部には少なからぬ波動があった。

それも庶民にはほとんど影響がない。地方では農民が重税に苦しんでいても、江戸の町人は無税であり、この間、江戸の名物とされた火災も、持たぬ者は身軽で、その日暮らしの住民までが、芝居《しばい》小屋や、寄席《よせ》や、両国《りょうごく》へ出かけたりする能天気な日々を送っていた。

この時期、幕府は痩《や》せ馬《うま》、痩せ犬の飼養《しよう》を命じる「生類《しょうるい》愛護令」を発したが、「生類憐《あわれ》みの令」に比べて、かなり緩いものであった。

痩せ犬が町を歩いていても、咎《とが》めはない。訓示的な動物愛護令であり、四民はむしろ、この下令を歓迎した。

流英次郎以下一統は、江戸の春を満喫していた。満喫しながら、実は退屈していた。

伊賀忍者の末裔・英次郎に率いられる医、文、武、三道にわたる一騎当千の一統は、将軍の密命のもと、何度も共に死線をさまよって来た。

すべての密命を果たし終えて、一統は帰府して以来、お膝元《ひざもと》の泰平にどっぷりと浸《つか》り、歴戦の疲労を癒《いや》していた。

だが、そんな疲労は、一昼夜たっぷりと眠れば、きれいさっぱり癒せる。

おそで一人だけは、帰府すると同時に、休む間もなく待ちかねていた患者たちの治療に追われていた。

退屈した一統は、道之介を除いて、いつも門扉を開いている英次郎の組屋敷に集まって来た。道之介一人は、毎夜のごとく市中の岡場所《おかばしょ》（私娼窟《ししょうくつ》）に通って、江戸の春を楽しんでいる。

後代《こうだい》・家宣《いえのぶ》の座所である西城《せいじょう》の護《まも》りも、徳川に対抗できる敵は消滅しており、形式になっている。

「いや、まいった、まいった。天下泰平がこんなにも退屈とはおもわなかったわい。

全身に黴《かび》が生えてくるようだ」

と主膳がぼやいた。

「私《あっし》らはとにかく、かさねが可哀想《かわいそう》です。お歴々をお乗せして、敵を蹴散《けち》らす出番を失い、かさねは毎日、髀肉《ひにく》でなく、ひひんの嘆《たん》をもらしておりまさあ」

元掏摸《すり》の名人・銀蔵が言った。

「ひひんの嘆ではなく、指の嘆《エンコ》をもらしているのは、おまえさんじゃねえのかい」

雲助の弥ノ助が茶々《ちゃちゃ》を入れた。

「そういうやの字こそ、雲から落ちたごろ助のような顔をしてるぜ」

銀蔵が言い返した。

「雲から落ちたごろ助とは、なんでえ。おめえさん、指が錆《さ》びねえように、いったん掏《す》った財布をタロー（被害者）の懐《ふところ》に戻したのを、おれが知らねえとでもおもっているのかい」

「そういうやの字も、町で綺麗《きれい》なねえちゃんをひっかけてよ、かさねに一緒にまたがっていちゃいちゃしているじゃねえか。いつの間に、弥ノ助平《やすけべい》になったんだよ」

「まあまあ、二人とも抑えて、抑えて。黴が生えたのは、みんな同じことよ。黴が生えねえのは、おそで先生と、その手助けをしている貴和さんだけだ」

村雨が二人の間に割って入った。

このところ、道之介も岡場所通いに疲れたらしく、自分の組屋敷でごろごろしている。

一統が閑《ひま》をもてあましているとき、御駕籠口《おかごぐち》への召《め》しだしがきた。西城の護衛を申しつけられてから、本城御駕籠口への召しは久しぶりである。

側役《そばやく》を介さず、影将軍が直々《じきじき》の命を下すときは、御駕籠口へ呼ばれる。

英次郎は久方ぶりの直召に蒼惶《そうこう》として登城した。

御駕籠口には将軍がすでに障子《しょうじ》を引き開けて待っていた。周辺に側の者はいない。

「英次郎、久しぶりじゃのう。本日は早朝より大儀である」

中庭に距離をおいて平伏している英次郎に向かって、将軍は労《ねぎら》いの声をかけた。

「上様にはご機嫌麗《うるわ》しく、祝着《しゅうちゃく》に存じ……」

と英次郎が紋切《もんき》り型《がた》の挨拶《あいさつ》を述べ始めると、

「よいよい。堅苦しい挨拶は抜きじゃ。そちの姿をしばし見ぬので、寂しいおもいをしておったぞ。一統の者は元気に過ごしておるか」

「我ら末の者をお心におかけくださいまして、恐縮至極に存じ奉《たてまつ》ります」

英次郎は平伏したまま答えた。

「面《おもて》を見せい。苦しゅうない。近うまいれ」

影は手を挙げて差し招いた。

本来は、将軍直々に進み出よと言われても、畏《おそ》れ多く、進まんとしてあたわざる体《てい》をして両肩を形ばかりに左右に動かすのみで、元の座に伏したまま、御用を承るのであるが、英次郎は言われた通り膝行《しっこう》し、将軍の身体《からだ》に手が届きそうな距離にまで近づいた。英次郎ならでは許されぬ距離である。

「其《そ》の方《ほう》、西城（後代家宣）の市中微行《びこう》の際、一統の者どもを率い、市中見所を案内《あない》したそうであるな」

「ご仄聞《そくぶん》に達し、恐縮至極に存じ奉ります」

いずれは将軍の耳に達すると覚悟はしていたが、英次郎は身体を縮めた。

「その折、鰻《うなぎ》の蒲焼《かばやき》とか申す絶品を商《あきな》う店に立ち寄ったと聞いたが、まことか」

将軍は畳みかけるように問うた。

「ははっ、畏れ入りましてございます」

英次郎はますます身を縮めた。後代の市中微行案内など、途方もないことである。ましてや、下賤《げせん》の者の可食物を後代の口に入れさせたとあっては、申し開きの言葉もない。

「余は、西城の守護をせよとは命じたが、町の微行の案内をせよとは言わなかったぞ」

将軍は笑いを含んだ声で言った。

「申し訳ございませぬ」

英次郎はひたすら恐縮するばかりである。

「よって、其の方に余の城外微行の供を申しつける。一統の者どもにも伝えよ」

将軍は途方もないことを言い出した。英次郎は束の間《つかま》、返す言葉に詰まった。

「肝心なことを忘れておった。後代を案内した鰻の蒲焼なるものを商う店に、余《よ》も案内せよ……」

「上様、そ、それは……」

ようやく言葉を押し出した英次郎に、

「よいか。このこと、きっと申しつけたぞ。日取りは伯耆守《ほうきのかみ》より申し渡す。今日は大儀であった」

将軍は英次郎の返答を聞く前に御座《ござ》を立った。英次郎が声を発する前に、障子がするすると閉まった。

将軍の市中外出は、祖先累代の法事、参詣《さんけい》や狩り、せいぜい柳沢邸遊訪に限られる。市中といっても、庶民の生活からはほど遠い、徳川家由来の神社仏閣《ぶつかく》、囲われた牧場に限られる。

遊訪ではあっても、城内から神田橋《かんだばし》御門前の柳沢邸まで、ほんの一投足《いっとうそく》である。郭《くる》内《わ》重臣の邸《やしき》が建ち並ぶ通りを往復しても、なにも面白いことはない。

将軍が微行したい先は、庶民の体臭の立ち込める市中である。身分を秘匿《ひとく》して市中を微行するのは、かねてからの夢であったらしい。

為政者たちも、下々の諸情に通じていなければならない。

おそらく西城の微行を漏《も》れ伝え聞いて、かねてより胸に畳んでおいた自らの微行を実行しようとおもい立ったのであろう。

特に、鰻の蒲焼が気になっているらしい。およそ城内での食事は、食材は選《え》りすぐられていても、味は最低である。

熱いものは熱く、冷たいものは冷たく、庶民ならば、なんの苦労もなく口に入るものが、熱いものも冷たいものも、長い廊下を運ばれてくる間にぬるくなっている。

早朝から灯《ひ》ともしごろにかけて、多彩な食品や、惣菜や、新鮮な野菜や魚介類が、行商人によって豊富に運ばれて来る庶民の長屋と異なり、城中での飲食物はおよそ限られている。

天下に君臨する将軍の食生活が、裏長屋の庶民の食事にはるかに及ばないのである。

英次郎が御駕籠口に召し出されて二日後、大目付《おおめつけ》、仙石《せんごく》伯耆守に呼ばれた。伯耆守私邸に赴いた英次郎を、奥の私室に通した伯耆守は、

「上意、改めて申し渡す。心して聞くように」

と前置きをして、

「明朝明け六つ（午前六時）に、其の方、一統を率いて不時門《ふじもん》（非常時用脱出門）に待機せよ」

と命じた。

前回、家宣市中微行の際、待機していた場所と同じである。

五つ（午前八時）には、若年寄《わかどしより》や、奏者番《そうしゃばん》、書院番《しょいんばん》などが登城し、各奉行、大目付、高家《こうけ》などが前後して登城して来る。四つ（午前十時）には老中が出て来る。将軍自身、四つ刻には御座の間《ま》に出御《しゅつぎょ》しなければならない。

「宿直《とのい》、門番、すべて心得ておる。上様、市中微行の儀、其の方に託す。御身の安全保障は其の方共にかかっておる。その旨《むね》、町奉行所には一切申し伝えておらぬ。上様、御無事に帰城なされるまで、ひとえに其の方共に采配《さいはい》を委ねる。針一本すら御尊

体に触れぬよう、きっと申し渡したぞ」

と、伯耆守は緊迫した表情で命じた。

天下泰平とはいえ、江戸へ行けばなんとかなると、全国から食い詰めた輩《やから》が集まって来ている。

江戸に出て来ても、家主の許しを得なければ長屋に入居できない。宿無しは帳外者《ちょうがいもの》（無宿者《むしゅくもの》）として、食（職）を探して野良犬のようにうろつきまわる。

「生類愛護令」で緩和されたとはいえ、野良犬は中野《なかの》犬舎に集められ、養われる。市中をうろついている帳外者の中には、凶悪なお尋ね者も混じっている。市中にはどんな危険が潜んでいるかもわからない。

伯耆守が町奉行所に将軍の微行を伝えなかったのは、奉行が将軍の警護に奉行所の総力を動員しかねないからであろう。将軍の警護に集中している隙《すき》に、どんな事件が発生するかもわからない。将軍はそれを恐れて、奉行所の動員を禁じたのであろう。

この日は疲労が重なり、一日の休養を取ると告げて、奥に引きこもる手配をしている。城内での将軍としての一日の行事をすべて放棄して、城外での〝自由〟に使う。おもうだけでも心が弾《はず》む一日である。

将軍の城内での一日は、まだ薄暗い本丸中奥《ほんまるなかおく》で、「もうー」という宿直の小姓の発声によって始まる。

起床後、洗顔、祖霊跪拝《きはい》、御整髪、御殿医健診、朝食、私的な所作、平常勤務服に着替えて、御座の間に出御する。そして、老中以下、多数の人間に会い、政務、報告に目を通し、耳を傾け、一片の自由もない。

権力の絶頂に立つ者は、家臣や庶民が日常茶飯事《にちじょうさはんじ》として手に入れる自由を捨てなければならない。大奥ですら、猜疑《さいぎ》と、嫉妬《しっと》と、競合の目に取り囲まれている。

政《まつりごと》は一日も休めないが、天下泰平時、代行が利《き》く。

今日という一日は、影が将軍に就任してから得た初めての自由時間である。

貞享《じょうきょう》元年（一六八四）十二月に保井算哲《やすいさんてつ》によって創設された天文方《てんもんかた》が、今日一日の快晴を予報していた。生涯にめったに得られない自由な一日を、悪天によって台無しにされたくない。

影になる以前、人商い（人買い）に買われる前の自由は、貧窮《ひんきゅう》のどん底にあり、影にされた後は、影役の教育によって以前の記憶を完全に消去されている。

綿密な計画を踏まえての今日の微行であった。

江戸の明け六つはまだ薄暗い。だが、江戸湾に向かい合う東方の空は、今日一日の晴天を保証する金色に染められている。

「大儀である」

不時門で、英次郎以下一統に合流した将軍は、幼児のように弾む胸を抑えて鷹揚《おうよう》に労った。

まだ江戸の町は完全に目覚めていない。郭内はまだ春眠を貪《むさぼ》っているのであろう。

だが、早起きの番方（武官）が登城して来ぬとも限らない。不時門からの脱出路は、人の目につかぬよう郭内に巧妙に敷設されている。

近隣の屋敷から味噌汁《みそしる》のにおいが漂ってくる。

駕籠は用意されていたが、将軍は自分の足で歩くと主張した。貴重な一日を自分の足で踏みしめたい。

駕籠は目立たぬように隠《かく》れ蓑《みの》があるが、脱出路で人に出会う虞《おそれ》はまずない。郭外に出れば、すでに江戸の街衢《がいく》である。

江戸の早起き一番乗りは納豆売りと豆腐売りである。特に納豆は朝餉《あさげ》の必需品であり、早起き長屋の朝食に間に合うようにと、七つ（午前四時）起きして長屋をまわる。

これを追う豆腐屋は、競い合うのをやめて納豆屋と合併し、一手に納豆と豆腐を商う者もいる。

納豆の旬《しゅん》は、秋の彼岸《ひがん》から、おおむね春の彼岸までであるが、納豆好きの多い江戸の下町では、季節とは無関係に納豆屋が売りまわる。

納豆屋につづいて、花売りや惣菜屋が朝靄《あさもや》を分ける。街角に「なっと、納豆」、「花い、花い、花買いませ」と可憐《かれん》な花売り声が納豆屋を追いかける。

江戸の町は郭内よりも早起きで、味噌汁のにおいが濃くなっている。

平凡な町の風景であるが、将軍の目には異次元の世界である。人商いに売られて、郷里から江戸へ出たときは、異次元の世界ではあっても、彼には地獄に見えた。

さらに、人商いの手を転々として、江戸城中奥深くへ影として閉じ込められてからは、絶海の孤島に閉じ込められた終身囚と同じであった。

上御《かみご》一人《いちにん》の将軍が急逝《きゅうせい》して、影が表舞台に呼び出されてから脚光を浴びたが、それは陽の光ではなかった。突然、全国の覇権をあたえられて、重い責任と使命を背負う身となってしまった。

影の一声ですべてが動く。影より偉い者はいない生き神となったが、それは影が求める人間の自由とは程遠いものであった。

その人間の自由が、今日一日、初めてあたえられたのである。

朝靄《あさもや》の晴れやらぬ江戸の町が、ようやく目覚めかけている。目抜き通りに軒を並べる大店《おおだな》や、その裏にある長屋の方角から、起き出した住人たちの気配が立ち上がってくる。

早起きの行商に、魚市場から新鮮な魚介を町内に配る威勢のいい魚売りが加わった。大店の表戸が音をたてて開かれていく。

江戸湾に昇った太陽は、すでに確固たる位置を占めて、未練げにたゆたっていた暁《ぎよう》闇《あん》を完全に駆逐《くちく》した。

江戸の町を幻想的に烟《けむ》らしていた朝靄が晴れていく。犬は見えないが、色気づいた通い猫が通りを横切って行く。

大川《おおかわ》には、江戸の町へ生活品を運び込む運搬船がさかのぼり、市中に発生した芥《ごみ》や汚穢《おわい》を積んだ塵芥《じんかい》船や汚穢船が、永代浦《えいたいうら》を埋立地にするために下って行く。

城内からでは決して見られないダイナミックな光景であった。

驚いたことに、街角の一膳飯屋《いちぜんめしや》がすでに店を開いていた。うまそうな煮しめや、味噌汁の香りが路上に漂ってくる。朝飯前の将軍以下一行の腹の虫が、ぐうと鳴いた。

「かように早く店を開いて、客は来るのか」

将軍は驚いて問うた。

「江戸の庶民には出職《でしよく》と居職《いじよく》とございます。居職は家の中でできる、例えば細工屋《さいくや》や、工芸職人など、出職は大工《だいく》や鳶《とび》の者、各種棒手振り《ぼてふ》（行商）など、家の外で仕事や商いをする者どもでございます。一膳飯屋は出職の者どものために早朝から店を開いております」

道之介の説明に、将軍はうなずき、

「されば、我らも出職に列する。せっかくの店開きじゃ。我らも朝餉にあずかろうではないか」

と、いの一番に誘った。もとより一統に異存はない。

一番乗りと余裕をもって飛び込んだが、すでに出職の者たちが賑《にぎ》やかに朝餉をかき込んでいる。旺盛な食欲がエネルギッシュな熱気となって、店の中に弾む。

空いていた店の一隅を一行が占めて、まずは庶民の朝餉の定番である飯に納豆と味噌汁というセットを注文した。これに納豆と夫婦《めおと》のような豆腐と野菜の煮しめを加える。

江戸は武都であり、男が圧倒的に多い。滅多《めった》に女性にありつけず、多少の金を持っている者や、なけなしの金をかき集めた独り者は、吉原の切店《きりみせ》や岡場所などで、一切れ（約十分）、百文《もん》（約二千円）の最下級安女郎《やすじょろう》を買う。それもできない者は、一生女にありつけない。

当然、女は威張《いば》り、多少経済力のある男と結婚して、かかあ天下となる。

火事の多い江戸では、大工や鳶の者は常に仕事があり、懐中が豊かである。彼らは大店、中店、小店に登楼するが、庶民の大半はなかなか所帯を持てず、仕事の前に一膳飯屋で朝食を摂《と》る。女房がいても、朝食の用意をしないことが多い。

朝の一膳飯屋は出職の者で活気があったが、女の客はまず見当たらない。

そんな中で、将軍に随行している一統中の貴和の存在は、注目を集めていた。

「お武家様、こんな朝っぱらからどちらへお出かけでござんすか」

いなせな恰好《かっこう》をした職人の一人が話しかけてきた。一瞬、一同はどきりとしたが、

「在所（田舎《いなか》）から上府して来たばかりでの、江戸見物としゃれ込んだのはよいが、西も東もわからぬ。まずは腹ごしらえじゃ」

将軍が臨機応変に対応した。

「そいつは豪勢だ。西も東もわからなくとも、北や南は残ってまさあ」

「東西南北、四方八方、円満宮《えんまんぐう》、なんせお膝元でやんすので、東海道中膝栗毛《ひざくりげ》、お疲れさまでござんす」

「阿呆ぬかせ。膝栗毛とは限るめえ。登楼《あがっ》してわからねえのが吉原大門《なか》だ」

「おきやがれ。お武家様に無礼千万、かたじけねえことを言うんじゃねえや」

「かたじけねえとは、なんだ。片腹痛《いて》えや」

「ぬかせ。飯食って片腹痛けりゃ世話はねえ」

「こいつはとんだかたじけなすびのしぎ焼きだ」

「かたましい（阿呆）。それを言うなら片足上げらあ（居酒屋で飲む）。朝っぱらから片足上げて、朝題目《あさだいもく》に夕念仏《ゆうねんぶつ》だ」

「朝風呂《ぶろ》敷《しき》を広げる前《めえ》に、さっささらさら朝腹茶《ちゃ》漬《づ》けよ」

「そいつはとんだ茶番だな。てめえら、いつまで茶々をつけてやがる。仕事に遅れるぞ」

「仕事の沙汰《さた》も金次第《しでえ》よ」

「そういうやつを屋根屋の金玉見下げたもんだと言うんだ。お武家様が迷惑してらあな」

「それを言うなら、見上げたもんだ。権現《ごんげん》様が両腹痛《いて》えと笑ってるぜ」

「権現様と金玉が、どんな関係があるんでえ」

「日光《にっこう》、結構、東照宮《とうしょうぐう》、金ぴかぴかぴかもったいなくてはらはら（腹々）してらあ」

威勢のよい出職人たちのとめどもない軽口の叩《たた》き合いを、将軍は楽しんでいるので、お供の一統も口をはさめない。

「こいつはいけねえ。とんだ飯代《が》わり（食事中の邪魔）。ごめんなすって」

出職たちは依然として軽口を叩き合いながら、一膳飯屋から威勢よく出て行った。

百戦錬磨の英次郎一統も口出しする間もなく、圧倒されていた。将軍一人のみ満悦の表情である。

出された飯に納豆をかけて口にした将軍は、驚いた。熱々飯に、辛子《からし》をたっぷりと利かせた、葱《ねぎ》のみじん切りを醬油《しょうゆ》でかき混ぜた納豆を、ぶっかけてかき込む。

将軍は口中が爆発するような味覚をおぼえて、おもわず箸《はし》を止めた。

「下賤の者の朝餉でございます。お口にはお合い召されますまいが、お口しのぎとおぼし召されませ」

英次郎が謝った。

「これが、口しのぎと……余は、これほどうまい朝餉に出会ったことがない。今朝ほど庶民を羨《うらや》ましくおもったことはないぞ」

と将軍は言った。

添えられた味噌汁も舌を焼くほど熱く、牛蒡《ごぼう》や葱が具だくさんに刻み込まれている。

飯の炊《た》き具合も、一粒一粒が独立しているようでいて、しかも強《こわ》すぎない。

城中表台所から長い廊下を運ばれて来る食膳は、ほとんどぬるくなっており、飯は軟らかすぎたり、強すぎたりした。

だが、へたに苦情を漏らせば膳奉行が切腹する。天下の覇者でありながら、飯や汁の一椀すら満足なものは口に入れられないのである。

早起きの出職たちは、圧倒的な食欲を発揮して、今日一日の仕事に向かって威勢よく出かけて行く。彼らの食べっぷりは、見ていて気持ちがよかった。

「飯は大勢と共に食すほうがうまいのう」

将軍は満腹すると、しみじみと言った。

朝餉は常に一人で摂る。供された食饌《しょくせん》も膳奉行の試食（毒味）を経ている。小姓に給仕されての侘《わび》しい食事である。

また大奥に渡って食事を摂っても、同じように奥御膳所《おくごぜんどころ》が調進した料理を、今宵同《こよいどう》衾《きん》する御台所《みだいどころ》（正室）、あるいは側室の給仕によって食する。

時には御成《おな》りの夜も、お相手の正室、あるいは側妻《そばめ》の用意が整わず、夜食を一人侘しく摂ることもある。

このように威勢のよい町の者と、わいわい、がやがや話しながら食事を摂ったことはない。

江戸の最も江戸的な場所と時間に、いまだ味わったことのない朝食と、威勢のよい江戸の市民に朝一番に出会い、気色《きしょく》特に麗しそうである。

朝食を摂っている間に、江戸は完全に目を覚ましていた。

目抜き通りに軒を並べる大店も大戸を開け、店を開き、早くも仕入れの業者や、客が出入りを始めている。

往来の人数は増え、新鮮な朝の大気に光が弾んでいる。

市中微行の護衛要領は家宣の際に学んでいるはずであるが、将軍扈従《こじゅう》の護衛陣は、さらに繊細な警戒が求められる。

家宣は、下々の者に顔を知られていないが、将軍は公的な参詣や、法事他出が多く、三社祭《さんじゃまつり》には、神輿《みこし》、氏子である市民を江戸城へ引き入れて上覧する。

元禄の末に上覧は中絶したが、そのとき、市民の中には将軍の顔を見た者もいるはずである。

たとえ知っていたとしても、まさか将軍がわずかな供を引き連れて、市中を見物しているとは夢にもおもわないであろう。

記憶を刺激されても、そっくりさんが市中を散策しているくらいにしかおもうまい。

だが、万一ということもある。市中で、将軍の身にもしものことがあれば、天下の大事である。扈従一統の緊張は家宣微行のときよりも一段と張りつめている。

将軍一人が能天気に、江戸の自由を楽しんでいる。しかも、将軍は勧められた駕籠を拒み、自分の足で歩いている。

「駕籠の中からでは町がよく見えぬ。庶民と袖《そで》が触れ合わぬようであれば、下々のにおいは伝わってこぬ」

と言って、勝手気儘《きまま》に歩いて行く。

途上、興味を惹《ひ》かれた棒手振りに出会えば、呼び止め、立ち止まり、商い物を買い求めたりする。

その都度、扈従一統がはらはらしている。

江戸の盛り場の筆頭格は浅草《あさくさ》であり、お上りさんはまず観音境内《かんのんけいだい》に行く。

元禄以後、市中至るところにかけ茶屋が目立つが、浅草寺《せんそうじ》境内の水茶屋には艶《いろ》っぽい茶汲《く》み女が立って客を誘い、袖を引かれて裏手の小部屋にまわれば、春をひさぐ。茶を一杯飲んだだけでも百文は取られる。

旅慣れた者は、「うかと入るべからず」と心に銘《めい》じ、近寄らない。

これに対して、両国《りょうごく》は橋の両袂《たもと》に広小路《ひろこうじ》があり、午前中は青物市場、午後にまわると葦簾《よしず》張《ば》りの小屋掛けが軒《のき》を並べて、曲芸、講談、落語、女義太夫《おんなぎだゆう》など、御出木偶芝《おでこ》居（大道芝居《だいどう》）を競う。

　葦簾張りの下では、大道芸人、曲独楽《きょくごま》、手妻《てづま》、猿回し、もの真似《まね》、叩かれ屋などが、それぞれ見物客を集めて芸を競っている。

　将軍の微行は、まず浅草へ赴き、多勢のお上りさんに混じって見物をした。

　茶汲み女たちが、

「お茶を召しませ」

「お福の茶をあがりませ」

「甘～い甘い、お汁粉《しるこ》召し上がれ」

　と黄色い声を張り上げて呼びかける。

　主君の参勤に従《つ》いて江戸へ出て来た地方の下級藩士たちは、江戸の経験者や先輩などから、女のいる境内の茶屋には寄るなと忠告されているらしく、女に取られた袖を振り払って、十六文の腰掛け茶屋に腰を下ろす。

　そんな忠告を受けていない将軍に、

「そこの小粋なお武家様、お疲れ直しにお福のお茶を召し上がれ」

　と茶汲み女は呼びかけた。

一統の貴和が微行に際して、ごく一般の武士の着付けをしたのであるが、将軍としての品格が、隠すよりも現われてしまったようである。

少々喉《のど》の渇《かわ》きをおぼえていた将軍は、渡りに舟とばかりに、その艶っぽい茶汲み女に呼び込まれた。英次郎が制止する間もなかった。

やむを得ず、一同、ぞろぞろとつづいた。その水茶屋では、カモが束《たば》になって飛込んで来たとおもったらしい。

将軍に声をかけた茶汲み女は、彼にぴたりと寄り添うようにして茶を勧めている。

「お茶で喉の渇きが鎮められましたら、奥のお部屋で別《ぶう》の渇きを癒して差し上げますわよ」

茶汲み女は早くも将軍に身体を押しつけるようにして、流し目を使っている。

「別の渇きとは、なんじゃ」

将軍が問うた。

「慮外者《りよがいもの》。不躾《ぶしつけ》なことを申すな」

英次郎がたまりかねて言った。茶汲み女は一瞬、きょとんとした。英次郎の言葉の意味がわからなかったらしい。

「苦しゅうない。お福の茶とやらの味、なかなか深いではないか」

将軍は満悦の体《てい》である。

「ほら、ご覧《ろう》じなされませ。お殿様はご満足のご様子にあられますわよ」

将軍の尻馬に乗った茶汲み女が丁寧語《ていねいご》を重ねて、ますます甘えてきた。

英次郎は茶汲み女が口走った「お殿様」という言葉にぎくりとした。女は将軍の正体を知っているのではないかという不安が湧《わ》いた。

「お福さん、殿様には私が侍《はべ》っております。おねえさんは茶を点《た》てておればよろしい」

と、貴和が将軍のそばに侍した。

貴和にたしなめられた茶汲み女は、衆目を集めている貴和に貫禄《かんろく》負けしたらしく、将軍以下一行の茶配りに専念した。

貴和の咄嗟《とっさ》の機転に、一統はほっとしたが、将軍は茶汲み女が誘った「別の渇き」の意味にこだわっているようである。

大奥をすでに統一している将軍にとって、〝渇き〟はないはずであるが、大奥では決して見られない庶民の艶色《えんしょく》を塗《と》した茶汲み女に誘われて、「裏の小部屋」へ従いて行ったかもしれない。

一統が、まさか小部屋に詰めかけるわけにはいかない。

ともあれ、貴和の機転で危ないところを躱《かわ》した。

微行にはすでに経験があるはずの英次郎であったが、まさかこんな想定外《ハプニング》が生じようとはおもってもいなかった。

水茶屋で小休みした一行は、浅草から両国へ向かった。

途上、微行の主的である鰻の蒲焼屋に立ち寄った。浅草の水茶屋では茶を一喫《いっきつ》しただけであるので、将軍以下一行、蒲焼の香ばしいにおいを嗅《か》いで、腹の虫が一斉に鳴き始めていた。

一統には記憶のある香りである。将軍も「別の渇き」を蒲焼の香りにおぼえたらしい。

季節はまだ少し早いが、「初鰹《はつがつお》」のように初物を競う江戸っ子たちは、早くも鰻の蒲焼争いを展開しているようである。

縄暖簾《なわのれん》を潜《くぐ》って店の戸を開くと、案《あん》の定《じょう》、ほぼ満席である。ようやく一行の席を取ったが、もう一足遅れれば、主的の蒲焼を食いはぐれるところであった。

「これが西城も食したという鰻の蒲焼か。煙だけで口中の唾《つば》が止まらぬ。かような芳《かんば》しいにおいを、余はいまだかつて嗅いだことはない」

将軍は、まさに舌舐《したな》めずりをしている。城中の食事では決して見せないプライベー

ト な場面である。

それだけ、天下の覇者が、庶民ならばだれでも簡単に食せる鰻の蒲焼に、いかに憧《しよう》憬《けい》していたかわかる。

下々の者が気安く将軍に声をかけてこぬように、今回は前回の微行で学習した護衛陣を、将軍を取り巻くように配置した。

それでも鰻の蒲焼屋の客にしては違和感があるらしく、庶民の客たちの視線が集まっている。その視線の中には、害意は感じられない。

やがて熱々のお目当てが運ばれてきた。

まず、一口、口中にした将軍は、後代同様に驚いたようである。だいたい城中では、口中が火傷《やけど》しそうな熱々の料理に出会ったことはない。

それとなく将軍の反応に注目していた一統は、それぞれの目の前に運ばれてきた蒲焼の魅力に抵抗できず、一斉に箸をつけていた。

将軍と異なり、非番の日にいくらでも食せる蒲焼であるが、彼らにとっても久しぶりの味であった。

口中をはふはふさせながら、いずれも食事に余念がない。将軍の陪食《ばいしよく》ではあるが、町の食事に、それぞれが利己的になっていた。

江戸前の鰻は深川《ふかがわ》や神田川《かんだがわ》産が上物とされた。蔵前《くらまえ》近辺で捕れる鰻は、浅草お米倉からこぼれ落ちる米粒を食って脂が乗るといわれ、通人《つうじん》に好まれた。

蒲焼の真味《しんみ》は鰻だけでは成り立たない。一粒ずつ立っているような、それでいて適度な柔らかみをもった米に、醤油《しょうゆ》と味醂《みりん》を混ぜたたれをかけ、山椒《さんしょう》をかけて香ばしいにおいで包み込む。

単なる香気ではなく、魚毒の消化をうながすとされるが、その香りを江戸っ子は香り鰻と称んで喜んだ。満腹しても口が欲しがる。

宝永五年、尾張《おわり》藩士の日記に、「茶屋新六《しんろく》にて蒲焼、余二十五串食」と記述されているが、将軍自身、「二十五串」も食べられそうな顔をしていた。

だが、英次郎は蒲焼を貪《むさぼ》りながらも、一方の神経は将軍を警護している。

その一方の神経に、英次郎は触れるものを感じた。悪意や害意ではないが、胃の腑《ふ》の外になにかを感じている。

将軍が「おかわり」を求めた。後代は微行の際、求めなかったことである。

だが、一統いずれも心中で賛成している。貴和が早速、おかわりを注文した。おかわりが届くまでにしばしの時間がかかる。

そのとき、店内の一隅から立ち上がった一人の浪人がいた。月代《さかやき》を伸ばし、羊羹色《ようかんいろ》の（色のさめた）衣服を着しているが、尾羽打ち枯《おはうちか》らしたといった体《てい》ではない。

浪人者が代金を支払い、ちらりと一行の方向へ視線を向けた瞬間、英次郎は店内で気にかかっていた本体を確認した。

浪人者は一膳飯屋で朝食を摂ったとき、同じ店内に居合わせた。

上野界隈《うえのかいわい》の一膳飯屋から浅草を経て両国近くの蒲焼屋まで一応の距離がある。この

人間の海のような江戸の町で、見知らぬ者同士が再会、それも同じ日のうちにするの

は、まさに稀有《けう》な確率である。

なにか意図があって尾行して来たのではないかと、英次郎は一瞬おもったが、これ

だけ敏感な一統が揃《そろ》っていて、上野から両国近くまで尾行されて、気づかぬはずはな

い。

（やはり偶然の邂逅《かいこう》であるか）

と英次郎は自問自答した。

浪人の存在が気になったのは、浪人自身も一統との再会に驚いたからであろう。

害意はないと察知しながら、万一のために英次郎は、

「食事中すまぬが、いま店から出て行った浪人者を追尾してくれ」

と銀蔵に命じた。元凄腕《すごうで》の掏摸だけに、銀蔵は自分の気配を消しての尾行に馴《な》れて

いる。

未練を残しながらも、満足顔の将軍を、ようやく蒲焼屋から連れ出した一統は、両国へ向かった。

満腹しているときは、人間、幸せに見える。自分自身が幸せであるだけではなく、江戸の街角で袖振り合う人々のすべてが幸せのように映ずる。

これが一時の錯覚にすぎなくとも、田舎では見られない人間の顔である。

「生き馬の目を抜く」といわれる江戸者の顔に比べて、田舎者の表情はのんびりしているが、締まりがない。締まりのない顔は、動物、それも餌《えさ》を保証された家畜に似てくる。

江戸者は、生きるための餌は自力で見つけなければならない。それも一日単位である。

田舎の人間は、農、漁、山野等を問わず、一日単位の暮らしではない。その日暮らしの田舎者があったとしても、時間がゆったりと流れている。

満腹した江戸者の顔は、長つづきしない。それだけに江戸者の表情は起伏が激しい。

泰平の隠《かく》れ蓑《みの》

隅田川《すみだがわ》の舟運《しゅううん》はますます激しくなっている。永代橋《えいたいばし》の先に開く江戸湾に向かって、海鮮問屋が河口をはさみ、千石積みや、千五百石積みの大船が舳先《へさき》を並べて碇泊《ていはく》している。

これらの大船の周辺に、船と船との間を結んで、水夫《かこ》や、積み荷移送の艀《はしけ》がミズスマシのように動いている。

この間を縫《ぬ》って、隅田川を運搬船や遊覧船、塵芥《じんかい》船、下肥《しもごえ》船などが往来する。その名のごとく、大きな川幅を誇る大川の水面《みなも》が、激しく往来する各種船舶によって埋められるほどである。

新緑に染まった青い風が、大川をダイナミックに往来する各種船舶の間を吹き抜けていく。

航跡は波を砕き、光が散乱する。潑剌《はつらつ》たる江戸の春と夏の集光は、市中至るところに弾んでいるが、大川ほど江戸の季節を代表する風光はない。

川を眺めるには橋の上が最もよい。まずは両国橋、川下には新大橋《しんおおはし》、河口近くには永代橋が架かる。

年の暮れには債鬼《さいき》に追われて逃げ場を失った者が、大川に飛び込むこともあるが、この季節には自ら飛び込む者はいない。

橋の上から眺める大川は、一層《いっそう》力動感がある。

大川の風光に目をくれぬ者は、両沿岸の住民であり、橋の中央に立ち止まって、その風景を愛《め》でている者は、おおむね風雅《ふうが》の人か、お上《のぼ》りさんである。

だが、将軍はどちらでもなく、橋の袂《たもと》に立ち止まり、大川の風光に魅了されている。

将軍が立ち止まったまま動かないので、一統もその場に固定されている。

そのとき、銀蔵が帰って来た。

「蒲焼屋の浪人者、広小路の大道《だいどう》芸人です。叩かれ屋と称して、一打十文、身体をかすれば一朱《しゅ》（一両の十六分の一）、面《めん》か胴《どう》を取れば一分《ぶ》（一両の四分の一）を出すと言って、客を呼び集めています。腕におぼえがあるようでさあ」

と銀蔵は報告した。

わずか十文（約二百円）で、一分（約二万円）儲《もう》かるという餌に釣《つ》られて、客が集まって来る。

英次郎は、朝の一膳飯屋、そして蒲焼屋で再会した浪人者のさりげない身のこなしや、歩き方などから、かなりの遣《つか》い手《て》とみていた。

天下泰平の世に、武士の出番はない。刀一振り、槍《やり》一筋で、一国一城を夢見たのは、遠い昔の伝説になってしまった。

腰の刀は伊達《だて》にすぎず、武官よりも文官が幅を利かし、武士の表芸である武道より商法がものをいう。武士は刀、槍から算盤《そろばん》に持ち替え、遊芸《ゆうげい》に身をやつすようになっている。

そんな時代に、主家を失った武士は悲惨である。再度の仕官（就職）の機会はほとんど皆無であった。

延宝《えんぽう》七年（一六七九）までに、取り潰《つぶ》された大名は百五十五家、減封《げんぽう》三十九家に及び、綱吉の代にはさらに十七家の外様《とざま》、二十九家の一門、および譜代《ふだい》が改易《かいえき》（断絶）された。

幕府の大名勢力減衰政策により職を失った浪人たちは、江戸へ行けばなんとかなるだろうと、淡い希望を抱いて集まって来る。

だが、江戸へ来てもどうにもならない。

本来、武都として幕府が築いた江戸の町であるが、すでに武士は必要なくなっている。

支配階級であった武士は、天下泰平と共に消費者階級に落ち、経済力を握った商人が台頭してきた。

物価は高く、仕事のない江戸で、浪人たちは武士の魂《たましい》である刀を売り払い、元の身分を隠して日雇《ひやと》い仕事を探しまわる為体《ていたらく》である。

英次郎がかなりの遣い手とみた浪人も、大道芸人に零落《れいらく》したらしい。それでも蒲焼を食える程度の金を持っていることからすると、身につけた武芸が役に立っているようである。

彼は天下御免の浪人であり、自分は明日知れぬ命の用心棒である。

どちらがよいか比べても、答えは出ない。

大道で叩かれ役を生業《なりわい》としていても、命を失うようなことはあるまい。

だが、英次郎は、自分には決してできない芸当であるとおもった。

おそらく一統のだれ一人も、その浪人の真似《まね》はできまい。

そんなことを考えながら、微行の将軍を護衛しているのも、天下泰平のしるしである。

幕府の勢威が定まり、外国《とつくに》の脅威もなく、元禄文化が爛熟《らんじゅく》している今日、微行中の将軍を狙う者はいない。たとえ将軍と露見しても、四民は畏《おそ》れ入るばかりであろう。

昼前、広小路を占拠していた青物市場が、掛け小屋や大道芸人に場所を譲ってから、広小路はますます賑《にぎ》やかになった。

お上りさんが上野や浅草界隈から、怪しげな掛け小屋、見世物や、大道芸が競い合う両国へ移動して来る。

両国広小路は元禄末年の大火によって、避難民が橋の手前に殺到して、夥《おびただ》しい死傷者が出たため、幕府は橋の手前に火除地《ひよけち》を設けた。

これが一日単位の見世物小屋、掛け小屋、大道芸を許して見物人を集め、大繁盛となったのである。

かなり怪しい大道芸もあったが、まわってくる笊《ざる》に金を入れなければ、ただで見られる。投げ銭も投げた振りをするだけでよい。

南京《ナンキン》人形、曲芸、からくり、歌祭文《うたざいもん》、手鞠《てまり》の曲取り、操り人形、曲独楽《きょくごま》などを、ただで見物してまわっている田舎から主君に従《つ》いて出て来た浅葱裏《あさぎうら》（田舎侍《ざむらい》）が、倹約していた薄い財布を掏り取られるのも、両国が最も多い。

「銀の字、あんたは生き馬の目を抜く男だね」

道之介が銀蔵を冷やかした。半ば冷やかし、半ば銀蔵の眼力に驚いたのである。

「道の旦那、私《あっし》を目抜きの悪のように言わねえでくだせえよ。心を入れ替えたんで」

銀蔵が抗議をするように言うと、

「心ではなく、目ん玉を入れ替えたんじゃねえのかい」

「旦那こそ、あっちのほうの玉を入れ替えたほうがよござんすよ」

二人のやり取りを、一統がにやにやしながら見守っている。将軍一人が、意味がわからないようである。

両国は人が出盛っていた。英次郎は二度出会った叩かれ屋が気になっている。彼の大道芸を見たいとおもっていた。

だが、大道芸人が多く、見物客はさらに多く、なかなか探し当てられない。

将軍は、見るもの聞くもの、すべてが珍しいらしく、微行を愉《たの》しんでいる。

後代家宣がすでに嵌《は》まっている上に、将軍までが下々の視察という名分で微行に嵌まれば、えらいことになると、英次郎は心中密かに案じていた。

陽《ひ》の位置が午後にまわり、群衆はますます増えてきた。せいぜい胡麻《ごま》の蠅《はえ》（小盗賊）が他人の懐を抜く程度で、さしたる悪党はいないようであるが、江戸は広い。どんな大悪が潜んでいるかもわからない。

群衆が集まれば集まるほど、警護は難しくなる。天下泰平ならではの群衆の出盛りであったが、油断は禁物である。

英次郎が将軍との距離をさらに狭めようとしたとき、突然、群衆の中から悲鳴が迸《ほとばし》り、群衆が無秩序に八方に逃げ始めた。

逃げまどう群衆によって屋台が押し倒され、葦簾《よしず》張《ば》りが引き倒される。倒れた人の上に、次々に人が折り重なる。

逃げ場所を求めて踏み込んだ一夜づくりの掛け小屋では、中にいた客とぶつかり合い、引き倒された掛け小屋の下敷きになった。

逃げまどう群衆と共に、大道芸の主役、猿《さる》や犬や鳥などが、飼い主の芸人よりも先に一斉に逃げ出したので、収拾不能の混乱状態《パニック》に陥った。

蜘蛛《くも》の子を散らすように逃げまどう群衆の一人が倒れ、それにぶつかって次の者が倒れ、混乱の渦《うず》が拡大する。

「上様を囲め。間を開いてはならぬ」

英次郎が指示を下す前に、一統は将軍を取り囲み、混乱の輪の外へ誘導している。

血迷った武士が抜刀して、逃路を確保しようとしている。

「近づいたら容赦《ようしゃ》なく斬《き》れ。ただし、殺すな」

英次郎が命じた。

混乱に乗じた刺客《しかく》かもしれない。とすれば、微行中の将軍に気づいていることになる。刺客を殺しては、背後関係がわからなくなる。

だが、血迷った武士は一統には近づかず、別の方角へ逃げて行った。

ようやく群衆が八方へばらけて、混乱がおさまりつつあった。

「原因は、なんじゃ」

将軍はパニックの契機に興味をもったらしい。

「ただいま道之介が調べておりまする」

英次郎は言った。

自身番所から番人が出て来て、怪我人を番所にひとまず運び、騒動のきっかけを調べ始めている。町奉行所の手の者が駆けつけて来るまで時間がかかる。

事件が発生する少し前、叩かれ屋の浪人はすでに一稼ぎしていた。

「さあさ、お立ち会い、拙者、負けつづけて、もはや懐に一両しか残っておらぬ。これ以上、叩かれても、賭金の賞金を払えなくなる。連戦連敗の叩かれ屋、叩くならいまのうちじゃ。拙者はこの扇子でお相手仕《つかまつ》る。一回十文、拙者の体をかすっただけで一朱（五千円）、胴か面を取れば一分進ずる。武家でもよろしい。日頃の申し合い（稽古《けいこ》）の成果を見届けるに、またとない機会ではないか」

と、物珍しげに取り巻いている見物客に呼びかけていた。

これまで浪人が負けつづけているのを見ていた見物客は、次々に釣られて、一朱儲けている。

毎日見ている隣接している猿回しや、手妻や、曲独楽などの大道芸人は、これから叩かれ屋の稼ぎどき本番であることを知っているが、にやにやしながら黙っている。

そのとき、お店者体《たなものてい》の男が進み出た。一見、三十代、鳶色《とびいろ》の小紋をいなせな帯できりりと引き締め、苦み走った造作をしている。いかにもやり手の手代《てだい》といった感じである。

お店者は意外なことを言い出した。

「得物は自分の好みでよいそうだね」

「もちろんでござる。木刀、たんぽ槍、棒、あるいはその辺に転がっている天秤棒《てんびんぼう》や竿《さお》でもよい」

「どうせ叩くなら、真剣でやりたいね」

「真剣……」

叩かれ屋はぽかんと口を開いた。こんな要求をした客は、これまでにいない。

「叩かれ屋さんの腰のもの、竹光《たけみつ》ではないとみた。それをちょっと拝借できないかね」

「大道で芸をひさぐ叩かれ屋ではあっても、武士の魂、左様なことに貸すことはなりませぬな」

叩かれ屋は断った。

「ならば、ご見物衆にもお武家はいる。どなたか武士の魂を、江戸見物の座興に貸してもらえませぬかな」

お店者は見物衆の武士に呼びかけた。

「拙者の腰のものでよろしければ、貸してつかわそう」

勤番者らしい武士が名乗り出た。

「これは驚いた。もし私《あっし》が勝てば、お腰のものは汚れますが」

お店者が念を押した。

「まず、その虞《おそれ》はあるまい。棒切れであろうと、真剣であろうと、そこのご浪士はかなりの腕前とみてござる。おそらくかすりもすまい。でなければ、叩かれ屋と客を集めて、路上に立つことはない」

と勤番武士は答えた。

「私めも安心してお借りできます」

お店者は言った。見物客が笑った。

「致し方ござらぬ。ならば、お相手仕る。真剣とあっては、十文では割りが合わぬ。お見受けするところ、懐は温かそうでござるな。拙者、有り金一両、お手前も一両賭けてくださらぬか」

叩かれ屋が提案した。

「私《あっし》の言い出したことだ。一両賭けましょう。いざ」

お店者は勤番武士から借りた一刀を引き抜いて構えた。

叩かれ屋はお店者の構えを見て、姿勢を改めた。お店者がかなりの遣い手と見て取ったらしい。

扇子を捨て、木刀を構え直した。叩かれ屋にはまだ余裕があった。刀を貸した武士も、見物客も静まり返って、向かい合う二人に視線を集めた。

何事かと、周辺からも弥次馬《やじうま》が集まって来た。叩かれ屋が真剣と向かい合っている。これまで見たことのない大道芸である。

だが、見物客の大半は、真剣を構えたお店者と、真剣を貸した勤番者がサクラではないかとおもっている。

真剣と木刀が向かい合うことしばし、緊迫した立合いである。

その空気が見物客に伝わったらしく、息をひそめるようにして見守っている。周辺の大道芸人も、自らの芸を中止して、叩かれ屋とお店者の二人に注目している。サクラにしては息詰まるような見せ物試合である。

お店者が、じりっと間合を詰めた。叩かれ屋は詰められた分だけ後退《あとじさ》った。だが、背後の腰掛け茶屋の葦簾に阻《はば》まれ、それ以上、後退れなくなった。叩かれ屋が逃げられない角に追いつめられた形である。

見物客たちは、これもサクラの芝居だとおもっている。

機が熟した。迸る気合と共に、お店者の手にした真剣が、稲光のように宙を走った。

その瞬間、群衆たちは信じられない光景を見た。

叩かれ屋の首が宙に飛び、盛大な噴血に包まれて、地に落ちて弾んだ。周囲の見物客は呆気《あっけ》に取られて、束の間、凍りついたようにそれぞれの位置に立っていた。

首を失った叩かれ屋の身体が地に頽《くずおれ》ると同時に、悪夢から覚めた見物客は、次は自分が斬られるような恐怖に襲われて、悲鳴をあげて逃げまどった。

混乱に紛《まぎ》れてお店者も、彼に腰のものを貸した勤番武士も消えていた。

そこへ英次郎一統がさしかかったのである。

何事かと将軍の周囲を固めた英次郎一統は、腰を抜かして一部始終を見守っていた大道易者《えきしゃ》を捕らえて、逸速《いちはや》く安全圏に移動した。

「血のにおいがするのう」

将軍の敏感な嗅覚《きゅうかく》は、空間に漂う血腥《ちなまぐさ》さを嗅《か》ぎ当てたようである。

「ご安堵《あんど》召されませ。犬の喧嘩《けんか》のようにございます」

英次郎がさりげなく答申した。

「はは、犬の喧嘩で、あのように立ち騒ぐか」

将軍は事の経緯《いきさつ》を察知しているようである。

「まずはともあれ、ご帰城なされますように」

英次郎の要請に将軍は素直に従った。

この間、道之介が一部始終を目撃していた大道易者から、事の経緯を事細かに聞き出していた。

途上何事もなく、将軍は帰城した。

まずは肩の荷を下ろした一統は、当夜、英次郎の組屋敷に集まった。

事件は瓦版《かわらばん》だけではなく、人から人へ、驚くべき速やかさで伝わっていた。

まずは大道易者に聞き込みをして得た情報を、道之介が一同に披露《ひろう》した。

「そのお店者は、初めから叩かれ屋を殺す意図であったようだな」

主膳が言った。

「お店者に真剣を貸した勤番武士も共謀者《グル》とみました」

貴和が言った。

「一刀にして首と胴を斬り離す手並みは、尋常ではございませぬ。かなりの遣い手であるという浪人が、手も足も出ませんでした」

村雨が言った。

「骸《オロク》を検《しら》べた南町《みなみまち》の祖式《そしき》の旦那から、後刻聞いたところによると、オロクの懐に一両残っていたそうでやす」

銀蔵が言った。

「つまり、最初から金目的ではなかったというわけだ」

道之介がうなずいた。

「金目的でもなければ、怨《うら》みでもなさそうだな」

英次郎の言葉に、一統の視線が集まった。

（それでは、なにが真の目的であったか）

と、一統の目が問いかけている。

「遣い手の叩かれ屋を、一刀のもとに首と胴を離断《りだん》したお店者は、叩かれ屋に生きていられては都合の悪い事情があったとみえる。それも、お店者一人の事情ではない」

「ならば、勤番者と二人の都合か」

道之介が問うた。

「いや、そんな小人数の都合ではあるまい。もし二人だけの都合であれば、なにも江戸で最も人が集まる時と場所を狙って殺す必要はない。江戸ご府内から府外、近隣、さらには津々浦々《つつうらうら》に至るまで知らしめるために、両国の広小路で斬ったのではないのか」

「津々浦々まで……」

一統が顔を見合わせた。

事実、事件は驚くべき速さで、江戸から府外、全国へと伝播《でんぱ》していった。

「もしそうであれば、なんのために、津々浦々まで伝えようとしたのでありましょうか」

貴和が問うた。

「いまの段階ではわからん。だが、何者かが事を起こそうとしているような気がする」

「天下に事を……。この泰平のご時世に、浪人者一人を斬ったくらいで、事を起こせるものではなかろうが」

主膳が言った。

「案ずるのは、それよ。お膝元でただ一人を殺しても、江戸は忘れっぽい。だが、泰平の御代《みよ》、同じような凶変《きょうへん》が発生すれば、忘れるどころか、四民は怯《おび》える。それが狙いではないか」

「すると、また似たような変事が起きると申すのか」

道之介が顔色を改めた。

「おそらく……」

「なんのために左様なことをする……？」

「天下泰平を突き崩すためよ」

「天下泰平を突き崩す……」

「そうだ。徳川宗家の覇権定まるといえども、幕府に怨みを隠している者は多い。現に、今日まで譜代、外様を問わず、多数の家が取り潰されておる。主と主家を失った浪人たちは江戸に集まり、なにを企《たくら》んでもおかしくはない。彼らにとっては、徳川宗家は主君、主家を奪っただけではなく、彼らの日常までも破壊してしまったのだ。徳川宗家が天下の大権を握ったとはいえ、将軍の前に膝《ひざ》を屈した大名たちが忠誠を誓ったわけではない。連枝《れんし》、家門の中にすら、虎視眈々《こしたんたん》と大権を狙っている者もいるやもしれぬ。御三家も信用できない」

「幕府の内部に叛心《はんしん》を抱く者ありとすれば、此度《こたび》の将軍微行の事を知っており、その日に合わせて事を起こしたとも考えられるな」

　道之介が言った。

「それはほとんどあるまい。此度の微行は、老中すら蚊帳の外に置かれておる。微行が漏れたとはおもえぬ。それに微行の行程は、あらかじめ定めていたわけではない。市中へ出て、風の吹くまま気の向くままに、ご案内するつもりであった。両国で事を起こしても、我らがそこへ必ず行き合わせるという保証はない」

「ならば、次は、どこで、どんなことを起こすかの」

　主膳が、それを愉しみにしているような目を向けた。

「わからぬ。だが、油断をしてはならぬ。正体不明の凶悪な気配が、泰平の隠れ蓑をまとって息づいているような気がするわ」

英次郎の目は、江戸の闇の奥に潜んでいる凶敵を睨《にら》んでいるように見えた。


江戸の春は闌《た》けて、花に代わって瑞々《みずみず》しい緑が江戸の町を染めた。

薫風《くんぷう》が光り、ふと目を上げると、青い風に鯉幟《こいのぼり》が翩翻《へんぽん》とひるがえっている。江戸の発展を象徴するように、延々とつづく甍《いらか》の波の上を鯉が競って泳いでいる。

元禄文化は成熟し、宝永に時代を譲り、甲府《こうふ》宰相徳川綱豊《つなとよ》改め、家宣と改名して後代となったが、当代綱吉は依然として将軍の座を動かない。

後代は定まったが、将軍としてまだ仕残していることが多いからである。

この季節の江戸は芳《かんば》しい。どんな平凡な街角でも、花に代わって新緑に染まった風が吹き抜ける。

蚊帳売りが美声を競い合い、風鈴売りが涼やかな音を各町内にばらまいて行く。

忘れっぽい江戸っ子は、両国広小路の惨劇をすでに遠い昔のことのように口の端《は》にも掛けず、両国をはじめ、上野広小路、浅草界隈、神田明神下《かんだみょうじんした》などの盛り場は賑わっている。

五月に入れば、両国の初期川開きである。本格的な夏の始まりであるこの季節は、外歩きの好きな江戸っ子のほうが、さしたる用事もないのに、お上りさんよりも多く押し出して来る。

本来は、武家が自分の邸内から軍用の狼煙《のろし》を打ち上げていたのが花火となり、失火を恐れて川中に持ち出した。

これを懐が豊かになった商人が模倣《もほう》して、隅田川で打ち上げを競い、宝暦《ほうれき》のころから涼み船を兼ねた花火見物が川面《かわも》を埋めてきたのが、江戸の名物、大川開きとなった。

横丁のご隠居だけではなく、若い閑人《ひまじん》が多く、時間を潰せることならなんでもする。縁台将棋《えんだいしょうぎ》や碁《ご》が盛んになり、仕事にあぶれた者は魚釣りをしたり、ただぶらぶら歩いている。

雨が降ってできた水溜《みずた》まりにすら、釣り糸を垂らす馬鹿がいて、それをさらなる馬鹿が見物している。

本所《ほんじょ》南北割下水に、御目見《おめみえ》以下の御家人《ごけにん》（下級武士）が多く住んでいる。彼らは大川を挟んで対岸に住む蔵前《くらまえ》の豪商たちに劣等感《コンプレックス》をおぼえ、悪に走る者が多い。

天下泰平下、無用の存在となった彼らは、暮らしに困窮《こんきゅう》し、閑をもてあまして、自ら胴元《どうもと》となって自宅を賭場《とば》に開放した。

そこに江戸の小悪党が集まり、博奕《ばくち》にふけり、罪を犯した者が逃げ込んで来る。最下級の武士であっても、町奉行の所管外であり、御家人の組屋敷には踏み込めない。幕府も、軽輩ではあっても直参《じきさん》である御家人の悪行を、見て見ぬふりをしている。

表通りに軒《のき》を連ねる豪商の裏手には、九尺二間《くしやくにけん》の裏長屋が犇《ひし》き合っている。つまり、超エリートの表店《おもてだな》と、極貧の貧民窟、裏長屋が表裏一体となって、江戸の町を形づくっている。

裏長屋にはその日暮らしが住み着いているが、出職の亭主が出た後、留守を守る女房たちは井戸端《いどばた》会議を繰り広げる。

日照は悪いが、こんな長屋にも青い薫風は吹き抜けて行く。

江戸の華《はな》とされる火事すら、彼らにとって失うものはなく、むしろ大工や鳶の者たちの稼ぎどきとなる。

手に技はなくとも、建設中の工事現場に行けば、いくらでも仕事をもらえる。

ちなみに家康が江戸開府してから、東京と改称するまでの二百七十九年間、四百四十七件の火災が記録されている。

一年間に一・六回の大火が発生していることになる。

能天気な江戸っ子は、その日さえよければ明日は考えず、過去を速やかに忘れていく。

豪商と貧民が表裏一体となって暮らしているのも江戸ならでは、である。

要するに、天下泰平であり、江戸はその見本であった。

人が多く集まれば、その分、事件も発生するが、戦《いく》さのようなことはない。悪はいても、たかが知れている。

事件が発生しても、戦さのように大規模ではなく、個別的である。

町奉行所の配下は、南北両町奉行所合わせて、与力《よりき》五十騎、同心《どうしん》二百四十人である。これだけの人数で、当時の江戸人口約百万に対応している。

その後、英次郎には、朝起きると、今日はどうやって一日を潰そうかとおもうのどかな毎日がつづいた。

だが、それが嵐の前の静けさのように感じられた。

何者かが、天下泰平の隠れ蓑の下で、よからぬことを企んでいる。それも規模の大きなよからぬことである。

両国の事件発生後、英次郎は祖式弦一郎《げんいちろう》に、「これだけでは終わらぬような気がする」と伝えてはいた。

江戸の悪どもから、葬式弦一郎と恐れられる祖式も、英次郎に伝えられるまでもなく、同じように意識しているらしい。

江戸が最も潑剌《はつらつ》としている季節から、長雨の前触れを体感し始めたころ、驚くべき事件が発生した。

麴町《こうじまち》四丁目の薬問屋の老舗《しにせ》「弁天堂《べんてんどう》」の蔵が、夜のうちに何者かに破られ、千両箱三箱と、高価な薬用植物・高麗人参《こうらいにんじん》をごっそりと盗まれた。

朝になって手代が、蔵の戸が破られているのを発見して、奉行所へ届け出た。

弁天堂は、蔵には、江戸の錠前師として追随する者のない鍵平《かぎへい》のつくった、精密かつ頑丈《がんじょう》な鬼脅《おにおど》しという錠前を取り付けてあったと言った。

鍵平は、今日でいうシリンダー内のピン様《よう》の繊細な部品を組み合わせ、精巧な刻みを入れ、組み合わせが多くなるような配置をした設計にしており、鬼ですら、見ただけで怯《ひる》むという解錠不可能を誇っていた鬼脅しを、解錠者は錠を傷つけることなく見事に開いていた。

人身の被害はない。千両箱三箱、および高麗人参五樽を盗み出したのは、一人の犯行ではない。蔵の中には、少なくとも四人の足跡が残されていた。故意に残したような足跡である。

難攻不落の錠前を破るためには、破壊が最も手っ取り早い。だが、解錠者は知恵と技術をもって、極めて平和的に解錠したのである。

そんな芸当ができる者は、さしもの鍵平も、咄嗟《とっさ》におもい浮かばない。

「解錠不能の錠前をつくれば、それを解錠しようとして、必ず解錠屋が挑んできます。刀と鎧《よろい》のいたちごっこのようなものです。私が鬼脅しをつくってから十年経《た》ちますが、一度も破られたことはありませんでした」

鍵平は、検《しら》べにあたった弦一郎に語った。

鍵平は難攻不落の鬼脅しを解錠されて、ひどく誇《プライド》りを傷つけられたようである。

宝永に移ってから、綱吉の生母・桂昌院《けいしょういん》が身罷《みまか》り、徳川頼方《よりかた》が紀州藩の家督を相続した。

後代指名によって、柳沢吉保の失権は必至の成り行きと見えたが、将軍の後嗣《こうし》正式決定に功績大として甲府三郡をあたえられ、三万九千余石を加増された。

この加増により、所領高十五万一千余石となり、実高二十二万八千七百六十余石の大大名となったのである。

吉保最大の支援者であった桂昌院が没して勢威とみに衰えた吉保を不憫《ふびん》におもった

将軍が、甲州三郡を下賜《かし》して慰めたのである。

その後も将軍四回、後代家宣二回、柳沢邸に臨んだ。当代、後代共に落日の吉保に気を遣っている。

吉保は、将軍就任以前から当代に扈従《こじゆう》し、実質上、天下の大権を壟断《ろうだん》した所労が積み重なり、登城に堪《た》え難くなっていた。

当代も後代も、すでに吉保には往年の野望はないとみたのである。

それを実証するように、宝永三年、幕府は吉保に領内での金貨鋳造を許していた。

将軍、および後代の警衛集団の統領にすぎない英次郎であったが、この雲の上の操作がよく見えた。

かつては政権を私物化した獅子身中の虫吉保が、幕府の大屋台運営に必要欠くべからざる人材であることを、当代、後代共に認識していたのである。

必要であれば、過去にこだわらぬ当代将軍の度量の大きさと、高度の操作に、英次郎は改めて舌を巻いた。

そして、吉保の凋落《ちようらく》を改めて確認した。

いまの幕閣には、吉保に代わるべき人物はいない。切れ者間部《まなべ》詮房《あきふさ》、新井《あらい》白石《はくせき》が控えているが、あくまで後代の補佐である。

英次郎は両国の斬撃《ざんげき》、弁天堂の蔵破りが、幕閣の弱体化を狙って動いたようにおもえた。

あるいは、大江戸でよく発生する犯罪の一部であろうかと、いやな予感がしきりにしていた。

叩かれ屋の首斬りと、弁天堂の蔵荒らしは、一見、関連がないようであるが、いずれも犯行手口が際立っている。

そして、本来、秘匿《ひとく》すべき犯行を、口さがない江戸っ子たちに露出するように行っている。


時を少し遡《さかのぼ》り、元禄十七年（一七〇四）二月十九日、初代市川團十郎《いちかわだんじゆうろう》は葺屋町《ふきやちよう》にある江戸三座のうちの一座、市村座《いちむら》の舞台で、大名の留守居役《るすいやく》、大商人、宿下がりの御殿《ごてん》女中などの桟敷《さじき》、満場の大向こうの客を前にして、江戸中の人気をさらった荒事《あらごと》（英雄豪傑の立回り劇）「五右衛門《ごえもん》」を熱演中であった。

当時、上方では人形浄瑠璃《じようるり》を得意とした近松門左衛門《ちかまつもんざえもん》が坂田藤十郎《さかたとうじゆうろう》と組んで、和事《わごと》と称《よ》ばれる人情劇を確立して、江戸の市川團十郎と競り合っていた。

團十郎は全身紅《べに》で塗《ぬ》り立て、隈取《くまど》りという独特の化粧法を発明して、面相を誇張し、童子格子《どうじごうし》の衣装、丸ぐけの帯、三升《みます》の定紋《じょうもん》の鍔《つば》をつけた大太刀を腰に差し、巨大な斧《おの》を自由に操り、舞台狭しとばかり荒事を演じた。すでに團十郎は大江戸の飾《かざ》り海老《えび》とされ、江戸っ子のスーパースターとなって、江戸芸能界の人気を独占していた。

演目は、歌舞伎、講談、浄瑠璃などの人気出し物「五右衛門絶景春《ぜっけいしゅんけい》 景値《あたい》 千両秘聞《せんりょうひぶん》」である。

秀吉《ひでよし》の寝所に近づき、名品千鳥《ちどり》の香炉《こうろ》を盗もうとした直前を捕らえられた五右衛門が、いよいよ油の煮えたぎっている釜《かま》の中に生きたまま吊《つ》るし下ろされるという最高の見所である。

釜《かま》の直上に吊るされた五右衛門を、処刑人に扮《ふん》した生島半六《いくしまはんろく》が、滑車にかけた綱を操りながら、静かに釜の縁に下ろしていく。

五右衛門はここで名台詞《ぜりふ》、

「石川《いしかわ》や浜の真砂《まさご》は尽きるとも、世に盗人《ぬすっと》の種は尽きまじ」

満場の客に向かって大見得《おおみえ》を切る。

いよいよ煮えたぎる油釜の中央に下ろされようとした瞬前、半六が吊り下げられた五右衛門を、手にした短刀で刺した。

短刀の切っ先は胸を貫き通して、背中に出た。血がしぶいて、向こう桟敷の最前列の客の近くまで飛んだ。

そんな所作事《しょさごと》はこれまでにない。客は驚いたが、五右衛門に苦痛をあたえぬための〝介錯《かいしゃく》〟をしたのではないかと想像した。

初めて披露された新たな所作は、迫真の演技となって観客を興奮させた。

舞台上では、油釜の直上に吊り下ろされた五右衛門の身体から血がしたたり落ちている。

團十郎を刺した半六の姿はいつの間にか消えていた。

上がりかけの雨のように落下する血の滴の間隔が大きくなっている。

名台詞を残した五右衛門は、黙したまま宙に浮いている。

ようやく見物客が不審をもち始めた。介錯される所作にしては長すぎる。

処刑人役の半六も姿を消したままである。

客席がようやくざわめきだした。

「成田屋《なりたや》、いつまで宙ぶらりんしてやがる。早く下りたやあ」

と声を掛けたものだから、満場がどっと沸いた。

だが、客の掛け声に反応がないまま、幕が引かれた。

客はようやく團十郎の身に異変が生じたことを悟った。

「ただいま成田屋、身体、突発の不調により、しばしご容赦御願い申し上げまする」

と、幕引きが断ったところ、折よく（小屋にとっては折悪しく）、南町奉行所、祖式弦一郎が客席に居合わせて、

「突発の体調異変とやら、不審あり。吟味《ぎんみ》（取り調べ）終わるまでは、それぞれその場に留まるように」

と言い渡したので、客は一斉にざわめいた。

芝居茶屋を通した桟敷席には、幕府の要人や、諸大名の重役、大商人、御殿女中などがいるが、奉行所所管の芝居小屋で異変が生じたときは、奉行所役人の指示に従わなければならない。

身分を笠《かさ》に、故意に帰ろうとすれば、異変関係者として疑われる。

隠《かく》れ蓑《みの》の下の覇権《はけん》

祖式弦一郎は、宙に吊《つ》り下げられている團十郎を検《あらた》めて、すでに息絶えていることを確かめた。

下手人は明らかである。満場の客の視線を集めて、半六が團十郎を刺した。

もはや手当てをしても意味はないと悟った弦一郎は、

「半六はどこか。まだ小屋の内に隠れているやもしれぬ。半六を捕らえよ」

と小屋の者に命じた。

小屋では、小屋主を筆頭に、役者、座元、裏方、木戸番、楽屋番、出方《でかた》、見習いまでも総動員して半六を探したが、すでに小屋から逃亡したらしく、小屋内に姿はなかった。

下手人は半六と決定しており、客を長く引き止めておくわけにはいかない。

弦一郎は、奉行所所管に手配をしたが、半六の消息は杳《よう》として絶えた。

配下に弁天堂の捜査を託した弦一郎は、英次郎の組屋敷を訪れた。いくら手があっても足りない八丁堀《はっちょうぼり》が、英次郎を訪ねて来たのは、よほど急ぎの用件であろう。

「当方、閑《ひま》をもてあましています。一声かけてくだされば、我が方から飛んで行きました」

英次郎は恐縮した。

「いやいや、流殿こそ、忙中の閑《かん》、いや、一見閑中の忙と見立てましてござる」

弦一郎は言った。

「一見閑中の忙でござるか。いやはや、恐れ入りましてござる」

英次郎は弦一郎の鋭い観察に身を縮めた。

一見閑のようでありながら、事件発生以来、心は少しも寛《くつろ》いでいない。

「実は、貴殿の耳に入れておきたき儀がござって、突然まかり越した次第……」

「実は拙者も、同じことを考えておりました。……まずはご貴殿の話から承りましょう」

二人は前後して同じ言葉を発し、英次郎に促されて弦一郎がつづけた。

「貴殿、すでにご承知おきのことと存ずるが、去る元禄十七年二月十九日、市村座で、歌舞伎役者初代市川團十郎が舞台出演中、相手役の生島半六に刺し殺されました。

当代随一の人気役者の出し物とあって、大向こう、満場の客の前での刃傷沙汰《にんじょうざた》に、当初、客はこれも芝居のうちとおもっていたようでござる。本物の殺しと知って、収拾のつかない混乱となりもうした」

市川團十郎は十四歳で、坂田金時《さかたのきんとき》役で初演、紅と墨《すみ》で顔に濃い隈を取り、大胆な童子格子の衣装をまとい、丸ぐけ帯を締め、巨大な斧をひっさげて、舞台狭しと暴れ回る豪快な演技を披露して、絶賛を博した。

その後も曾我五郎《そがごろう》などの当たり役を続演して、圧倒的な人気を獲得した当代随一の売れっ子役者であった。

すでに元禄の初めに、「この市川と申すは三千世界に並びなき、好色第一の濡れ男にて、ご器量並ぶ者なし」と評判を集めただけではなく、狂言作者としても自作を自演し、当代に並ぶ者なき大座長となった。

その團十郎が、曖昧《あいまい》な動機によって共演役者に殺害されたので、江戸はおろか、上方にまで聞こえる衝撃的な事件となった。

英次郎も、以前将軍直の密命によって潜伏していた浅尾《あさお》藩《はん》領地において、この事件を伝え聞いたほどである。

弦一郎は話をつづけた。

「そのときの出し物は『五右衛門絶景春景値千両秘聞』で、五右衛門が釜に入れられ、秀吉の眼前で茹《ゆ》で上げられる場面でござった。團十郎が釜に入りかけたとき、処刑人役を務めた生島半六が隠し持っていた短刀で、いきなり團十郎の心の臓を刺してござる。

これも芝居のうちと見守っていた大向こうの客が、團十郎は釜の真上ですでに死んでいると知った時には、すでに舞台、客席の混乱に紛れて、半六は姿を晦《くら》まし、今日に至ってござる。下手人を津々浦々に手配いたしたが、いまだに杳として行方はわかりませぬ。

それが今日、意外な耳音（情報）が伝わりましてな……」

一呼吸した弦一郎は、言葉を継いで、

「先ごろ、両国に居合わせた見物客が、叩《たた》かれ屋《や》の首を斬り落とした下手人が、生島半六に似ていると申し出てござった」

「なんと……」

英次郎は驚いた。

半六が、何故《なにゆえ》叩かれ屋を殺害したのか。

英次郎の疑問に答えるように、弦一郎はつづけた。

「見物客の言葉から、半六が叩かれ屋を殺害した動機は、團十郎殺しにつながるような気がしましてな、叩かれ屋の素性を調べましたところ、叩かれ屋は、元播州《ばんしゅう》赤穂《あこう》藩浅野内匠頭《あさのたくみのかみ》に仕えた田中貞四郎《たなかさだしろう》という武士であったことがわかりもうした。

そして、貞四郎の妹お妙《たえ》なる女性を、團十郎と半六が争っておったそうな。耳音によると、半六と懇《ねんご》ろになった妹を見初めた團十郎に、暮らしに窮していた叩かれ屋が、五十両で売り渡したということでござる。事件が発生した当時、黙秘していた團十郎の側人《そばにん》（秘書）が、もはや時が経過しているので漏らした耳音であるので、信憑性《しんぴょうせい》がござる」

祖式弦一郎の聴覚に触れた耳音は、さらに驚くべき展開をした。

「過日の弁天堂の蔵破りでござるが、あの手口は、石川五右衛門そのものだそうでござる」

弦一郎の言葉は英次郎に衝撃をあたえた。

「五右衛門と、先だっての弁天堂の蔵破りの手口、どのように似てござるのか」

英次郎は衝撃を抑えて問うた。

「文禄《ぶんろく》二年(一五九三)ごろのことでござる。鬼脅しを考案した錠前師・鍵平に聞いたところによると、錠前破りには三つの手口があり、一つは破壊、二つ目は技、三つ目は合鍵で、五右衛門はもっぱら合鍵を使ったそうにござる」

「されど、合鍵づくりそのものが、錠前破りよりも難しいのではござるまいか」

「五右衛門は、まず蠟《ろう》で錠前の型を取り、いくつもの合鍵をつくり、これを一つずつ当てはめて錠前を開いたそうにござる。その場で合鍵をつくる場合もあれば、いったん蠟の型を持ち帰り、合鍵をつくり、再度忍び込んで目的を達したと聞いてござる。当時の盗賊は、錠前を壊すのが常套《じょうとう》手口だったそうでござるが、五右衛門はもっぱら合鍵を使ったそうな……。当時からすでに百年余、合鍵づくりも進歩しているはずでござるが、いまは錠前が精巧になり、盗賊のほとんどは合鍵などという面倒な手は用いず、昔に返り錠前を破壊して盗みを働いてござる」

弁天堂の解錠された錠前を丹念に調べたところ、錠前の内部にわずかな蠟が残されていた。

この巧妙な手口が、丹念な計画に基づいて実行されたことは疑いない。

五右衛門の手口が今日使用されており、釜茹で処刑を舞台にかけた團十郎を刺殺し、さらに叩かれ屋を殺害した容疑者半六、いずれも石川五右衛門に関わっている。

さらに、半六に刀を貸した勤番武士も申し合わせ（共犯）の疑いが濃い。

英次郎が予感していた、天下泰平を隠れ蓑にして、地下に潜《ひそ》んでいた凶悪な気配が、いよいよ地上に姿を現わしてきたとおもった。

「ともあれ、弁天堂を襲った盗賊を徹底的に追う所存。きゃつら、これだけで満足するとはおもいませぬ」

弦一郎は覚悟のほどを眉宇《びう》に示して、帰った。

彼も、地下の気配を察知しているらしい。

弦一郎の辞去後、英次郎は道之介を呼んで、

「石川五右衛門に関するあらゆる文書《もんじよ》を集めてほしい」

と命じた。

「五右衛門か……ずいぶん古い話だのう」

「話は古いが、気配が新しい」

「新しい五右衛門の気配か。なんだか面白そうだの」

道之介はうなずいた。

江戸開府以来、書物奉行付お調役《しらべやく》を務めた立村家の道之介ほどに、徳川家数代に累積した史料、書類、日記、記録等に通じている者はいない。

石川五右衛門となれば、開府前のことになるが、道之介の資料収集力は過去へ果てしもなくさかのぼる。

石川五右衛門を歴史上の人物として著名にしたのは、なんといっても不羈《ふき》（非凡）の覇者秀吉と渡り合ったことである。

天下の大権を握った秀吉の居城伏見《ふしみ》城へ忍び込み、警護の侍を眠り香を炷《た》いて眠らせて、その寝所にある名品・千鳥《ちどり》の香炉《こうろ》を盗もうとした。

香炉が欲しいわけではない。天下を統一しただけでは飽《あ》き足りず、朝鮮にまで派兵した秀吉は、関白職と聚落第《じゅらくてい》を秀次《ひでつぐ》に譲り、隠居所として金ぴかの伏見城を築いた。

このおもいあがった秀吉は、枕元に置いている千鳥の香炉が盗まれれば震え上がるにちがいない。

五右衛門の言葉として、諸方の国々は軍役に苦しめられ、上は非義の政道を行い、下は私欲にして郡守、国司《こくし》を犯しかすめるは日常茶飯《さはんじ》事となっている、そこで我は太閤の命と偽り、国々を巡検して悪政を正し、太閤に訴えるといえば、必ず賂《まいない》をもって事を処理すること必定、と残されている。

こうして、秀吉の寝所まで忍び込み、香炉に手をかけたところで、猛将薄田隼人《すすきだはやとの》正《しょう》に捕まった。

五右衛門一人ではなく、その家族、一類が捕縛《ほばく》され、三条河原《さんじょうがわら》で煮殺しにされた。

このときの模様が、山科言経《やましなときつね》の『言経卿記《きょうきき》』の文禄三年八月二十四日の記に、

「盗人すり、十人、子一人等釜にて煮らる。同類十九人八付（磔《はりつけ》）に懸かる、三条橋南の川原にて成敗なり。貴賤、群集也云々」

と記述されている。

さらに、このことは、当時、渡日していたスペイン人のアビラ・ヒロンの滞在レポート『日本王国記』、および宣教師ペドロ・モレホンによる注にも、家族九人か十人が処刑されたと記述がある。

一類、一味十人以上が、煮えたぎった釜の中に沈められたことは確かなようであるが、いずれの記にも、五右衛門以下処刑された者の名前が記されていない。

道之介と祖式弦一郎の人脈と情報網を駆使して、史料が集まってきた。

五右衛門に関する信頼すべき史料は極めて少ないが、五右衛門は桃山《ももやま》末期の大盗《たいとう》として、江戸中期の芸能界にとって世話物（時代に即した娯楽）の恰好《かっこう》の材料となった。

それだけに真相は歪《ゆが》められ、浄瑠璃《じょうるり》や歌舞伎では、五右衛門は弱者の味方、義賊に

改造されている。

史料は真偽混在しているが、五右衛門、時に三十七歳が十名以上の家族、あるいは手下と共に釜茹でにされた点は一致していた。

信憑性の高い史料では、油の煮えたぎっている釜に生きたまま沈められたことと、その人数はほぼ一致していたが、五右衛門以下、釜茹でにされた者は特定されていない。

そして、史料にも、「我らの仲間多勢が、こうして毎日、都の中を徘徊《はいかい》していることは、すでにお上の目に余るものあり、一網打尽は目の前にあり、今宵《こよい》のうちに都を落ちて大津《おおつ》にて落ち合うこと」と言い渡したとある。

つまり、五右衛門は捕手《とりて》に捕まる前に、すでに逃亡していたことを暗示している。

さらに、隠し目付《かくめつけ》に化けて、江州《ごうしゅう》・水口《みなくち》城に入り、国家老・長束七郎右衛門《ながつかしちろうえもん》、および大垣《おおがき》城主・伊藤長門守《いとうながとのかみ》の用人から賄賂《わいろ》を取り、美濃《みの》岩村《いわむら》の城主・田丸《たまる》家より巻き上げた二万両を手下に配分して、

「悪行を重ねて金もできたが、またお上の追手も向けられるであろうから、分散して世を忍び、来年、紀伊国根来寺《ねごろじ》の大塔にて会合する」

と約束して、姿を消したとある。

この賄賂や、騙《だま》し取った金額からして眉唾《まゆつば》ものであるが、五右衛門が逃亡した疑惑を残す史料であった。

数多《あまた》ある史料によると、五右衛門は多数の部下を擁《よう》し、槍、弓、鉄砲等で武装し、押し入り強盗を働いていた反社会的な武装集団の統領として、天下の覇者・秀吉に反抗していたようである。

五右衛門がどんなに暴れまわっても、秀吉から見れば、しょせん、蟷螂《とうろう》の斧《おの》にすぎなかったであろう。

だが、反秀吉の蟷螂として、猪口才《ちょこざい》なやつと釜茹でにしたということであるが、幕府を批判して出羽《でわ》へ配流された禅僧・沢庵《たくあん》は、五右衛門を、「智、仁、勇を備えた人物であり、一転すれば善人になっていた。長く捕らわれなかったのは智であり、手下がよく従うのは仁愛があるからだ」と随筆に書き記している。

英次郎が最も興味をもったのは、沢庵の随筆であった。沢庵ほどの名僧が賞賛するからには、五右衛門は単なる強盗の頭目ではなく、智、仁、勇を備えた人間であったかもしれない。

だからこそ、百十余年経過した今日においても、義賊の象徴として庶民の意識に生きているのであろう。

弦一郎から伝えられた情報は、英次郎を緊張させた。

なぜ、百十余年もしてから、五右衛門が今日に関わってくるのか不明であるが、五右衛門に関係ある者が江戸でなにかを企《たくら》んでいる蠢動《しゅんどう》を感じる。

それは幕府に仇《あだ》なす不気味な蠢動である。幕府が揺れれば、天下の泰平は不安定になる。

英次郎の触覚《アンテナ》に触れた蠢動の震源地が五右衛門であるとすれば、徳川に刃向かう根拠がない。

根拠はなくとも殺害された團十郎、およびその下手人・生島半六、弁天堂の蔵破り、叩かれ屋・田中貞四郎の殺害の下手人に関わる共通項は石川五右衛門である。

戦国、戦乱の時代がようやく統一され、天下泰平のご時世を、庶民は明日の命を保障されて、平穏無事に暮らしている。

幕府の軍事力に膝《ひざ》を屈した大藩、雄藩の諸大名も、泰平の夢を貪《むさぼ》っている。いまさら幕府に叛旗《はんき》を翻《ひるがえ》して、覇権を奪おうとする者はいない。いまは軍事力よりも、町人の経済力のほうが強い時世となっている。

打ちつづく泰平の御代に、武士の腰は抜けてしまったといってもよい。

このような時世に、あえて波乱を巻き起こそうとする者は、よほど幕府に怨《うら》みを抱いている者か、あるいは文治《ぶんち》の時代では出る幕がないとおもい込んでいる時代錯誤の無頼《ぶらい》の徒《と》であろう。

泰平の時世は、天下を統一した覇者による中央集権によって成り立つ。この泰平を覆《くつがえ》そうとする者がいるとすれば、まず徳川に怨みを含む者、あるいはその天下を快くおもわない者などであろう。

だが、今日、徳川に立ち向かえる者はいない。たとえ心から忠誠を誓っていないにしても、平穏無事の時世に、動乱や波乱を好まない。

徳川に滅ぼされた豊臣《とよとみ》の残党にしても、百年余りの徳川施政下において、反骨を失っているはずである。

豊臣家由来の者でも、「天下の大権は一家が独占するものではなく、力のある者が次々に後継していくものである」と公言した。

事実、秀吉は織田家から天下を奪い、その織田は戦国時代をほぼ統一して覇者となった。つまり、天下は回りものである。

泰平に飽きた者が次の天下を狙っているかもしれない。だが、それだけの反骨と意志を、今日持っている者が、果たしているであろうか。

（やはり執念深い豊臣の残党か……）

石川五右衛門は豊臣家に怨みを含む者であって、徳川とはほとんど関わりはない。時代錯誤とはいえ、英次郎が気になることは、伝説の大盗・石川五右衛門である。なぜ、幕威が最も定まったこの時世に、五右衛門の亡霊が現われるのか。

「敵の敵は味方」という至言がある。つまり、徳川家康の宿敵・豊臣秀吉の心胆《しんたん》を寒からしめようとして伏見城に忍び込んだ五右衛門は、秀吉の敵にちがいない。秀吉が築いた天下を奪った徳川家康から見れば、五右衛門は味方である。その味方の幻が、百余年後、徳川の膝元で不気味な蠢動をしていることが、英次郎の意識に引っかかるのである。

この蠢動は敵対的である。

（このままではおさまらぬ）

英次郎の気がかりは、そこにあった。

この蠢動は、噴火直前の活火山の予告に似ている。

さらに、英次郎の気になることは、五右衛門の幻の蠢動が、家宣を後代（将軍後継者）と指名したときと前後して始まったことである。

偶然の一致か、あるいは故意に合わせたのか。

もし蠢動の契機《きっかけ》が後者であるとすれば、新将軍就任に対して、なにかを企んでいるにちがいない。

徳川の覇権が確定的になっていても、将軍職相続時には隙間《すきま》が生ずる。その隙間を狙って事を起こそうとしているのではないのか。

そこまで思案を進めた英次郎は、事実に気づいて、はっとした。

(もしかすると、五右衛門の幻は当代が影であることを知っているのではないのか)

後代相続前に当代が影であることを世間にさらせば、徳川の権威は地に墜《お》ちる。

そのためには当代が影である動かぬ証拠をつかまなければならない。それをすでに確保したのか。あるいは影のにおいを嗅《か》ぎつけて、蠢動を始めたのか。

そのあたりは、まだ茫漠《ぼうばく》として霞《かす》んでいるが、英次郎の触覚にしきりに触れる危険な気配がある。

英次郎が思案していると、祖式弦一郎が組屋敷に立ち寄った。

「半六が團十郎を刺した直接のきっかけは女ということですが、叩かれ屋の妹お妙なる女の所在がつかめません。役者や、小屋の者、座元から表方、裏方、立作者《たてさくしゃ》、見習い、また常連の見物客まで聞き合わせましたところ、芝居茶屋の女というだけで、女そのものに会った者はいません。拙者は、女はでっち上げだとおもっています。つまり、女をはさんでの刃傷沙汰と見せかけていると考えています」

弦一郎はそれを知らせたくて、英次郎に会いに来たようである。

「拙者も同じように考えています。團十郎を刺した動機《ことわり》は、痴情ではありませんな」

「ならば、ご貴殿、なにがきっかけとおもわれるか」

弦一郎が一直線に視線を向けた。

「女を束《たば》にしても賄《まかな》いきれぬ大きな理由が潜んでいると思案してござる」

「拙者も全く同感でござる。市村座の刃傷沙汰は、女をめぐる痴情から発したものではなく、天下の一大事につながるような気がしきりにしてござる」

弦一郎は宙を見据《みす》えた。

祖式弦一郎は奉行所の総力を挙げて生島半六の行方を追っているが、その消息は絶えたままである。

弦一郎は、半六が一連の事件の鍵を握っているにちがいないと睨《にら》んでいる。

この間、道之介が気になる情報をつかんできた。

「お主、生島新五郎《しんごろう》を知っているか」

道之介が獲物をくわえて来た猟犬《りょうけん》のような顔をして、英次郎に問うた。

「生島新五郎といえば、團十郎につづく人気役者ではないか」

「さすがに目が大きい（情報通）な」

「そんなことは、江戸の住人であればだれでも知っておるわ」

「その新五郎、半六の師匠だとさ」

「そう言われてみれば、同姓だな」

「その師匠の新五郎が、どうやら西城の大奥とつながっているらしい」

「西城とつながる……どういうことだ」

「西城の奥女中と通じて、密会を重ねているそうな」

「人気役者と奥女中か、ありそうなことだの」

芝居見物に来た高級女中が、待合を兼ねた芝居茶屋で、お気に入りの役者を密かに呼んで忍び会うのは、珍しいことではない。

「裏茶屋（芝居茶屋の隠れ部屋）の出会いではないぞ。密かに大奥へ呼び寄せているそうな」

「大奥へ……役者が大奥へ入れるのか」

「呉服師《ごふくし》・後藤縫殿助《ごとうぬいのすけ》が肩を貸し、長持《ながもち》に新五郎を潜ませ、七つ口の監視を潜《くぐ》り、大奥に忍び通っているということだ。新五郎が大奥に忍び通いをするようになってから、その奥女中のお末（下女）のおせんなる者が消えたという」

「お主、それはまことか……」

「おそでさんから聞いたことだ。まちがいはない」

「おそでさんが……」

「おそでさんが患者の秘密を漏《も》らすわけがない。おそでさんの助人（付き添い）として大奥に入った貴和さんに、おそでさんがそっと耳打ちをしたのだ。助人の漏言であれば、患者の秘密を漏らしたことにはなるまい。貴和は医師ではないからな」

「それは聞き捨てならぬ情報だな」

英次郎は目を宙に据えた。

おそでは、いまや手当て所だけではなく、表番医師、および西城大奥の奥医師として重きをなしている。

大奥の権式者である奥医師も、おそでの医術にははるかに及ばない。おそでが城中に召しだされた当初は、妬《ねた》む奥医師もあったが、最近はおそでに教えを乞《こ》うようになっている。

英次郎は、道之介から聞いた耳音に不吉な予感をおぼえた。

新五郎が通じているという奥女中の江島《えじま》は、直参《じきさん》旗本・白井《しらい》平右衛門《へいえもん》の妹に当たり、若くして大奥に上がっていた。

その後、江島は後代に指名された家宣の側妻・お喜世《きよ》（後の月光院《げっこういん》）に取り入り、次第に大奥に勢力を拡げていた。

お喜世は松の廊下事件により御家断絶、即日切腹を命じられた赤穂藩主・浅野内匠頭の正室・阿久里《あぐり》（後の瑶泉院《ようぜんいん》）に仕えていた。

浅野家断絶後、お喜世は、当時の甲府宰相・綱豊（現家宣）の侍女となり、その寵《ちょう》愛《あい》を受けた。

後に家宣の次代七代将軍・家継《いえつぐ》の生母となるお喜世は、家宣の寵愛を一身に集めて大奥に揺るぎない勢力を張った。

そのお喜世に気に入られた江島は、増長して、大奥に男を引き入れるまでになっていたのである。

その手引きを半六が務めているのかもしれない。

半六が、團十郎および叩かれ屋・田中貞四郎の殺害に関わっている。つまり、五右衛門関連が大奥にまで延びていることになる。

半六のその後の消息は絶えているが、貴和に頼んで、大奥に網を張っておけば引っかかるかもしれない。

彼の背後には江島を介してお喜世の方、ひいては後代が控えている。へたに手は出せない。大奥に姿を現わしたのを尾行して、城外で捕らえるほかはない。

だが、道之介が集めた情報によると、江島の周りは、浅草諏訪町《あさくさすわちょう》の豪商・栂屋善《つがやぜん》六《ろく》、出羽屋源七《でわやげんしち》、また奥医師・奥山交竹院《おくやまこうちくいん》、小普請奉行・金井六右衛門《かないろくえもん》などが囲んでいるという。

いずれも大奥に勢力を張っている取り巻きであるだけに、慎重に構えなければならない。

英次郎は、道之介から聞いた耳音を祖式弦一郎にも伝えた。

「実は、我らも半六にはかねてより目をつけておりました。半六は人気役者と奥女中の仲介《つなぎ》役、大奥の女中に重宝がられてござる。小屋で観劇中も、江島は桟敷《さじき》に半六を呼び寄せ、随行の中﨟《ちゅうろう》や表使い、小姓、末女中、供侍まで、なんと百人を超える輩《ともがら》を侍らせて、他の客の迷惑も顧《かえり》みず、酒宴を開いたのを見かねた拙者が注意したところ、『不浄役人の出るところではない』と酒杯から酒を浴びせかけられました。

その場で引き立てようかとおもいましたが、当代にご迷惑を及ぼすやもしれず、と煮えくり返る胸の裡《うち》を抑えて引き下がりましたが、その後ずっと目をつけております。大奥は奉行所の手の及ばぬところ、西城の耳に入っては事が大仰《おおぎょう》になり申す。

それに江島を捕らえるには、新五郎を手引きしている半六の現場を押さえなければなりません。我らの目を感じたのか、昨今は芝居茶屋の裏部屋での新五郎との交情も控えております。半六の所在は、おそらく栂屋、出羽屋、奥山交竹院などが知っておりましょうが、大奥御用達《ごようたし》のきゃつらの口を奉行所が割らせることはでき申さぬ。新五郎を忍ばせた衣装長持ちに半六が随行して、七つ口を出た直後を押さえない限り、御用にはできませせぬな」

さすがの弦一郎も当惑しているようである。

「きゃつら、必ず隙を見せましょう」

二人は歯ぎしりをするおもいで、半六の捕縛を誓い合った。

半六は大奥に勢力のある女中の歓心を買うためだけに、大奥の手引屋となっているわけではあるまい。必ずやなんらかの下心あっての手引きである。その下心は五右衛門に関わっている。

それから間もなく、英次郎一統、および奉行所を愕然《がくぜん》とさせる変事が突発した。

両国の川開き後、両国橋を中心として江戸中の涼み船をすべて集めたかのように、花火見物の船が川面《かわも》を埋めた。

広い隅田川を両岸へ船から船を伝って歩いて渡れるといわれるほどに船が集まり、橋の上と両岸は見物人と灯火《ともしび》によって埋め尽くされた。

万治《まんじ》年間（一六五八〜一六六一）、納涼船に始まった花火の打ち上げは、後年両国吉川町《よしかわちょう》の玉屋《たまや》が橋の上流、横山町《よこやまちょう》の鍵屋《かぎや》が下流にそれぞれ製造した花火を打ち上げ、夏の夜空を染める光彩の妍《けん》を競った。

轟音《ごうおん》と共に、光の花が夜空に開く度《たび》に、群衆から、大歓声が沸き上がる。それも単発ではなく、息つく間もないほどに、銀波、光波、光露が津波のように押し寄せ、光の滝となって見物客の頭上に落ちてくる。

熱い燃えかすが頭に降りかかり、悲鳴をあげる客もいる。

江戸名物の川開きを彩るものは、夜空に競う夏の花だけではない。

両岸に軒を連ねる茶屋、船宿、飲食店、民家や社寺までも軒提灯《のきぢょうちん》や灯火を競い、川面に光の破片を落としている。

そして、なによりもこの夏の夜を豪勢なビッグイベントに仕上げるのは、江戸の人口の半分が集まったように見える大群衆の興奮と歓声であった。

それぞれの花火船は、乗客の身分や、経済力や、職業や、人種によって、船の収容力、飾り立て、形式など異なるが、共有する夏の夜の饗宴《きょうえん》は同じである。

川の中央は豪華な大船が占めても、川の流れに従って岸辺近くの小船と交替してしまう。川の流れが四民を平等にするのである。

船の大小、船飾りの優劣に関わりなく、大川の広い川面を埋め尽くした船は、舷《ふなばた》を接するようにして、夏の夜の饗宴に加わっている。
水流と共に開閉する川面を縫うようにして、売ろ売ろ船が飲食物を売りまわってい
る。
一際《ひときわ》大きな光花が、頭上の星の海を消して開いたとき、長屋の衆が乗った中型の屋
形船が、正体不明の水中漂流物に触れて揺れた。
その弾みを食って、危うく川に落ちかけた船頭が踏ん張り、漂流物を確認した。
「土左衛門《どざえもん》(水死体)だ」
仰天した船頭があげた声に、乗っていた客が川面を覗《のぞ》き込んで、悲鳴をあげた。
折しも、頭上に炸裂した光に染められた川面に、流れに衣類をさらわれたらしい裸
の男の土左衛門が、川波に揺れている。
「縁起でもねえや。土左衛門など引き揚げたら、船が幽霊に取り憑《つ》かれちまわあ」
そのまま船を進めようとした船頭に、乗っていた客が、
「船頭さん、これもなにかのご縁だよ。死体《ホトケ》を見捨てるわけにはいかねえ。船の汚れ
代は払うから、引き揚げておくんねえ」
と声をかけた。どうやら俠気《おとこぎ》のある出職《でしょく》の親方らしい。
親方の言葉に、船頭は船の向きを変え、水死体を船の上に引き揚げた。

異変を知った花火船が周囲から漕《こ》ぎ集まって来る。

さすがは物見高い江戸っ子である。見物客の視線が花火から土左衛門に集まっている。

船だけではない。橋の上にも夥《おびただ》しい見物人が、目を花火から船の上の土左衛門に向け変えている。

「皆の衆、水面をあけてくれ。死体《ホトケ》を早く陸揚げしねえと、それこそ浮かばれねえ霊が取っ憑くぞ」

舳先《へさき》に立った親方が、集まって来た野次馬船に呼びかけた。

霊が取り憑くと聞いて、野次馬船は慌てて舳先の向きを変えた。

両国橋の袂《たもと》にある番小屋に、早くも野次馬が伝えたとみえて、番人が岸辺で待っていた。

野次馬が雲霞《うんか》のように集まって来る。江戸っ子にとって、花火よりも土左衛門のほうが興味をそそる。水死体を見ながら、花火にも目を配る。

「なんでえ、野郎の土左衛門かよ」

と軽口を叩きながら、見物している者もいる。

「見せもんじゃねえ。道をあけろ」

親分が群衆を追い払おうとしても、野次馬は多くなるばかりである。

野次馬の中から、

「その土左衛門、生島半六じゃねえのか」

という声があがった。

「そうだ。半六だ。どうやらどこかで見たような顔《つら》だとおもったよ」

水死体が人気役者の生島半六と知れて、さらに多くの野次馬が群れ集って来た。群衆に囲まれて身動きがままならぬ中、とりあえず水死体を番小屋に運んだ。ようやく奉行所の手の者が駆けつけて来た。祖式弦一郎が案内されて来た。

通常、水死体は奉行所の役人から嫌われる。水中から岸へ引き揚げると、速やかに腐敗が始まるので、陸地に揚げずに川の中流へ突き放して、海へ流してしまう役人が多い。

弦一郎も半六の素顔は知っている。彼は、直ちに英次郎の組屋敷と、おそでの手当て所に小者を走らせ、「火急の用ありて、両国橋西袂の番小屋まで足を運ばれよ」と伝言させた。

半六は殺害後、大川に投げ込まれ、花火船にすぐに発見され、岸揚げされたらしく、死体は辛《かろ》うじて原形を保っている。

致命傷は心の臓の一突き。下手人はよほどの手練《てだれ》らしく、自衛も、抵抗の間もあたえず、速死（即死）と弦一郎はみた。その証《しるし》に、死体は水を飲んでいない。

間もなく英次郎がかさねに跨《また》がり、おそでを後ろに乗せて駆けつけて来た。英次郎も半六殺害の報《しら》せに接して、愕然とした。

「ご足労煩《わずら》わせます。おそで先生に先般、首を斬り落とされた叩かれ屋・田中貞四郎の斬り口と、半六を刺した創管《くだ》とを比べていただきたい」

弦一郎はおそでに頼んだ。

おそでは弦一郎の意を即座に了解して、すでに腐乱し始めている死体に、顔をしかめることもなく、綿密に刺創管を検《あらた》め始めた。

英次郎も、弦一郎の意図を同時に察知した。

英次郎は、叩かれ屋がお店者に殺害された直後、その現場で叩かれ屋の離断された首と胴の斬り口を見ている。

半六の死因は水死ではなく、一撃のもと、心の臓を貫いた刺創《さしきず》である。かなりの遣い手とみた叩かれ屋を、一刀のもとに首・胴を離断したほどの遣い手である半六を一撃に葬《ほうむ》った下手人は、超常の遣い手であろう。

叩かれ屋と半六を仕留めたのは同一の凶器ではないかと、弦一郎は推測したらしい。

　そして、英次郎も同じような疑いをもっていた。

「斬り傷と刺し傷ではありますが、同じ業物《わざもの》（凶器）を用いたものとおもわれます。拙者の憶測にすぎませんので、おそで先生のお出ましをお願いした次第でござる」

　弦一郎は言った。

　傷口を丹念に検めていたおそでが顔を上げた。

　英次郎、弦一郎以下、小屋番たちの視線を集めて、おそでは、

「刺し傷と斬り傷のちがいはございますが、まず同一の凶器を用いたにちがいございませぬ」

　と、確信のある口調で弦一郎の推測《みたて》を肯定した。

「叩かれ屋を斬った業物は、店者が見物していた武士から借りたと聞いてござるが」

　英次郎は弦一郎の顔色を探った。

「いかにも。拙者もその武士の顔は見ておらぬが、何人かの見物していた者が申しておりました。腰のものを貸した武士は、勤番者らしい武士のようであったと申しておりました」

「すると、勤番者が下手人の疑いがありますな」

「拙者も同感でござる。されど、下手人がその勤番者であったとしても、なにゆえ川が混み合うておる花火打ち上げ盛んなときを選んで、半六の骸《オロク》を大川に投げ込んだのでしょうな」

今度は弦一郎が英次郎の顔色を探った。

「拙者もそのことを不審におもっており申した。あの混雑の中に骸を流せば、夥しい花火船に見つけられましょうが。むしろ、それを狙って、半六を大川へ流したのではないかと存ずる」

「ご明察。つまり、下手人は骸を人目にさらして、騒ぎを起こそうとしているのでは……」

「左様。江戸に住む大多数が集まるという川開き最盛期を狙って、人気役者の骸を大川に流せば、ご府内はもちろん、ご府外、近隣、さらには上方、西南にまで伝え拡がりましょう」

「それが狙いですな。大向こうの前で團十郎を殺《あや》めた半六を川開きにさらせば、騒ぎはさらに大きくなる。これに弁天堂の蔵破りが伴ってくれば、まさに天下の一大事でござる。お膝元での度重なる騒動は、明らかにお上（幕府）を標的にしてござる。敵はお上を狙っている」

二人は目を合わせて、見えない敵を宙に探った。

半六に、武士の魂である腰の物を貸した勤番者が、幕府に叛意《はんい》を抱いて事を起こしている。つまり、徳川の天下泰平が気に入らないのである。

お膝元で事を起こして幕府の信頼を崩し、その覇権を奪う。泰平の世はたちまち乱れる。平和な街角は再び戦場に変わる。

覇権を維持し、平和を保つためには、民の信頼と軍事力が必要である。だが、代を重ねた幕府の軍事力は、諸大名の勢力衰退と共に、形ばかりになっている。

その隠れ蓑の下に、本物の軍事力を密かに備蓄して、覇権を狙っている者がいる。

だれが覇者となろうと、天下が泰平であれば、民は幸福である。

だが、それまでに全土に及ぶ戦乱の血煙を潜らなければならない。平和を確保するためには、大量の血が流される。無駄な血を流して、ようやく獲得した天下の泰平を、どんな事情があろうと、戦乱の世に戻してはならない。

おそでを加えて三人が半六の死体を囲んでおもった。

「多数の者が、半六に腰のものを貸した勤番者を見ております。奉行所の総力を挙げて、その武士の素性を洗いだす所存でござる」

弦一郎は断言した。

人口百万に達しつつある江戸を守る町奉行所の探索力は、端倪《たんげい》すべからざるものがある。

元禄六年（一六九三）、馬が人の言葉を話すという噂《うわさ》が広まり、人心を惑わす流言《りゅうげん》蜚語《ひご》を許すまじとして、町奉行所が十ヵ月を費やして噂の源を突き止めた探索力は、江戸府内だけではなく、全国に知れ渡っている。

江戸へ行けばなんとかなると、全国から江戸へ流れ込む膨大な人数は、各長屋の家主に気に入られなければ、定住所を持つことはできない。

借家人から犯罪者が出たり、失火したり、借家が売春に使用されたりすると、奉行所に探索されて家主の連帯責任となるので、簡単には入れない。

江戸には路銀さえあれば来られるが、そこに根を生やすのは難しい。

まだ当時は帳外者（無宿者）や、軽犯罪者を更生させる施設として、石川島《いしかわじま》の寄場《よせば》は設置されていない。

無宿者《むしゆくもの》は、河原や、空き地や、墓地などに入り込んで生きていかなければならなかった。

手に技がある者は、橋の下などに住みながら、けっこう重宝がられて食いつないでいたが、無能な者は野垂れ死にをする以外にない。

郷里から追われるように出て来た者たちは、来る者を拒まぬ江戸の自由に、野垂れ死ぬ自由があることをおもい知らされた。

また奉行所の所管に属する浪人者などは、たやすく江戸の人間の海の中に忍び込むことはできない。

「貴和さんからお聞き及びとおもいますが、成田屋さんが殺されたほぼ同じ時期に御年寄江島さまのお末のおせんさんが行方を晦《くら》ましていますが、私の処方による薬物がないと、命が危のうございます。奉行所のお力をもって、ぜひともおせんさんを捜し当ててくださいませ」

おそでが言葉をはさんだ。

弦一郎と英次郎の顔色が改まった。おせんが、半六、團十郎の殺害の鍵を握っているかもしれない。だが、いまだに奉行所の探索の網を潜って、消息不明である。

おそでは、半六殺害の下手人探しよりも、自分の患者の命を救おうとして、すべての人脈と手段を尽くそうとしている。

五右衛門の影

「江戸の川開きを汚《よご》したやつは、許せねえ」

主膳が憤然《ふんぜん》として言った。

「汚すつもりで半六を刺し、大川に投げ込んだ。汚したのは大川だけではない。江戸っ子が愉《たの》しみにしている小屋を汚し、大奥まで瀆《けが》すだけならまだ許せるが、團十郎、叩《たた》かれ屋《や》を殺《あや》めた。やつらの手が伸びる前に、阻止《とめ》なければならない」

英次郎の言葉に一統はうなずいた。

おせんのことだけではなく、英次郎は江戸を中心に据《す》えた天下の脅威をおぼえている。大事に至る前に脅威の 源《みなもと》 を取り除かなければならない。

英次郎の予感は的中した。

本革屋町《ほんかわやちよう》にある江戸屈指の革問屋・角屋《かどや》伝右衛門《でんえもん》（通称・角伝《かどでん》）の蔵が破られ、現金千両、および高価な革細工がごっそりと盗まれた。

犯行手口は、麹町《こうじまち》四丁目薬問屋・弁天堂の蔵破りと似通っていた。角屋の蔵に取り付けた錠前は、弁天堂と同じく鍵平のつくった鬼脅しである。犯行手口が同じである。またしても錠前が解錠されて、鍵平も一味に通じているのでないかと疑われた。

奉行所の吟味《ぎんみ》に、鍵平は必死に自分の無実を主張し、

「この度《たび》破られた鬼脅しは、弁天堂さんの鬼脅しよりも複雑な構造《しかけ》になっておりまして、これを解こうとする賊《ぞく》に対して、仕返す細工が隠されております」

と訴えた。

「その隠されている細工とは、どんな巧《たく》みか」

吟味にあたった弦一郎は、鍵平の無実を察知していた。

賊に狙われた角伝が少し前の川開きに花火船を出して花火見物中、大川を流れ下る半六を船頭が発見した。

これを偶然といえようか。

半六を殺した下手人は、その死体の行方をずっと見守っていたにちがいない。角伝が半六の死体を見たことを確かめてから、蔵を破ったのである。

市川團十郎、叩かれ屋・田中貞四郎、生島半六、弁天堂、そして角伝と、次々に発

生した事件に、石川五右衛門を源とする関連性があるとわかれば、泰平を謳歌《おうか》している江戸の人心が不安定になる。

人心を惑わし、覇者の膝元《ひざもと》を攪乱《かくらん》する。それが敵の狙いであろう。

だが、敵はまだその全体像を見せない。

英次郎一統、および弦一郎と奉行所の手の者も、敵影を確認しておらず、半信半疑の精神状態である。確認前に一連の事件が五右衛門絡みであると公表するわけにはいかない。

仮に百余年前の五右衛門が、一連の事件の源であると仮定しても、下手人の目的が不明である。

江戸の人心を不安定にした程度では、幕府の覇権は揺るがない。

だが、この一連の事件が、舞台開幕前の拍子木《ひょうしぎ》のようなものであれば、ゆゆしき大事が幕の背後に潜《ひそ》んでいることになる。

「解錠された鬼脅しの錠前には、わずかではありますが血がついております。鬼脅しを解錠したやつの血にちがいありません」

「まず、お主の指を見せてもらおうか」

鬼脅しに付着していた微量の血に、弦一郎は気づいていた。自分の製品である鬼脅しを解錠した鍵平が、解錠作業中、指を傷つけたのかもしれない。

だが、鍵平の左右十本、針で突いたほどの傷もなかった。

「どんなに鍵解《あ》けの名人でも、この鬼脅しの解錠作業中、中に仕掛けたゼンマイがはね返り、解錠屋の指を傷つけるように細工を施しております。手套《しゅとう》（手袋）を着けては、どんな名人でも錠破りはできません。指に針の先のような神経を集めて、難攻不落のような錠前と戦います。そして、閂《かんぬき》を外《はず》してしまうのですが、錠の奥に仕掛けられていた細工まで指が届かなかったのです。危うく指一本、切り落とされるところだったとおもいますが、さすがは錠前破りの名人、最小限の傷で躱《かわ》したようです。でも、当分は指先を使えないでしょう」

賊は、鍵平によって一矢《いっし》報いられている。指先のわずかな負傷であっても、錠前破りにとってはかなり手痛い反撃であったであろう。

当分の間、指が使いものにならなければ、蔵破りはできなくなる。

だが、弦一郎は別の脅威をおぼえた。

「指が使いものにならなければ、指が治るまで待つか……」

英次郎がつぶやいた。

「拙者もそのことを案じてござる」

二人は視線を合わせてうなずいた。

以心伝心、錠前破りには合鍵、磨《みが》き上げた技で錠前を破るか、技がなければ錠前そのものを破壊する手口がある。

手っ取り早いが、破壊中に気配を察知される危険が大きい。錠前の破壊作業を発見した蔵の主は、決して黙ってはいないであろう。

これまでは、被害は蔵の中身に留まっているが、蔵破り中、蔵の主が賊を発見すれば、被害は蔵の外に拡がる。被害は人身に及ぶであろう。

「鍵平、賊が次に狙いそうな蔵を予測できるか」

弦一郎が問うた。

「へい、私《あつし》が蔵の錠前をこしらえた店は、江戸中におおよそ百五十店はございます」

百五十店と聞いて、弦一郎は奉行所の手が絶対的に足りないとおもった。

だが、賊の忍び込みを予測して、百五十店中、特に大店《おおだな》に絞って敷店《しきてん》（張り込み）を配置することはできる。

鍵平に蔵の錠前づくりを依頼する店は、いずれも大店であるが、大店中の大店に絞って敷店をかけるのは、岡っ引きや下っ引きを動員すれば可能である。

「賊が狙いそうな、特に大店を選び出してくんな」

弦一郎は要請した。

「大店中の大店となりますと、まずは公儀御用達《ごようたし》の店ということになります。公儀御用達のお店となりますと、たいてい用心棒がついておりますよ」

「用心棒か……」

弦一郎は苦い顔をした。

彼の心を読んだように、英次郎が、

「なまじ用心棒などを飼っておると、流さぬともよい無駄な血を流すことになる」

とつぶやいた。

おそらく用心棒を飼っているとしても、二、三人であろう。その程度の人数で、被害金品から推測される賊の戦力には対抗できない。へたに刃向かえば、用心棒だけではなく、店の者が鏖《みなごろし》にされるかもしれない。

これまでの被害店では、賊の顔を見た者は一人もいない。だが、錠を壊す気配を察知して、店の者と賊が顔を合わせれば、ただではすみそうにない。

元禄以前の江戸は流動期であり、大名以下、町人の移動が激しかった。

それが元禄の末期から宝永にかけて、影将軍の善政のもと、大名の取《と》り潰《つぶ》しや、転封もほとんど終わり、武士も町人も移動から定着に変わってきた。

その分、近所衆の仲が緊密になるかとおもいきや、むしろ疎遠になった。

家康が江戸へ入ったのは天正《てんしょう》十八年（一五九〇）八月一日である。江戸を徳川の拠点と定め、築城と並行して、江戸の町づくりを始めた。

慶長《けいちょう》五年（一六〇〇）九月十五日、関ヶ原の戦いに勝利して、天下を握った家康は、江戸に開府して、本格的に江戸の町割り（城下づくり）を始めた。

こうして五代を重ね、幕府の中央集権を確固たるものにしたが、この間、家康四十一家、秀忠《ひでただ》三十八家、家光《いえみつ》四十七家、家綱《いえつな》二十九家、綱吉四十五家、計二百家を改易《かいえき》した。

綱吉の代（影の前）には一門及び譜代の名家二十八藩を改易に処した。それに反して、外様《とざま》大名は十七家に止まった。

つまり、綱吉は門閥《もんばつ》、譜代《ふだい》の者を外様よりも信用しなかったのである。

大名の改易や転封ごとに、江戸の都市計画が変わり、時代によっては三年に一度、あるいは二年に一度の大火に備えての区画整理によって、町民は移転を強制された。

どうせ裏長屋の借間住まいの町人たちは、命さえあれば失うものはなにもない。その日暮らしの「宵越《よいご》しの銭は持たねえ」という能天気な江戸っ子気質を培《つちか》ったのである。

あまりにも移転が激しく、隣近所との連帯《きずな》を強める時間が足りなかった。

武家に及んだ移転の影響の好例が吉良上野介《きらこうずけのすけ》である。播州《ばんしゅう》赤穂《あこう》藩、浅野《あさの》家の怨《うら》みを買った上野介の邸《やしき》に浅野遺臣団が討ち入りをしたとき、吉良邸を取り囲む隣人たちは、救援するどころか、むしろ押し入った浪士たちが無事に本懐を遂げるよう暗黙裡に支援した。

世間の嫌われ者となった吉良家に対して、亡主の遺恨を晴らすべく、お膝元をも憚《はばか》らず、実力行使に出た浅野遺臣団を、武士道の精華《せいか》として賞賛し、吉良家を見殺しにしたのである。

いかに隣人たちとのつながりが薄かったかを示す見本である。

人は集まってそれぞれの能力を出し合い、豊かで幸福《ハッピー》な暮らしを立てようと、町をつくる。

大勢が集まれば、それだけ多くの能力や才能が、より豊かで便利な共同体を築く。

一人の能力はたかが知れているが、多勢が集まれば全方位的に可能になってくる。

あまりに多く集まりすぎて、本来はたがいに信じ合って機能するはずであった町が大都会に化けると、見知らぬ者は敵と見なす人間の海となってしまう。

無防備に近づくと食われてしまうので、自衛のために、人間不信の慣習ができ上がっていく。

九尺二間の裏長屋の住人ではあっても、隣りがなにをする人間か知らないことも多い。

これが表通りに軒を連ねる大店になると、ますます共同体《コミュニティ》としての関わりが少なくなる。むしろ、関わりを敬遠する。

大名となると、外様の大藩を幕府の親藩や譜代によって取り囲み、相互に警戒、敵視している。

将軍家や大名家の御用商人は、忠実な提灯持《ちょうちんも》ちとなる。

英次郎と弦一郎は協議した結果、鍵平が錠前をつくった百五十の店の中から、将軍家、大奥、西城、水戸《みと》、尾張《おわり》、紀伊《きい》、前田《まえだ》、伊達《だて》、島津《しまづ》等、御三家、外様の大藩などを含めての十店の御用商人を選び出した。

これら十店は、賊が最も狙いそうな巨店であることに二人の意見が一致した。

このうち将軍家御用達の豪商が、外様大名の御用達よりも狙われる確率が高いが、徳川の治世に牙《きば》を抜かれた外様大名も恰好《かっこう》の標的である。

十店から、さらに五店を選び、その中でも最も狙われそうな標的として、将軍家御用達の本町《ほんちょう》二丁目北の角の鹿島屋《かしまや》清左衛門《せいざえもん》、大奥出入りの日本橋通《にほんばしどおり》南二丁目の恵比寿《えびす》屋利兵衛《やりへえ》の二店に絞り込まれた。いずれも江戸屈指の豪商である。

「おもうに、この二店の蔵を破れば、公儀の面目は丸潰れ、かつ幕威《ばくい》は失墜するでしょう。それだけに、賊の狙い目でしょう」

弦一郎が言った。

「いかにも。賊として錠前破りの指が使えなくなったとすれば、無理をするでしょうな」

「きゃつら、無理を承知でしかけるでしょう。鹿島屋は四名、恵比寿屋は三名、いずれも腕の立つ用心棒を抱えてござる。されど、賊の剣気《けんき》は尋常ではござらぬ。手に大量の血を吸っておりましょう。少しは使う用心棒といえども、しょせん、天下泰平下の道場剣法、とても太刀打《たちう》ちできますまい」

英次郎が言った。

叩かれ屋・田中貞四郎の首と胴を一刀のもとに離断《りだん》した使い手生島半六の心の臓を、一撃のもとに貫いた刺創を見て、英次郎は慄然《りつぜん》とした。

何度も修羅場《しゅらば》を潜《くぐ》った英次郎であるが、この恐るべき殺人剣と向かい合いたくない。

飛燕一踏流《ひえんいっとうりゅう》の達人・祖式弦一郎すら、見えざる殺人剣に脅威をおぼえているようである。

両人の予測通り、鹿島屋、恵比寿屋の両店、あるいはその一店が襲われれば、敵の標的が将軍家であることが確定する。

巨大な敵がお膝元に立ち上がり、距離を詰めてくる殺気を予感して、両人はおもわず武者震いをおぼえた。

弦一郎は、町奉行に具申《ぐしん》して、当面、腕利きの同心を鹿島屋、恵比寿屋両店に影張《かげば》り(気づかれぬように張り込む)した。

両店以外にも、同心と岡っ引きに重点警邏《けいら》を命じた。

だが、夏が走り去るように終わり、江戸の空が日増しに高くなっても、その後、賊の気配はなかった。

英次郎は、錠前破りの指の怪我《けが》が治癒《ちゆ》するのを待っているのではないかとおもった。もしくは、奉行所の影張りを察知したのかもしれない。

江戸の町は平穏無事なうちに七夕《たなばた》祭りを迎えた。

天候に恵まれ、市中至るところに、丈《たけ》の高い竹に五色の色紙の吹き流しや紙製の切り口の赤い西瓜《すいか》、短冊、算盤《そろばん》や大福帳などを飾りつけ、物干し台や、屋上に立て連ね、翻《ひるがえ》し、夜空に妍《けん》を競う壮観は、満天の星を圧倒するほどに華やかである。

市民の目は七夕に集まり、この夜を狙って襲うやもしれぬ賊に対して、奉行所は警戒を強めたが、物騒な気配もなく、織女《しょくじょ》と牽牛《けんぎゅう》の一年に一度の出会いは無事に果たせたようである。

一夜明け夕方には七夕飾りは川から海へ流す。十三日から十五日の夜まで盂蘭盆会《うらぼんえ》で、町は、それぞれの家の前で苧《お》殻《がら》を焚《た》き、魂棚を飾って祖霊《それい》を迎える。一年に一度、帰宅する祖霊が三日間滞在する間、江戸の町は迎え火に焚く苧殻の煙で幻影のように霞《かす》む。

そして、藁舟《わらぶね》に供物《くもつ》を添え、送り火を焚いて祖霊を帰す。

月と星の下で三夜、路上に集い、盆踊りを踊り抜いた人々は、鶏鳴《けいめい》に驚き、東に暁《あかつき》の揺れる気配に、町の八方へと散って行く。

美しくも少し寂しい祖先を送り出す盆の散会であった。

天はますます高く、深みを帯び、月光が星の瞬きを消して、中空に冴《さ》え渡るようになる。

月見の名所を探して歩きまわるようになると、江戸は完全に秋である。

月など、どこにいても見られるが、あえて月の名所へ出かけて月見をする江戸っ子は、貧富の差なく、あまねく月光を分けて平等にしてしまう。

それでも物臭《ものぐさ》な江戸っ子もいて、自宅で「畳《たたみ》の上に松の影」と洒落《しやれ》る者もいる。

月光が冴えるほどに、江戸は冬構えに入っていく。

満ちた月が次第にやせていくと、月を追う粋人《すいじん》の数も減り、木枯《こが》らしの第一陣が江戸の町を吹き抜ける。月がやせると、星の陣が勢力を取り戻す。

江戸が完全に冬構えに入ったとき、惨劇が発生した。

大伝馬町《おおてんまちよう》の大店・和泉屋《いずみや》に強盗が押し入り、店主の加兵衛以下、末の丁稚《でつち》に至るまで二十六名、殺害された。

二名の用心棒はさっさと逃亡していた。

荷主と注文主の仲介をする荷受問屋と称《よ》ばれる和泉屋は、最近、下《くだ》り物《もの》（京から下る高級品）の専門商人として頭角を現わしてきた店である。

手代の一人が急所を外されて死んだ振りをして生き残り、押し入った賊について報告した。

「丑《うし》の刻《こく》ごろ、蔵の方角で異様な音が聞こえたので、丁稚が様子を見に行ったところ、血刀を下げた賊の集団が一斉に母屋《おもや》に押し入り、主人以下、家族から店の者まで容赦《ようしや》なく斬り殺し始めました。不幸中の幸いに、私は浅傷《あさで》でしたが、賊は死んだと思ったらしく生き残ったのです」

「賊の数は何人ぐらいだったか」

と問われて、

「十人は超えていたとおもいますが、暗くて、怖くて、よく見届けられませんでした」

「賊の顔は見たか」

「黒い布で覆面をしていた上に、暗かったので見えませんでした」

「用心棒は全く応戦しなかったのか」

「賊の集団を見て、とても敵《かな》わないとおもったらしく、さっさと逃げ出してしまったようです。日頃偉そうにしていたのに、金だけが目当ての用心棒は、なんの役にも立ちませんでした」

と手代は言った。

おそでが駆けつけて来て手当てを施した手代と、お稽古事に外泊していた六歳の幼女は助かった。

店主の和泉屋以下、店の者二十六名は悉《ことごと》く斬殺されていた。

いずれも見事な斬り口であるが、中でも際立っている刀創《かたなきず》があった。

現場に駆けつけた弦一郎と英次郎一統は、一目で田中貞四郎と生島半六を斬ったのと同じ刀によって斬られたことを悟った。

半六に刀を貸した勤番者の腰の物であるにちがいない。

屋内は至るところに血溜《ちだ》まりができ、障子《しょうじ》や襖《ふすま》は蹴破《けやぶ》られ、血飛沫《ちしぶき》が天井にまではね飛んでいる。家具や什器《じゅうき》は倒れ、小物が散乱し、死体が累々《るいるい》と折り重なっている。

ほとんどの死体は背後から斬られており、被害者が必死に逃げようとしていた場面が目に浮かんだ。

中に数人、若衆、手代や雑役《ぞうやく》が抵抗したらしく、顔や手を斬られ、止《とど》めを刺されている。片腕を斬り落とされている者もいた。全く無抵抗の女、子供も容赦されていない。

「なんと酷《むご》いことを」

英次郎は絶句した。弦一郎も片手で拝《おが》みながら、死体を検めている。

「これでも多少、丁稚には手加減しています。楽に死ねるよう、一刀のもとに斬り殺されています。ちがう斬り口を数えてみると、少なくとも賊は七、八人はいたようです」

と、おそでは言った。それは弦一郎が検屍して数えた数と一致している。

和泉屋は大店ではあるが、鹿島屋や恵比寿屋などの老舗《しにせ》ほど知名度は高くない。経済的力量も、この両店にははるかに及ばない。

まさか、和泉屋のような新興店を狙うとは予想外であった。

「敵は我々の動きを察知しているのかもしれぬ」

弦一郎は宙を睨《にら》んだ。

「その虞《おそれ》はあるが、あるいは挑戦しているのかもしれぬ」

「挑戦……？」

英次郎の言葉に、弦一郎は、はっとしたような表情をした。

「左様。敵はまだ我らと真っ向から向かい合ってはござらぬ。團十郎、田中貞四郎、半六と一人ずつ葬《ほうむ》ってござるが、弁天堂、角屋では蔵を破っただけで、人命を奪ってはおらぬ。角屋で錠前破りが初めて反撃を受け、指を傷つけられ、我らに真正面から挑戦状を突きつけたのではあるまいか……」

「つまり、和泉屋以後容赦なく、お膝元で殺しまくると、我らに宣言した……」

「左様。悔《くや》しければ阻止せよという宣言か」

「ならばなぜ、我らが影張りをしておった鹿島屋、あるいは恵比寿屋を襲わなかったのであろうか」

「おそらくまだ、指が充分に治癒していなかったのでござる。指の完全治癒を待って、我らと真正面から対決したいのであろう」

「つまり、半六を斬った下手人が、共謀《ぐる》あるいは錠前破りも兼ねているということに……」

「左様。難攻不落の錠前も破れば、人も斬る。恐るべき敵でござる。その敵が何故《なにゆえ》、五右衛門に関わっているのであろうか……」

二人の言葉に聞き耳を立てていた道之介が、

「そのことに関しては、少々心当たりがある」

と言葉を差し挟んだ。

「心当たりとは……」

「書物奉行付お調役のころ、綱吉公が新設した奥祐筆《おくゆうひつ》（機密文書作成管理役）の助役《すけやく》として古書蔵を整理中、大坂城落城と共に移管した高家の古文書の中に、石川五右衛門は生きておるという記述を見つけた」

「なんと……」

弦一郎はおもわず上体を乗り出した。

「そのとき、何気なく読み過ごしてしまったが、高家の記録者（係）が密かに書き留めておいたものらしい」

「高家の記録が、何故に徳川の古書蔵にあるのだ」

弦一郎が問うた。

「大坂城落城の際、古書蔵に保存されておった文書を運び出したのであろう。敵城の古書や記録を勝者が移管するのは、勝者に都合のよい史書を編纂《へんさん》するためだ。勝者に都合の悪い史料は廃棄、あるいは改竄《かいざん》しなければならない」

「江戸城の古書蔵に五右衛門の史料が保存されているのは、将軍家にとって都合の悪いことがなかったからかな」

「五右衛門が生きようと死のうと、さして関わりないことであろう」

「その古文書、まだ保管されているか」

「わからん、そのときはさしたる興味もなく、読み流して、元の位置へ戻したが、いまは古書の山に埋もれて、どこにあるかわからぬ」

「五右衛門が生きていたとなると、釜茹での刑を免《まぬか》れたことになるが」

「あるいは五右衛門の影武者が釜茹でにされたか……」

弦一郎が言った。

「五右衛門ほどの大盗であれば、影武者がいてもおかしくはあるまい」

道之介が答えた。

「秀吉に許されたかもしれぬ」

「秀吉に許された」

道之介と弦一郎、および一統が英次郎に視線を集めた。

「五右衛門の能力を認めて、彼を許し、隠臣《いんしん》（秘匿《ひとく》した家来）にしたかもしれぬ。秀吉ならばやりそうなことだ」

「真田幸村《さなだゆきむら》が飼っていたという隠臣集団は、秀吉の孫臣《そんしん》（陪臣）にあたる。孫ではない、直参《じきさん》の隠臣として五右衛門を許し、直接飼っていたのではないかな」

英次郎の推測に、弦一郎も道之介も、その場に集まった一統も異論は唱えなかった。

「すると、五右衛門の後裔《こうえい》は秀吉を怨むどころか、むしろ尊崇《そんすう》していることになるな」

主膳が言った。

「尊崇かどうかわからぬが、秀吉を怨む理由はないだろう」

道之介が答えた。

「衆目の中で釜茹での刑に処せられたのが五右衛門の影武者であれば、民衆は騙《だま》されます。つまり、敵を欺《あざむ》くためには味方から欺く兵法は、秀吉が最も得意とする手口です。五右衛門以下、その身寄りの者、配下、悉くが秀吉に許され、隠れ家臣として仕えたとすれば、徳川家と五右衛門一族の関係は、伝えられている史実と逆になります」

村雨の言葉に、一同はうなずいた。

道之介が発見したという豊臣家の古文書は、幕府によって改竄されていなければ、信憑性《しんぴょうせい》が高い。

そして、幕府はそれを改竄する必要はない。天下の大権を握った徳川にしてみれば、先代の覇者が忍び込んで来た盗賊を処刑しようとしまいと、なんの意味ももたない。

だが、百有余年経過した後で、天下の泰平を将軍家の膝元で乱している一味が五右衛門と関わりがあるとなれば、俄然《がぜん》、豊臣家の古文書が重大な意味を帯びてくる。

秀吉の隠臣の末裔《まつえい》が、江戸府内で連続して事を起こしているとすれば、この泰平時に、豊徳（豊臣と徳川）の旧怨を再生して、豊臣の天下を奪回しようとしているのではないのか。

徳川の勢威最も定まれるときに、豊臣の亡霊をよみがえらせようとする馬鹿がいるとは考えられない。

だが、團十郎殺害から発する一連の事件は、すべて五右衛門に関わっている。五右衛門の生死を全く逆転させるこの着想は、あながち妄想と黙視できない。

弦一郎も一統も、英次郎の着想に同意している。

「これまで奉行所は後手、後手になってござる。きゃつらは、必ず次の大店を狙いましょう。江戸を騒がすことが、きゃつらの目的です。幕府を転覆《てんぷく》するための大店押し入りであれば、きゃつらにはもっと手っ取り早い方策があるはず」

英次郎がなにかにおもいあたったように宙を睨んだ。

折から、黄色くなった銀杏《いちょう》の落葉が風に乗って飛んできた。弦一郎ははっとして、英次郎と視線を合わせた。

「もしや……」

「左様……」

英次郎がうなずいた。

お上以下、江戸の市民が最も恐れているのは、火である。

特に元禄期から宝永期（一六八八〜一七一〇）にかけては、火災が多い。

木と紙でできた江戸の町では、いったん失火すると八百八町を舐《な》め尽《つ》くす大火となる。

特に明暦《めいれき》三年（一六五七）正月の大火は、町屋、大名、旗本邸から江戸城にまで火の手が延び、江戸全域を焼燬《しょうき》した。死者は十万人を超えた。

大火後、発行された仮名草子《かなぞうし》『むさしあぶみ』は、「（前略）爰《ここ》にて焼死するもの、をよそ二万六千余人、南北三町、東西二町半にかさなり臥《ふ》し。累々たるしがい、更にあき地はなかりけり」と記述している。

この大火以後、幕府は各所に火除地《ひよけち》を設け、防火体制を強化した。

だが、夏の暑熱を避ける設計の江戸の町は、依然として火の好餌《こうじ》であることに変わりない。

後代の軍師兼学臣・新井白石は、明暦の大火中、母親の臨月の胎内にあったという噂があるが、火に対する警戒心は強い。

江戸城の防火体制は、ほとんどが白石の提言によるほどである。

英次郎が賊の次の襲撃を火と結びつけたのは、白石の影響もある。

「賊が次に火を使うとすれば、放火点を江戸のどこに定めるか、心当たりはござらぬか」

弦一郎は隠密廻りであり、江戸市中全域を廻り、時には乞食や托鉢僧《たくはつそう》、六部《ろくぶ》などに変装して探索するので、江戸の地理に通じている。

「木枯らしの季節に入れば最も火の手の拡がりやすい地点を選ぶでしょう。明暦の大火では、本郷丸山《ほんごうまるやま》の本妙寺《ほんみようじ》から発してござる。御三家をはじめ、大名、旗本の邸替えが行われ、これに伴って武家邸、寺社地、町地が新開地に移された由。各所に火除地はもとより、火除け堤《づつみ》も築かれ、町地には広小路が設けられ、御府内外に火に強いツバキ、アカガシなどが植えられておる。

明暦の大火以後、江戸の景色が変わるほど町はつくり変えられ申したが、火に弱いことはさして変わっておらぬ。今日いったん火を失すれば、最も延焼しやすい地域は、本町一丁目から四丁目にかけての大店が軒を連ねる街並み、これに近い堺町《さかいちよう》、葺屋町《ふきやちよう》の芝居町、また小網町《こあみちよう》、瀬戸物町《せとものちよう》、本小田原町《ほんおだわらちよう》付近に密集している九尺二間の長屋町などは、木枯らしの強い日は、煮炊き、行灯《あんどん》、神仏の灯明、炬燵《こたつ》までも自粛するほどでござる。

大名邸や大店の集まる地域には、出入りの鳶《とび》の者や、抱えの人足が火消しとして屯《たむろ》し、大名火消しが待機している諸大名の邸町は避けるとおもいます。

すると、町人町の多い地域が狙われやすいと存ずる。天文方に、拙者、昵懇《じつこん》にしている安井数哲《やすいすうてつ》なる御仁がござる。天文、暦道《れきどう》に明るく、風足《かざあし》（風速）、星のまたたき、気温、雲の速さなどから、向こう（将来）の空模様をぴたりと当てる天才にござる。数哲殿に聞けば、近く木枯らしの強い日を予測してくれましょう。数哲殿の予測に基づき、放火候補地を策定仕《つかまつ》る」

弦一郎は自信のある言葉で言った。

一統は奮《ふる》い立った。事は急ぐ。数哲の予測前に木枯らしが吹けば、江戸は火の海になるかもしれない。

日増しに天高く、青暗く磨かれ、朝は霜《しも》が降りた。

十一月一日、江戸三座の顔見世が行われていた。向こう一年間の出し物や、出演役者の披露である。

十一月に入り、毎日晴れ渡り、雨は一滴も降らない。市中、井戸が涸《か》れ始めた。江戸の町は乾き切っていた。水売りが季節はずれの水を売り歩いている。

すでに木枯らしの前触れが二、三度江戸の街衢《がいく》を吹き抜けている。気がつくと、昼が少しずつ長くなっている。

十一月に少し雪が舞った。しかし、積もらずに、すぐに消えてしまった。

年内に初めて降る雪を初雪といったが、江戸の市民はある程度積もらないと、初雪とは称《よ》ばない。

裕福な町人が初雪見争いをするのは、十一月下旬から十二月上旬にかけてである。

数哲から、木枯らしも初雪の予報も届かない。

英次郎以下一統は、じりじりしていた。

師走に油をこぼすと、火に祟《たた》られるという迷信があった。

江戸の市民はますます火に敏感になる。行灯《あんどん》も使わず、町は暗くなる。

各町中を巡回する「火の用心」は、一層緻密《いっそうちみつ》になる。こんな夜は放火しにくい。

賊が動くとすれば、師走に入る前、十一月下旬が最も確率が高い。

師走まであと数日を残すのみとなったとき、弦一郎から連絡がきた。

「数哲先生から達しがあり、十一月二十八日ごろから木枯らしが強くなるそうです。

賊が動くとすれば、まずこのときでしょう。放火地として最も狙われやすいのは、日本橋の本町二丁目、あるいはその近辺の大店と見立ててござる。

特に鹿島屋では、根岸《ねぎし》の別宅に妻子を別居させてござる。賊としても女、子供を手にかけたくなければ、鹿島屋は最も食べやすい好餌《こうじ》となりましょう。前回、和泉屋を襲ったとき、幼女一人が外にいた刻を計ったことをみても、手加減が感じられます。

放火地点としても、本町通を挟んで大店が軒を連ね、巽《たつみ》には大名邸、組屋敷が集まっております。まさに恰好の地でござる」

弦一郎は眉宇《びう》に決意を示した。

数哲の予測通り、十一月二十八日、朝から北西の季節風が吹き始めた。

風はたちまち足を速めた。木枯らしは大通りを、砂埃《すなぼこり》を巻き上げながら吹き抜け、長屋の狭い路地にまで入り込んで、隙間風が九尺二間の屋内を砂まみれにした。

往来は土埃に霞んで、視界不良になった。通行人は目を開くことができないほどの砂まじりの強い風の中、手探りするようにして歩いた。

こんな日に失火すれば、火はたちまち風に乗って市中全域に拡がるであろう。各町内から「火の用心」が繰り出し、火を使わぬよう呼びかけた。

いったん火を発すると、無頼《ぶらい》の者が便乗して放火する虞《おそれ》がある。

火の用心は、火だけでなく、虞犯者《ぐはんしゃ》（罪を犯す虞のある者）を警戒した。

明暦の火事では、そのような不心得者が面白がって放火し、火災が広がった疑いがある。

奉行所も下っ引きまで動員して総力を挙げ、警戒に当たった。

午後に至り、風はいったん弱まったが、夕刻からふたたび強風が吹き始めた。

明暦の火事から教訓を学んだ幕府の防火対策は、まず江戸城を中心にして、諸大名以下、町火消しの編成を急いだ。

だが、当時の防火対策は、牡蠣殻葺《かきがらぶ》きの屋根や塗屋造《ぬりやづくり》の壁、釣瓶《つるべ》、水鉄砲などの原始的なものであり、店や長屋ごとに天水桶《てんすいおけ》（防火用水）を置く程度の延焼を防ぐための破壊消防が主体であった。

吹き募る木枯らしと共に、英次郎一統、および祖式弦一郎率いる奉行所の手の者は、鹿島屋を中心にして厳戒体制を布いた。

奉行所の捕物出役は、幕命と、町地へ逃げた武士の犯罪者の追捕を町方役人に命ずる御下知者《おげちもの》と称する二態のみである。

同心の三廻りは巡回であり、現行犯逮捕はしても、捕物出役ではない。

この度の出役は御下知者に属するが、木枯らしに対する風烈《ふうれつ》廻り、昼夜《ちゅうや》廻り方、奉行所の命による捕手、目明かし、手先を引き具して、地上の要所を影張りしたのである。

深夜の巡回であるが、防火上、御用提灯は持たない。

賊が必ずしも鹿島屋を狙うとは限らないが、危険性の高い他の要所、要所にも手配りをしてある。

賊が影張りを察知すれば、別の場所に放火するであろう。

だが、本町二丁目の鹿島屋は、他の危険要所よりも江戸城に近い。幕府を脅かす最も破壊力の強い要所である。

しかも、風向きは西向きに変わり、江戸城本丸に一直線に向かっている。

(鹿島屋以外にない)

英次郎と弦一郎の意見も一致していた。

ただでさえも辛い影張りは、木枯らしにさらされ、体熱を奪われ、厳しいものとなった。どんなに厚着をしても、体感温度が下がる。

これを辛うじて救ってくれたのが、おそでが発明した懐炉《かいろ》である。

体熱を保つ、唐がらし以下七種の薬草を加えた懐炉が抜群の威力を発揮して、凍《こご》える一統や奉行所の手の者を扶《たす》けた。

だが、深更《しんこう》に至っても賊の気配はなかった。

往来に人影は絶え、新月に近いやせた月影を圧倒するように、木枯らしに磨かれた満天の星が煌《きら》めいている。

犬は吠《ほ》えず、野良猫一匹も歩いていない。死んだような江戸の町を、木枯らしが吹き鳴らす虎落笛《もがりぶえ》は、骨の芯《しん》まで凍えるような音を発している。

月影がどこかに隠れたとき、村雨の超常の耳が、なにかが移動する気配を察知した。前後して犬が吠えた。

弦一郎があらかじめ、鹿島屋に貸与した奉行所付きの聴音犬である。

（来た）

聴音犬は一度しか鳴かない。

豊後《ぶんご》の胎動

十数個の黒い影が、鹿島屋の前に立った。いずれも闇に馴《な》れなければ見えない黒装《くろしよう》束《ぞく》の集団が、特に濃い闇の底を這《は》うように、鹿島屋の裏手に近づいている。

賊はあらかじめ慎重に偵察していたらしい。正面よりも裏手からの侵入が楽であることを心得ているようである。

奥には蔵が配され、母屋《おもや》の裏手は店主以下、家族の住まいとなっている。塀《へい》を隔てて鹿島屋が所有する裏店《うらだな》（裏長屋）が詰め込まれている。

長屋の路地の入り口には木戸があり、二階建ての家がある。そこが清左衛門《せいざえもん》に雇われた家主の住居であり、九尺二間の棟割《むねわ》り長屋につづく。

賊は表と横手（裏口）、二手に分かれた。

表口隊は、弦一郎らの影張りに気づかず、闇の底にうずくまっている。

横手から屋内に侵入する仲間が、内部から大戸を開けるのを待っているのであろう。

「行け。きゃつらを屋内に閉じ込めれば火はつけられぬ」

英次郎以下一統は、賊の主力が向かった横手隊を追った。

英次郎は「かかれ《ゴー・サイン》」を下した。

横手隊の合図を待っていた賊の表口隊は、弦一郎に率いられた奉行所の手の者に囲まれて、ぎょっとなったようであったが、直ちに迎え撃って来たのはさすがである。

奉行所の捕り方など眼中に置いていないようである。

横手から押し入った賊の本隊は、英次郎以下一統に追尾されて、束《つか》の間《ま》怯《ひる》んだように見えたが、直ちに立ち直った。

「殺すな。生け捕りにせよ。手に余らば斬れ」

英次郎があらかじめ達していた命令を改めて発した。

「ふふっ、笑わせるな。生け捕りにされる前に、きさまらが死んでおるわ」

頭株《かしらかぶ》が余裕を見せて向き直った。

敵影十名前後、当方は英次郎以下七名。うち弥ノ助と銀蔵は家族の護衛と防火にまわる。賊が着火する前に、戦闘能力を奪わなければならない。

一統のうち五人は一騎当千であるが、同時に複数を阻止できない。賊も修羅場《しゅらば》を踏んだ達者を揃《そろ》えているであろう。

たちまち混戦となり、血が飛散し、交えた刃《やいば》の金気《かなけ》くさいにおいが屋内に充満した。

早くも床に這《は》って、動けない者もいる。

「追え。家族を護《まも》れ」

英次郎は敵の一人と斬り結びながら、一統に声をかけた。恐ろしく速い刀を使う敵であった。おそらく賊の頭株であろう。

辛うじて、敵の刀についていっているが、生け捕りは難しい相手であった。

いま向かい合っている敵が、半六を一突きで葬った下手人かもしれない。とすれば、田中貞四郎を斬った腰のものを、半六に貸した勤番者である。

一統は三つの使命を帯びている。

一は着火の阻止、
二は家族の護衛、
三は生け捕り、である。

いずれも難題を背負って戦わなければならない。

表口の弦一郎率いる奉行所の手の者と合流するまでは、これだけの兵力で賊をしのがなければならない。

　貴和が賊の一人を倒し、奥へ踏み込もうとする別の賊を、鞭《むち》を振るって足をすくった。床に倒れた賊の手から瓢簞《ひょうたん》が落ちた。床に弾んで蓋《ふた》がはずれ、粘り気を帯びた液体がこぼれ広がった。

　灯油《ともしあぶら》のにおいが金気のにおいを消した。

（しまった）

　英次郎は歯嚙《はが》みした。

　油に着火されれば、それまでである。

　賊の侵入口は封鎖したが、彼らは自ら火中に閉じ込められることを恐れていない。戦闘能力を失って床に這っている賊でも、着火はできる。

　床にこぼれた油の方途に気を取られた英次郎に、より凄《すさ》まじい威力を加えた刀を、息継ぐ間もあたえず送り込んできた。

　真剣の立合いの行方は、最初の姿勢にある。はじめに負けの姿勢に入ると、防戦一方になる。敗北の階段を死に向かって一歩、一歩、踏み下りなければならない。

　床の油に割いた意識は戻らぬまま、英次郎は敗れるまでの時間を引き延ばしているにすぎなかった。

この勝敗の流れを、なんとしても改めなければならない。

「おれにかまうな。床の油と、家族を護れ」

英次郎は防戦一方の剣を振るいながら、時間を稼いだ。

表口の賊の集団は、強かった。

このような場面に馴《な》れているらしく、待ち伏せに束の間怯んだものの、直ちに態勢を立て直し、捕手《とりて》を一歩も近づけない。

彼らが表口を占拠している間に、横手隊が全店を占領して、合流するのは時間の問題とみている。

いずれも遣《つか》い手《て》らしい賊の集団は、突く棒、刺股《さすまた》、袖搦《そでがら》み、捕り縄を手にした捕手を寄せつけない。

近づくものははね返され、逆に捕具《ほぐ》(捕り物道具)を奪い取られて引き倒され、打ちのめされる。

鶏卵《けいらん》に仕込んだ目潰しを投げつけても、悉《ことごと》く受け止められ、投げ返されて、逆に捕手が目を潰されている。

目明かしや手先の太刀打ちできる相手ではなかった。

用意してきた梯子《はしご》は、賊の連係動作が素早く、巧妙であり、全く役に立たない。

「お主ら、梯子、戸板で、賊を押し包み、決して逃がすな。おれに任せろ。お主らの相手ではない」

見かねた弦一郎が刀の柄に湿《しめ》しをくれて、賊に近づいた。

ただ一人で近づいて来た弦一郎を、賊は甘くみていた。

無造作に間合を詰めて来た弦一郎を、好餌《こうじ》とばかり取り囲むと同時に、弦一郎の飛《ひ》燕一踏流《えんいっとうりゅう》が閃《ひらめ》き、賊の一人が膝《ひざ》を割られ、一人は利《き》き腕《うで》を斬り落とされていた。

賊の右腕は、刀を握ったまま皮一枚を残してぶら下がっている。

膝を割られた賊は地上に這って、夢を見ているような顔をしていた。

二人は、自分が斬られたことをまだ知覚せず、片や、呆然《ぼうぜん》と立ち尽くし、もう一人は戦闘能力を失って地に横たわっている。

愕然《がくぜん》とした賊の集団が立ち直る前に、弦一郎はすでに賊の輪の外へ飛び出し、余裕のある刀身で、行きがけの駄賃《だちん》のように連携を崩した賊の一人の背中を割った。

致命傷ではなかったが、斬られた賊は戦意を失った。

一挙に三人を無力にされた賊の集団に、

「うろたえるな。腕の立つのは一人。押し包んで一気に討て」

と表口の頭らしい賊が的確な指示を出した。

賊はまだ五人残っている。

捕り方を甘く見ていた賊は、弦一郎に間合を詰められ、一挙に三人の兵力を失ったが、依然として優勢な戦力を保ち、再度の接近を許さない。

「いまだ。石と目潰しを一挙に投げろ」

弦一郎は賊に間合を測る隙《すき》をあたえず、捕手に命じた。

雨霰《あめあられ》のように投げつけられる石を避けようとして、残った賊の連係が乱れた。

「梯子で囲い、目潰しを投げよ」

つづいて命令が下り、主力を失った賊の集団は、前後、左右、梯子に囲まれ、包囲を縮められて、組み梯子の外から刺股や、袖搦みをかけられて、地上に引き倒された。

その上を、得たりとばかりに戸板が押さえ、多勢の捕手が乗って押し伏せた。

「殺すな。武器を取り上げ、生け捕りにせよ」

弦一郎が命じた。

賊の兵力は侮《あなど》り難い。数が多いだけの捕手の手に負えぬことを悟った弦一郎は、賊の驕《おご》りを見抜き、間合の隙を衝《つ》いて単騎よく四人を制圧した。

兵力を一気に半減した敵の動揺を逃さず、総攻撃をかけた弦一郎の作戦は当たった。

表口の賊は制圧・捕縛したが、屋内の様子が不明である。

「大戸を押し破れ」

弦一郎が命じた。

英次郎一統が屋内に押し入った賊を制圧していれば、内から大戸を開けるはずである。大戸が依然として固く閉鎖されている事実は、まだ一統が賊を制圧していないことを示す。

逆に、一統が賊に制圧されている場面も考えられる。弦一郎は焦《あせ》っていた。

少なくとも十数名いる敵の本隊を追って屋内に入った英次郎一統は、一騎当千の強《つわ》者《もの》どもであるが、兵力が決定的に少ない。

一統の一人でも倒れれば、彼我《ひが》の兵力にさらに大きな差が生ずる。一人でも失えない苦しい戦いになっているにちがいない。

兵力の隙を衝いて着火されれば、万事休すである。

英次郎は苦戦していた。賊の着火に戦意を半分そがれている不利《ハンディキャップ》を負って、互角の敵と戦うのは苦しい。

敵はそれを計算に入れて優勢を加速している。

寡兵《かへい》ながら、一統の面々はそれぞれの強敵を相手に奮戦している。戦勢は依然として不明である。

賊は凄まじい殺意をもってしかけてくる。我が方は生け捕りという枷《かせ》をかけられている。一統は絶対的に不利な条件で、倍を超える敵を相手にしていた。

それぞれが苦戦の中に活路を見いだそうとしている。仲間が危機に瀕《ひん》していても、援護する余裕がない。

銀蔵と弥ノ助の所在は不明である。プロの戦闘員ではない二人の身が案じられたが、眼前の敵に対応するのが精一杯である。

いまは動物的な生存力をもっている二人の運命に任せる以外にない。

間口よりも奥行きの深い店の構造が、辛うじて、一統の不利な兵力を補っている。

乱闘の中で、家族や店員たちは、納戸《なんど》、物入れ、押入れ、食材倉、台所、食器室などに隠れている。不幸中の幸いにも、家族や店の者は人質に取られていない。弥ノ助や銀蔵が逸速《いちはや》く彼らを避難させたらしい。

一統が苦戦を強《し》いられているとき、突然、風通しがよくなった。表口から冷たい風が吹き込んでくる。

敵か味方か不明ではあるが、表の大戸が破られたらしい。

「ありゃ、ありゃ、御用である。神妙に縛《ばく》につけ」

弦一郎の蛮声が風に乗って全屋に轟《とどろ》いた。つづいて、捕手たちの御用、御用の唱和と共に、多数の足音が聞こえた。

頼もしい援軍に、一統は一挙に盛り返した。

これまで優勢であった賊の集団は、表・裏から挟み打ちにされて浮足立った。

勝ち誇っていた賊の頭が背後を気にした一瞬をとらえた英次郎は、一気に踏み込み、強烈な一撃を打ち下ろした。

場数を踏んでいる頭は、半身を開いて躱《かわ》したものの、後《ご》の先《せん》を取る余裕がない。

敵の動きを見切っていた英次郎は、その太刀先を余裕をもって躱し、逆袈裟《ぎゃくげさ》に斬り上げた。

肉を断つ手応えと共に、熱い血が噴水のように降りかかった。弦一郎の捕り方隊と合流して、戦勢は一挙に有利になった。

英次郎は自らの命令に背《そむ》いて、賊の頭を斬ってしまった。斬らなければ自分が確実に斬られていたであろう。

一統は盛り返す勢いに乗り、奉行所と共に賊の集団を一網打尽《いちもうだじん》にした。

安否を気遣《きづか》っていた弥ノ助と銀蔵は、家族や店の者を誘導して床下に潜《ひそ》み、安泰であった。

捕手が数名、浅傷《あさで》を負ったのみで、全員無事であった。

おそでが駆けつけて、敵、味方の別なく手当てを施した。

頭は英次郎に胴を斬られ、他の二名は弦一郎に膝を割られ、腕を斬り落とされたが、急所をはずれており、おそでの渾身《こんしん》の手当てによって一命を取り留めた。

賊の集団は十九名、残った者はいずれも軽傷であった。

用心棒四名は逸速く逃亡していた。

賊集団の捕縛と歩調を合わせるようにして、木枯《こが》らしの勢いが弱くなった。

ひとまずほっと一息であるが、英次郎の顔色はすぐれない。

「お主、浮かぬ顔をしておるな」

道之介が敏感に悟ったらしく、声をかけてきた。

「これですむとはおもえぬ」

「なんだと。まだ一味がいるというのか」

「おそでさんに問うたところ、指先に怪我の痕《あと》のある賊はいないということだ」

「すると、錠前破りはこの連中の中にはいないということか」

「いたかもしれぬが、逃走しておるやもしれぬ」

「いや。賊は一人も逃がしてはおらぬ。祖式殿の奉行所の手も逃がしてはいないそうだ」

「用心棒が逃げておる」

「それは賊が押し入る前であろう」

「ならばよいが、あるいは初めからこの一味には加わっておらぬやもしれぬ」

「まだ指の傷が治っていないのであろう」

「そうとしても、錠前破り一人では、傷が治ってもどうにもなるまい」

「お主、一味がまだ残っているというのか」

「その虞《おそれ》は充分にあるぞ」

「ならば、なぜ同時に事を起こさぬ」

「知れたことよ。ご府内に騒動を積み重ね、泰平の御代《みよ》を打ち壊すためよ」

「なぜ、左様なことをする」

「徳川の天下を覆《くつがえ》すためよ」

「こんな泥棒猫に毛が生えたようなやつらが、徳川の天下を打ち壊すだと。笑わせるわ」

「笑ってる場合ではない。現に泥棒猫に毛が生えたような一味が、明暦の大火を再現して、江戸全市を焼き払おうとしていたではないか」

「火事は江戸の華よ。つまり、火事が発する都度、こいつらの一味が動くということだな」

道之介が顔色を改めた。

「きゃつら、みな浪人らしい。おれもその浪人の一人だが、戦場に戻りたくはない。戦《いく》さがなくても食っていける。が、こいつらは、戦さ以外に芸も能もない連中だ。おれも貴公に拾われなければ、この連中と同じことをしていたかもしれぬな」

主膳が口をはさんだ。

泰平の世に禄《ろく》を離れた武士は、学のある者は寺子屋を開き、剣に優れた者は町道場を構え、商才のある者は商いを始め、文才や画才のある者は、語り部や俳人、絵師などになった。

そして、それぞれの才能の花を泰平の世に咲かせて、名をあげた者も少なくない。

仕官の口を探して江戸へ集まって来た、さしたる才も能もない浪人たちは、結局、江戸の裏街道でしか生きる道はなかった。

捕縛された賊たちは、いずれも五代綱吉に主家を取り潰された四十五家の中の遺臣であった。

彼らの旧主には、幕府の門閥《もんばつ》、譜代《ふだい》もいた。旧主の領地は諸国に広がっていた。突然、お家を改易された家臣と家族は路頭に迷い、江戸に生きる術《すべ》を求めて集まって来たのである。

彼らは五右衛門との関わりはなく、その日の糧《かて》を追い求めて江戸の裏道をごろついている間に声をかけられて、盗賊集団に入ったという。

英次郎が案じた通り、彼らは金で買われた使い捨ての浪人集団にすぎなかった。

賊の集団は、おそでの手当てが終わった後、大番屋で吟味方《ぎんみかた》の取り調べを受けた。

ここまでは未決囚である。いずれも金で買われて賊徒に加わった者たちで、鞭《むち》を打たれる間に、知っていることはすべて白状した。

前回、和泉屋を襲撃して、手代を残して店主以下、店の者を鏖《みなごろし》にした罪に関しては、黙秘をつづけている頭を除いて、全員が否認した。

あながち嘘をついているようには見えず、彼らが帯びていた腰の物には刃こぼれもなく、血脂も認められなかった。

全員が腰の物を町の研ぎ師《とし》に出せば、目立つ。また研いで間もない刀は見分けられる。虐殺の限りを尽くした刀の束が、一振りも刃こぼれ一つなく、血脂一滴も浮いていないはずはない。

頭の刀一振りのみ、英次郎と刃を交えた痕跡が残っていた。

だが、おそでの手当てで一命を救われた頭は、口を閉じたままである。

頭は胸に秘匿《ひとく》しているものがある故に、黙秘を通していると、吟味役の与力は睨《にら》んだ。半六を斬った疑いも濃厚である。

与力は町奉行の許しを得て、まだ傷の癒《い》えぬ頭に石を抱かせた。

与力は鞭打ち程度では落ちない相手とみたのである。

まず算盤板《そろばんいた》と称する三角上向きの板が並ぶ上に正座させ、一枚約十三貫《がん》(約四十九キロ)の石を、膝の上に一枚ずつ重ねる最も苦痛の大きい責問にかけた。白状するまで石を重ねた。

傷口が開いて出血しても、頑《がん》として黙秘を通し、意識を失った。

慌てて石をはずし手当てを施したが、意識が戻らぬまま、息が絶えた。賊とはいえ、壮絶な最期であった。

「世が世であるなら、戦場で武名を高めた侍でありましょう」

と、弦一郎が言った。

本来、口を閉ざしている容疑者に白状させるための拷問であるが、石を抱かせすぎて、賊の頭を死に至らしめたのは、辣腕《らつわん》の祖式弦一郎と競い合う、功を焦った吟味方与力の失態である。

頭の死によって、賊徒の背後関係が不明になってしまった。

英次郎は、賊の頭の背後に、五右衛門に関わる大きな組織が潜《ひそ》んでいると睨《にら》んだ。拷問に耐え、口を閉ざしたまま責め殺された頭は、一命に代えてまで賊の操る組織の秘密を守った。

「元禄の人は、悪所は金銀を捨《す》つる所なり、不捨心《すてざる》ならば、此地へ足を入るのは、何ごとぞやと笑へり」

と、「我衣《わがころも》」に書かれるほど、商人の経済力が武士を圧迫している時世に、恐らく金で買われた身命を、背後の組織を守るために黙秘したまま死んだ頭に、英次郎は脅威をおぼえた。

これほどの浪人を金で買った背後の存在に、不気味な畏怖《いふ》をおぼえたのである。

祖式弦一郎から賊徒の処置を伝えられた英次郎一統は、英次郎の組屋敷に集まった。

賊徒は、拷問死した頭を除いて、全員、八丈島送《はちじょうじま》りとされた。

囚人船は永代橋《えいたいばし》から出船して、鉄砲洲《てっぽうず》沖に三日間滞船した後、予定の島へ向かう。永代橋から発した船は永代配流となり、金杉橋《かなすぎ》からの発船は恩赦《おんしゃ》で帰る可能性がある。

流刑《るけい》はいずれも斬罪《ざんざい》から罪一等を減じられているが、永代、金杉いずれから発しようと、恩赦がなければ一生帰れない。

賊徒集団は和泉屋　鏖《みなごろし》との関わりが不明とされて、罪一等を減じられ、刑死を免れたのである。

おそでは、特に頭の死を悲しんだ。

おそでの医術の限りを尽くして救った一命を、石を抱かせて死なせた奉行所を怨《うら》んだ。

報《しら》せに来た弦一郎は、彼が殺したわけではないが、おそでの顔を見られなかった。

「名も、出生も不明のまま死んだ頭は、必ずや背後に潜んでいる五右衛門と関わっているにちがいない。頭が黙秘したまま、せっかくおそで殿に救われた命を自ら捨てたのも、五右衛門との深い関わりを示すものだとおもう。彼の背後に潜む五右衛門は、我らを怨むにちがいない。徳川を覆す前に、まず我らに報復の鋒先《ほこさき》を向けて来るであろう。一統の衆、当分くれぐれも油断せぬように」

と弦一郎は一統に伝えた。

いよいよ年が押し詰まり、師走も数日残すのみとなったとき、祖式弦一郎から英次郎に驚くべき情報が伝えられた。

気の早い江戸の四民は、事納め（ゆく年の始末）として、家々の屋根の上に、竿《さお》の先に結んだ笊《ざる》を並べ立てる。この年の締めくくりと共に、天から降ってくる財宝を受け止めるという欲張った習わしである。

事納めを終えると、深川《ふかがわ》、浅草、神田《かんだ》、芝《しば》等々、歳の市で賑《にぎ》わう。

余裕のある者は歳の市を追って、新年を迎える準備をするのに対して、借金で首がまわらない者は、いかにして債鬼の群から逃れるか、悪知恵をめぐらす。

流人船はおおむね春船と秋船の二回であるが、八丈島・三宅島《みやけじま》の流人船は少なく、遠島の判決が下っても、数少ない発船日まで牢内に留置されるケースが多い。

だが、今回は城の近くの放火未遂の賊徒集団とあって、評定所からの特別の達示により、緊急の御用船を発船した。

通常の流人《るにん》船は、発船後、鉄砲洲沖に三日滞船、品川《しながわ》沖相州浦賀《そうしゅううらが》にしばし留船後、いよいよ配流島《はいる》に向かうのであるが、賊徒を乗せた緊急船は、途中の滞留をやめて、一路八丈島へ向かった。極めて異例の配流御用船であった。

それほど、幕閣はこの賊徒集団を重視していたのである。

老中は事態を慮《おもんぱか》り、賊徒集団を速《すみ》やかに江戸から海の彼方へ引き離すことにしたのである。

その背後関係を疑い、賊徒の奪還や脱走を恐れたのである。

弦一郎は賊徒集団の配流に反対であったが、雲の上の裁決に、一介の同心がくちばしをはさめない。

弦一郎は、頭が必ずなにかを知っているとみていた。口を割らなければ割るまで待とうという姿勢であったのが、おそでが救った頭の命を吟味方与力が潰《つぶ》してしまったのである。

狼狽《ろうばい》した吟味方与力は、奉行・老中に、賊徒集団の早急の移動を訴えたのである。

頭が拷問死した後の者は、金で集められたただの浪人集団であったが、不明の背後関係を恐れての緊急の出船であった。

「流人船は大島《おおしま》の近くで、尾行して来た船に襲われ、船頭以下、諸役の者は殺害され、賊徒はすべて殺されてござる。乗組員中、逸速く海に飛び込んで大島に泳ぎ着いた軽傷の者の訴えにより、島の船手番所から船を出して、漂流している流人船を検めたところ、船中は血の海となっており、乗組員を含めて賊徒集団が鏖にされておった。

船中の船牢はもちろんのこと、ツメ（便所）まで捜索した痕跡があるところから、頭を探し求めたにちがいない」

弦一郎の言葉に、英次郎は愕然《がくぜん》となった。やはり背後関係は存在した。

これまで流人船が襲われたことはなく、多勢の流人を収容する船牢を抱えた五百石積みの御用船に、小頭、書き役一人ずつ、鍵役一人、船頭以下、船員が数名乗り込むだけで、特に護衛の兵力は乗せていない。

流人船などを襲っても、さしたる収穫はなく、幕府の勢力が及ぶ大島、三宅島、八丈島などの海域に海賊船はいない。

賊徒を遠島に運ぶ御用船の襲撃者は、明らかに背後の存在である。

「やはり、出てきましたな」

英次郎は愕《おどろ》きを抑えて言った。

「出ました。それにしても、お上をお上ともおもわぬ大胆不敵な奴輩《やつばら》」

「単に豪胆であるだけではなく、優れた軍師がついておりますな」

「確かに。流人船を狙うとは、まさに盲斑《もうはん》（盲点）を衝かれたおもい」

「船中に、なにか手がかりになるようなものはござらなかったか」

「明らかに吟味役と船手の油断でござる。江戸へ引き戻された御用船を、与力の反対を押し切って綿密に検めたところ、船中にかようなものを見つけてござる」

「これは……」

英次郎は弦一郎から手渡された象牙彫《ぞうげぼり》のような小物を見つめた。小さな釜を象《かたど》ったような細工である。

「根付《ねつけ》でござる。京、大坂あるいは江戸の聞こえた名人の作でござろう」

「釜……そう言われてみれば風呂釜のような……」

「左様。風呂釜でござる」

「風呂釜……まさか五右衛門風呂では……」

「五右衛門風呂でござるよ。桶《おけ》の底に平釜を取り付け、竈《かまど》に据《す》えて湯を沸かす据風呂《すえぶろ》。底板が蓋《ふた》のようにのってござる。この根付はまさに五右衛門風呂」

二人は視線を合わせた。

英次郎の胸の裡《うち》を読んだように、弦一郎が、

「吟味に携わった与力以下、牢役人、船手、遠島先の島守《しまもり》、名主《なぬし》など、かかる奢侈《しゃし》な細工は身につけておらず、賊徒は入牢前に私物を厳しく検められ、金銀、刃物、書

物、道具類はすべて取り上げられるはず。長期入牢者は、小金《ツル》を体内に隠し持ったりはしても、遠島を宣告された賊徒集団には、そんなことをする隙間も、必然性もござらぬ。

さすれば、五右衛門風呂を模した根付の持ち主は、御用船の襲撃者以外にはいないことになるでござろう」

と言った。

ここに再々度、五右衛門の影が浮かび上がってきた。

敵は江戸府内だけではなく、江戸の管轄《かんかつ》内である伊豆七島の海域まで跳梁《ちょうりょう》している。

祖式弦一郎は、江戸市中の繊細彫りの名人、元細工町《もとさいくまち》の彫兵衛《ほりべえ》を訪ねた。

彫兵衛は、彫りについては右に出る者がいないと謳《うた》われた京の彫右衛門《ほりえもん》の許で修業を積んだ、江戸随一といわれる彫師である。

彫兵衛は根付を一目見るなり、

「この根付は、十中八九、師匠が彫った細工でしょう」

と言った。

根付は、莨入《たばこいれ》や印籠《いんろう》などを帯に挟《はさ》み止める留め具であり、瑪瑙《めのう》などを材にして繊細な彫刻が刻み込まれているる。

煙管《キセル》や莨入等と共に、江戸の総合工芸美術であり、これを拵《こしら》える職人は限られている。。

「十中八九というと、一、二は師匠以外の者が彫ったというのかね」

弦一郎は問うた。

「師匠は五年前に他界しておりやす。この細工は、彫って、ちょうど五年ほどでやす。師匠の最後の細工か、腕のいい弟子が彫ったか、見きわめにくいところでやすね」

「腕のよい弟子が彫ったとすれば、心当たりがあるか」

「へえ。私《あつし》を除いて、一人だけおもい当たる野郎がおりやす」

「そのおもい当たる弟子の名前と居所を知っていたら、おしえてもらえぬか」

「腕は確かでやしたが、根性の悪いやつで、師匠は臨終の床で、彫の文字を使わせちゃならねえと言い残しやした。破門された野郎は、石兵衛《いしべえ》と名乗っておりやす。彫の上をいったつもりなんでやしょう」

「石兵衛とな……」

弦一郎の目が光った。石川五右衛門を連想したのである。

「その石兵衛とやらの所在を知っておるか」

「一時、草鞋《わらじ》を履《は》いてあちこちほっつき歩いていたと聞いてやしたが、近ごろ江戸へ出て来たと風の便りがありやしたよ。その後の消息はぷっつりで……どうせ、よからぬことをしておりやしょう。せっかくの腕を、もったいねえこって……」

と、言葉途中で、

「そうそう、その後、石の野郎、錠前師に弟子入りしたと聞いておりやす」

「なに、錠前師だと」

弦一郎は上体を乗り出した。

「指先の器用な野郎でやしてね、そいつの指《エンコ》で開けられねえ錠はねえとほざいていたようです」

ここに根付の源から錠にまで詮議の糸が延びた。

彫兵衛の言葉によると、十中一、二の確率であるが、弦一郎は石兵衛が根付の作者であろうと予感した。

根付細工と共に錠を扱う者はめったにいない。お膝元をも憚《はばか》らず、跳梁《ちょうりょう》する大胆不敵な盗賊集団は難攻不落の錠破りから始めている。

そして、根付との共通項が「石」である。

弦一郎は詮議をつなぐ糸に自信をもった。

間もなく、弦一郎の追った糸の先を裏書きするような事件が発生した。


江戸の朝は、川船が運んで来るといってもよい。

近郊の村から集まる新鮮な野菜や、惣菜や、納豆等を積んだ運搬船。

塵芥《ごみ》船は、永代浦に芥を捨て、深川の埋立地を造成する。

それに江戸四民の屎尿《しにょう》（大・小便）を積んだ下肥《しもごえ》船がつづく。江戸四民の食生活は豊かであり、その下肥は優秀で高い値がついた。

坂の多い江戸では屎尿の陸送が困難であった。そのため舟運に頼り、芝浦《しばうら》まで隅田《すみだ》川《がわ》を下ったり、あるいは中川《なかがわ》を下り、江戸湾に出て品川沖の大船に積み替え、葛西《かさい》方面から近郊の農村へ運んだ。

下肥船は悪臭を包み隠す朝靄《あさもや》の立つ早朝を選んで下った。

まだ味爽《まいそう》（早暁《そうぎょう》）の江戸の町は、寝床の中で半醒半睡《うつらうつら》している。

大川の朝靄をかき分けて下って来る船の気配も、枕許には届かない。

不夜城の吉原では後朝《きぬぎぬ》の別れを惜しむ客が、軽くなった懐中と下半身を励まして家路につく。

客を送り出した遊女は、一人の床に戻って、もう一眠りする。

すでに人口百万に達しつつある江戸の朝は、川の朝靄が消えるころには完全に目を覚まし、ダイナミックなそれぞれの人生が立ち上がっている。

江戸湾に昇る朝陽が、裏通りの日照の悪い九尺二間の棟割り長屋に束の間射し込むのも、朝の一時《いっとき》である。

朝の一番乗りの納豆売りや、しじみ売りにつづいて、威勢のよい魚屋が、魚河岸《うおがし》直送の活《と》き《れ》の《と》よい魚を、天秤棒《てんびんぼう》の両端に吊り下げて運んで来る。

江戸が完全に覚める直前に、大川を下る積み荷満載の運搬船が、なにかに、ごとんと当たった。

不審におもった船頭が水面をうかがい、得体の知れない漂流物を見つけた。

竿の先で突っつくと、漂流物がぐらりと揺れて、表裏逆転した。

漂流物の正体を知った船頭は、悲鳴をあげた。男の土左衛門（水死体）が漂流中、運搬船と接触したのである。

大川に土左衛門が浮くのは珍しくない。江戸の生存競争《サバイバルレース》に敗れた者の投身や、殺害されて遺棄、投げ落とされた骸《オロク》が、江戸湾に向かって漂流して行く。

発見されることなく海に出て、魚の餌《えさ》になる土左衛門もあれば、発見されても引き上げると腐敗の速い水死体の始末をいやがられ、見て見ぬふりをされて、再度、川に突き放される者もある。

運搬船の船頭は漂流死体に綱《つな》をかけて引っ張り、両国橋袂《たもと》の橋番に届け出た。とりあえず番小屋に死体を引き上げ、橋番が奉行所に走った。

八丁堀の組屋敷で知らせを受けた祖式弦一郎は、しきりにいやな予感がしていた。番小屋に運ばれた死体は、空気に晒《さら》されて、すでに腐敗が始まっていた。

肩先から袈裟懸《けさが》けに一刀のもとに斬り落とされている。斬り口を見ただけで、下手人はかなりの遣《つか》い手《て》とわかる。恐らく川に投下されたときは死体になっていたであろう。

水死体は、一見して三十代半ば。投下前に剝《は》ぎとられたのか、漂流中に流れにさらわれたのか、裸体同然で、身許を示すようなものはなにも着けていない。

死体を仔細《しさい》に検分した弦一郎は、水中にあって少しふやけてはいるが、右人指し指の先端にある傷跡を見つけた。

弦一郎は橋番を彫兵衛の家に走らせた。

橋番に引っ張られて来た彫兵衛は、死者の顔を一目見るなり、

「石でやす。まちげえねえ」

と証言した。

弦一郎の予感は的中した。石兵衛が一刀のもとに斬り殺され、大川に投げ込まれたことは、彼に生きていられては都合の悪い者が存在していることを示している。

弦一郎は石兵衛の傷口を見た瞬間、生島半六の死体の斬り口を想起した。斬り口は刺創《さしきず》とちがっていたが、ただ一撃で死に致らしめている。半六を斬ったとみられていた鹿島屋を襲った盗賊団の頭は、吟味中、石を抱かされ拷問死している。

石兵衛を斬ったのは盗賊団の頭ではない。

下手人は、流刑地に向かう一味を鏖にした下手人の仲間であろう。いや、下手人そのものであるかもしれない。

石兵衛の口を封じたのは、彼がそれだけ石川五右衛門の秘密に近いことを示している。

弦一郎は英次郎とおそでを呼んだ。

英次郎と共に、かさねに乗って番小屋に到着したおそでは、石兵衛の斬り口を綿密に検めて、

「下手人は凄い遣い手ですが、生島半六さんの刺創とは微妙にちがっています。恐ら

く半六さんを刺し殺した下手人を超える遣い手だとおもいます」

と見立てた。

英次郎と弦一郎には斬り口の微妙なちがいは見分けられなかったが、おそでと同じく、半六を斬った疑いが濃厚な賊徒の頭よりも一枚上手《うわて》とみていた。

釜の中の番犬

江戸の動脈である大川は、千住《せんじゅ》から末を浅草川、隅田川と両岸で呼び分けられ、さらに小刻みに名を変えながら、江戸湾の海へ出る。

この間、最上流の千住大橋から両国橋、新大橋、永代橋と架橋されたが、江戸大火の都度、大小多数の橋が焼け落ち、四民も焼死、溺死《できし》している。

特に明暦三年（一六五七）の大火から毎年のように大小の火事が発生し、多数の人命が失われている。

火災と共に大川に困った現象が現われ、これが増えてきた。人口の拡大に伴って犯罪が増加し、その被害者が大川に投棄されるようになったのである。

被害者の死体が川の中で発見されても、見て見ぬふりをする者も多くなった。へたに関われば、奉行所に呼ばれて根掘り葉掘り聞かれる。

水死体を発見しても、知らぬ顔の半兵衛を決めてしまう。放っておけば、流れに乗って海へ出、魚の腹におさまる。

生島半六も石兵衛も大川に投棄して、騒ぎを起こすと同時に死体の処分の手間を省いたのであろう。

だが、綿密に検屍していた弦一郎が、死体からなにかを摘《つ》まみ上げた。

「なにか見つけたようだな」

弦一郎の指の動きを目敏《めざと》く察知した英次郎が問うた。

「こんなものが髪に絡《から》みついていた」

と、弦一郎は摘まみ取ったものを懐紙《かいし》の上に置いた。

「なんだ、これは」

英次郎以下、一統の目が集まった。

軟らかい物質が凝固して髪に絡みついたようであるが、本来、硬いものが水中にあって軟らかくなったようである。

灰色であり、ややねっとりとした感触である。おそでも物質の正体確認に慎重である。

貴和がその一部を指先にすくい取った。

「やめろ、毒物かもしれぬ」

英次郎が慌てて制止したときは、すでに舌の上に載せている。

「ご案じご無用です。毒物ではありません」

おそでが言った。

貴和はおそでの顔色を測りながら、不明の物質を舐《な》めたようである。

「このものは豆腐《とうふ》にございます」

貴和が言った。

「なに、豆腐とな」

英次郎が驚いた顔をした。豆腐がなぜ、石兵衛の髪に絡みついていたのか。

「凍《こお》り豆腐にございます。普通の豆腐と異なり、凍結させ、その後氷を解き（解凍）、乾し上げたもので保存が利きまする。恐らく冬の間につくったものでございましょう」

貴和が言った。

貴和が語るところによると、遠縁に豆腐屋がおり、凍り豆腐をよく食したという。四方に小穴をあけた型箱に豆乳と苦汁《にがり》を流し込み、充分固めたところで抜き出した豆腐を、いったん凍らせた後で乾燥する。長保《ながも》ちがして、味がよくなるという。

それゆえ、水中にあっても髪に絡みついて解けなかったのであろう。

「凍り豆腐は町売りと、寺院納めがございます。江戸では御用豆腐屋が寛永寺《かんえいじ》に納めております」

「なに、寛永寺とな」

貴和の言葉に、英次郎、弦一郎以下、一同が顔色を改めた。

家祖家康の尊信する天海《てんかい》が創建した徳川家代々の菩提寺《ぼだいじ》である。その由緒ある寺にも上納されている凍り豆腐が、石兵衛の髪に絡みついていたとなると、穏やかではない。

「ただの凍り豆腐なれば、だれでも町売りから手に入るでしょう。しかしながら、水中にあっても溶けぬほどの凍り豆腐は、町売りでは商えませぬ。これほど長保ちのする豆腐は、上納品にちがいありませぬ」

貴和が言った。

となると、御用豆腐屋の数は限られてくる。石兵衛を斬り、大川に投棄した下手人は、御用豆腐屋となんらかの関わりがあるにちがいない。

「仮にも御用豆腐屋となると、へたに手出しはできませぬな」

英次郎が弦一郎に言った。

「神田小川町《おがわまち》に、豆源《まめげん》なる御用豆腐屋がござる。この豆腐屋の娘は、ご老中小笠原《おがさわら》佐渡守《どのかみ》の奥向きに奉公に上がり、ご老中の手がついてござる」

弦一郎の説明に、英次郎はおもい当たることがあった。

小笠原佐渡守といえば岩槻《いわつき》五万石の城主であり、吉良上野介《こうずけのすけ》と親交が深く、元禄赤穂事件当時からの老中である。

この吉良寄りの老中と豆腐屋豆源が、その娘を介して結ばれていた。石兵衛を殺害した背後関係が、次第に輪郭を現わしてきた。

英次郎と弦一郎は顔を見合わせた。佐渡守と石兵衛になんらかのつながりがあれば、初代團十郎、生島半六、お滕元に跳梁《ちょうりょう》する盗賊団、そして石兵衛と、一連の事件の構造は見えてくるであろう——と、二人はたがいの胸の裡《うち》を探り合い、うなずき合った。

敏感な道之介が、二人の胸の裡を逸速《いちはや》く読み取り、

「佐渡守と石川のつながり具合は、おれに任せろ」

と自信のある口調で言った。

そして三日後、

「石川五右衛門の生地は伊賀《いが》の石川村（今日の伊賀市）、佐渡守の生地は三河《みかわ》の吉田《よしだ》村（今日の西尾《にしお》市）だ。岩槻に転封前は、吉良上野介の領地にいたわけだ。そして、

伊賀石川村は近い。石川と佐渡守の時代は異なるが、佐渡守の先祖が五右衛門と交流していた可能性は大いにある」

と報告してきた。

英次郎は、ついにつながったとおもった。

佐渡守は五右衛門の後裔《こうえい》とつながっている。恐らく本人は、そのつながりの重大性に気づいていないであろう。

五右衛門の末裔《まつえい》が、老中佐渡守を利用しているだけにちがいない。

「ここは、へたに動くと、老中の命が危ないな」

と英次郎は言った。

「八丁堀にも一応報告しておく」

道之介が英次郎の意を察して言った。


一統は静かに探索の網を拡げていった。

一統は、まずは豆源の店の周囲に網を張る。弦一郎以下、奉行所が動くと目立つので、いつでも出役できるように後詰《ごづ》めとして待機している。

英次郎と弦一郎が豆源に目をつけてから間もなく、想定外の事件が発生した。

小笠原佐渡守が城中の閣議に諮《はか》りにくい相談事があり、幕閣に依然として圧倒的な権限を残していた柳沢吉保の私邸を密かに訪問した。

赤穂遺臣団の吉良邸討ち入りは、武士道の精華としてもて囃《はや》されたが、厳罰派の吉保の儒臣荻生徂徠《おぎゆうそらい》の論陣によって覆され、討ち入りに参加した四十六士全士が処刑された。

だが、吉良聶〓《びいき》の一方的な裁決により、赤穂藩の怨《うら》みを集めた報復に懲《こ》りた幕府は、討ち入り後、喧嘩《けんか》両成敗の幕府定法に添い、吉良家断絶と同時に、義士たちの遺族も厳しく処断した。

それも宝永と改元し、次代将軍も指名されて、大赦令《たいしやれい》の施行が予想される。

吉良家とは累代の親交がある小笠原佐渡守と、浅野内匠頭《たくみのかみ》、およびその遺臣団の厳刑を主張した吉保にとっては、はなはだ面白くない成り行きであった。

浅野遺臣団の遺族に大赦令が下れば、吉保、佐渡守両人の幕閣での勢威はそれだけ衰える。

この傾向を阻止するために、二人は神田橋御門前の吉保の私邸で密談したのである。

相談を終え、

「私怨から殿中で刃傷《にんじょう》に及び、その家臣、お膝元《ひざもと》にて徒党を組み、幕府直参高家の私邸に乱入し、多数を殺傷したる段、遺族といえども断じて赦《ゆる》すべからず」

と意見が一致し、向後《こうご》の提携を誓い、夕食を馳走《ちそう》されて、六つ刻（午後六時）、佐渡守は柳沢邸を辞去した。

神田橋から佐渡守の公邸がある一ツ橋《ひとつばし》まで、わずかな距離である。駕籠《かご》に乗るほどでもないが、人に顔を見られるのを恐れた佐渡守は、紋所《もんどころ》を外した駕籠に乗った。

すでに陽は短くなっており、両側を堀に挟まれた道は暗い。あとわずかで我が邸《やしき》の門が見えてくる途上で、駕籠は突然、数個の黒影に囲まれた。

「ご老中のお召し駕籠と知っての無礼であるか。道を開け」

駕籠脇の家士が居丈高に難詰した。

この天下泰平の御代に、しかも城に近い重臣邸が軒を連ねる曲輪《くるわ》内で、天下の老中に狼藉《ろうぜき》を働く者があろうとは夢にもおもっていない。

だが、黒影の集団は、

「ご老中小笠原佐渡守様の御駕籠と知っての上の推参でござる。御免仕《つかまつ》る」

と言って、抜刀した。

家士たちは仰天した。彼らも腰に刀を差してはいるが、真剣勝負などしたことはない。腰の物は飾り物にすぎない翫具《おもちゃ》の兵隊である。

扈従《こじゅう》の者は十名、その半数の黒影にたちまち斬り立てられている。おっかなびっくりに構えた刀を地上に叩《たた》き落とされる者、刀を抜く前に一刀を浴びせられて、地に這《は》っている者もいる。

駕籠脇についていた山城兵馬《やましろひょうま》は藩随一の遣《つか》い手《て》であったが、所詮《しょせん》、道場剣法であった。

駕籠の中の佐渡守は、柳沢邸で振る舞われた酒が駕籠の揺れと共に全身にまわってきたところを突然襲われて、生きた心地がしなかった。

「何事ぞ」

と震える声で問うても、扈従の者の悲鳴が聞こえるだけで、返答はない。怖くて駕籠の窓を開けない。

「小笠原佐渡守殿とお見受け仕る。私怨はないが、天下一新のためにお命頂戴《ちょうだい》仕る」

と聞き慣れぬ声が言い渡した。

佐渡守は恐怖のあまり、声帯が麻痺《まひ》したようになって、言葉が出なくなった。佐渡守は悪夢を見ているとおもった。

天下の覇者、徳川幕府のお膝元、それも城の曲輪内で、幕閣で吉保に次ぐ自分が襲われようとは、悪夢以外のなにものでもない。

柳沢邸で振る舞われた酒を飲みすぎたのかもしれない。

とおもったとき、揺れていた駕籠が地面に放り出された。衝撃と共に悪夢が覚めた。

駕籠舁《か》きが斬られたか、逃げたかしたらしい。これは夢ではなかった。

「出ませえ。それとも駕籠中にすくんで動けぬとあれば、駕籠もろとも串刺しにして進ぜよう」

駕籠の外から同じ声が呼ばわった。声帯の麻痺が全身に及んで、佐渡守は動けなくなった。

駕籠ごと串刺し。おもうだけでも、心身共にすくみ上がった。

そのとき奇跡が起きた。真剣の斬り結ぶ音がして、金気《かなけ》が夜気に漂った。藩随一の遣い手・兵馬が反撃を始めたのであろうか。

駕籠中で縮んでいる佐渡守は、まだ串刺しにされず、凄まじい斬り合いの気配が駕籠を包んでいる。

小笠原邸から応援の手勢が駆けつけたのかもしれない。

佐渡守はほっとすると同時に、全身が弛緩《しかん》した。気がつくと駕籠の中が濡《ぬ》れている。恐怖のあまり、漏《も》らしてしまったらしい。

こんな場面を家臣に悟られてはならぬとおもうと、再び声が出なくなった。

斬り合いはかなり長く感じられたが、応援の戦力が強かったのか、短い時間で終息した。

「た、た、たれかある」

佐渡守はようやく声を押し出した。

まだ味方が勝ったとは限らない。斬り合いの帰趨《きすう》を確かめるのが恐ろしくて、佐渡守は駕籠の窓を閉じたままである。

そのとき駕籠の外から声をかけられた。先刻の「串刺し」の声とは異なる。

「ご老中小笠原佐渡守様のお召し駕籠と存じ奉《たてまつ》る。我らは旧浅野家遺臣、ご老中に訴願の儀これあり、ご通行路上にてお待ち申し上げておりましたところ、正体不明の賊徒集団の狼藉に出遭い、我ら、微力ながら助勢仕りましてございます。賊徒にはかなりの手傷を負わせましたが、逃げ足速く、その素性を確かめられませなんだ。手傷を負われたご家臣も軽傷にござる。我ら、これよりお邸前まで護衛仕れば、なにとぞご安堵《あんど》なされますように。我ら訴願の儀は、旧浅野家遺臣の遺族のご処分、ご老中のお力をもって、なにとぞご宥免《ゆうめん》のほど願い上げ奉ります」

音吐《おんと》朗々たる訴願の後、佐渡守を公邸門前まで護衛して旧浅野家遺臣団は姿を消した。

扈従の家士十名中六名が軽傷を負ったのみで、命に別状はなかった。

扈従の者たちの言葉によると、

「善戦したものの、賊徒集団の兵力は圧倒的であり、危ないところを旧浅野家遺臣団と称する数名の者が助勢し、難を逃れた」

ということである。

扈従の者たちは、これを賊徒の圧倒的な兵力に転嫁《てんか》して、甑具の兵隊の不甲斐《ふがい》なさを隠そうとした。

佐渡守が受けた衝撃は大きかった。泰平の惰眠《だみん》を貪《むさぼ》りつづけて、中央集権の牙城である曲輪内において、天下の老中が数名の賊徒によって命を奪われかけたのである。圧倒的な軍事力によって天下を統一したはずが、たった数匹の野良犬の前で手も足も出なかった。

赤穂遺臣団に救われなければ、幕閣ナンバースリーは消されたのである。

だが、佐渡守はこの事件を隠蔽《いんぺい》した。扈従の家士と、負傷者の手当てをした典医と、薄々異変を察知している家中に厳重な箝口令《かんこうれい》を布《し》いた。

幕閣には、反柳沢・小笠原の大目付仙石伯耆守が目を光らしている。

吉良の肩をもった吉保や佐渡守が、旧赤穂遺臣団に救われたとあっては、幕閣主流派の面目丸潰れである。

だが、「隠すより現わる」で、佐渡守が刺客に襲われ、旧赤穂の遺臣団に救われたという噂《うわさ》は、速やかに祖式弦一郎や英次郎一統の耳に聞こえた。

「この賊徒、いや、刺客集団はいずこから来たか？」

「小笠原を狙う刺客とあれば、まずは〝川筋〟（五右衛門）か」

「豆源に連なる小笠原が、川筋に狙われたとすれば、なぜか」

「扈従の家士はいずれも軽傷であったとか……とすれば、小笠原を殺すつもりはなく、恫喝《どうかつ》するためであったかもしれぬ」

「恫喝……つまり、川筋が焦ってきたということか」

「あり得るだろう。我らが石兵衛から豆源、小笠原と、そのつながりに目をつけたことに気がつけばな……」

「気がついたかもしれぬ。敵は一筋縄ではいかぬ。豆源の娘は絶世の美女だという。

娘を餌《えさ》にして小笠原を籠絡《ろうらく》し、幕閣を意のままに操る。だが、幕閣の第一等の柳沢が、最近、影将軍に押されつづけている。これは川筋にとっては面白くない風向きだ。『もっと勢いよく風よ吹け』ということだろう」

「赤穂の残党に風速を妨げられて、一味はどうおもったかな」

「存じもよらぬ（想定外の）邪魔者とおもっただろうよ」

「赤穂の残党には我らも救われたことがある。意外に頼もしい味方となるやもしれぬ」

一統と弦一郎の合議は意見が一致した。

弦一郎から聞いたところによると、大石内蔵助《おおいしくらのすけ》が討ち入りに際して盟約者を二分し、第一陣斬り込み隊が上野介を討ち損なった場合に備えて、第二陣を残したという。

赤穂の遺臣団の戦力として、高田馬場《たかだのばば》の堀部安兵衛《ほりべやすべえ》と、槍の達人高田郡兵衛《たかだぐんべえ》が双璧《そうへき》とされていたが、郡兵衛は討ち入りから漏れていた。

弦一郎は、

「高田郡兵衛以下、十数名の盟約者は討ち入りに参加しておらぬ。慎重な大石が郡兵衛を後詰めに残したのではないか……」

と疑っている。

第一陣が首尾よく上野介を討ち取ったので、第二陣は出る幕を失ってしまった。遺臣団自身が遺臣団の遺族を厳しく処分した吉保や佐渡守に怨みを集め、報復の鉾《ほこ》先《さき》を向けたとしても異とするには足りない。

あるいは佐渡守をつけ狙っていたところ、正体不明の刺客に先を越されたので、これこそ佐渡守に恩を売る絶好の機会として、怨みの鉾先を急遽《きゅうきょ》、謎の刺客集団に向け変えたのではないのか。

赤穂の遺臣団は、使い方によっては強い味方になるかもしれない。

「佐渡守を狙った刺客陣が、このまま尻尾《しっぽ》を巻いて引き下がるはずはない。赤穂の残党に邪魔されて、さっさと退いたのは、討ち入りから外された死に損ないなど眼中になかったのかもしれねえな」

と道之介が憶測した。

「眼中にない……ありえるかもしれんな。きゃつらは天下泰平を覆して、大きなものを狙っておるようだ」

「大きなものとは、なんだね」

主膳が英次郎の顔を覗《のぞ》き込んだ。

「赤穂の残党のように、天下の泰平に出る幕を失った浪人どもが結束して世間を引っかきまわし、戦国のように槍一筋でうめえものにありつきてえのさ」

と道之介が解説した。

「元は野武士のわしとあまり変わりないではないか」

主膳が不満そうにいった。

「野武士は天下を狙いませぬ。居心地のよい野原があればよいのではありませぬか」

貴和が口を出した。

「なるほど。ちがいねえな。だが、居心地のよい野原もなく、一統にくっついておる」

「旦那、それも居心地がいいからでやしょう」

銀蔵が冷やかすように言った。

「そういうきさまも、他人の懐の居心地がよくなかったんじゃねえのかい」

「私《あつし》の指先《エンコ》のおかげで、けっこう居心地がよくなってるんじゃやねえので……」

「へっへ、風吹けば桶屋《おけや》は置けどもおきやがれ（やめておけ）だあな」

弥ノ助が茶々を入れた。

「そういうてめえは、かさねに跨《また》がって桶なもの打ち明けられねえで（心に隠し立てをして)、街道を居心地悪くしたんじゃねえのかい」

二人の軽口の叩き合いは、かさねがひひんといななくまで止まらない。

厳重な箝口令が布かれた小笠原老中襲撃事件は、上手《じょうず》の手から水が漏れるように知れ渡ってしまった。

事件を重視した幕閣は、総力を挙げて佐渡守襲撃集団の捜索を命じた。

だが、幕閣の姿勢は、吉保や被害者当人の佐渡守にとっては迷惑であった。箝口令を布いたのも、事を荒立てたくなかったからである。

世論は、元赤穂藩遺族の宥免《ゆうめん》に傾いている。その大勢の中で厳罰を主張しつづけている佐渡守が、公邸の近くで賊徒集団に襲われ、危ういところを赤穂の遺臣団に救われたとあっては、これまで通りの主張がしにくくなる。

かといって、にわかに宥免論に切り換えるわけにはいかない。吉保も同じであった。

一方、英次郎の一統と、町方(町奉行所役人)の弦一郎は、別の観点から幕閣の姿勢に当惑していた。

佐渡守襲撃の背後関係には巨大な胎動が感じられる。単に、幕府に対する不満分子による襲撃ではない。

豊臣政権末期からの長大な時間によって発酵した徳川家に対する怨念や、敵意が潜んでいるようである。

その全体像をつかむ前に、襲撃集団の数名を捕えたところで、大魚を逃がしてしまう。

特に加役（火付盗賊改め）の動員は迷惑この上ない。本来は火災の予防と盗賊の逮捕を目的として編成され、幕閣の支配下にある。ほぼこの旗本たちで、町奉行の手にあまる凶悪犯罪の取り締まりに当たった。

寛文五年（一六六五）に創設され、元禄中期に一時廃止されたが、十五年に復活した。軽禄で不浄役人と蔑《さげす》まれている町方に比べて、直参《じきさん》旗本の高禄を誇る火盗改めは気位が高く、荒っぽい。

幕閣の言う「総力」の中に含まれていない英次郎一統に、弦一郎が火盗改めの参加を伝えてきた。

こんな連中に捜査をかきまわされたら、せっかく張った網が穴だらけにされてしまう。

「さしたる能も力もなく、親から相続した禄高の上に直参旗本と踏《ふ》ん反《ぞ》り返っている御先手《おさきて》（火盗改めの本役）の手に負える相手ではない。きゃつらの動き、案じられますな」

と弦一郎が面《おもて》を曇らせた。

「拙者もいやな予感がしてござる」

英次郎がうなずいた。

「幕閣の達しは、襲撃集団のおもう壺《つぼ》かもしれぬ」

弦一郎は独り言のようにつけ加えた。

彼らの懸念は、待つ間もなく現実となった。

火盗改めに就役した殿崎重蔵《とのざきじゅうぞう》が、深川の岡場所の近くで死体となっているのを、岡場所帰りの客に発見された。

町方の同心が出向いて、死者の身許は割れた。

町方の天敵のような火盗改めの一人、殿崎重蔵が、一合も斬り合うことなく、袈裟《けさ》懸《が》けに斬り捨てられていた。

死者は鬼重《おにじゅう》と称ばれ、一刀流の遣い手であり、火盗改めの中でも荒っぽさで知られていた。

江戸の悪党どもは、鬼重と聞いただけで慄《ふる》えた。

前夜、殿崎は深川の馴染《なじ》みの遊女を買い、帰途、襲われたようである。

悪党どもから鬼重と恐れられる遣い手を、一刀のもとに斬って捨てた下手人は、相当の剣客にちがいない。

現場に出役《しゅつやく》した祖式弦一郎は殿崎の傷口を検め、おもい当たることがあって、おそでに検屍を依頼した。

おそでは死体の斬り口を一見して、おもい当たったようであるが、綿密に検案して、

「石兵衛さんの斬り口と全く同じで、同じ刀で斬っています」

と鑑定した。

この泰平の代に人を斬り馴《な》れている斬り口である。

飛燕一踏流《ひえんいっとうりゅう》の遣い手である弦一郎は、この下手人と刀を交える場面を想像して、背筋が寒くなった。

これまで凶悪な犯罪者と刃《やいば》を交えてきたが、これほどの手並みの下手人と戦ったことはない。

だが、事件はこれだけですまなかった。

翌日、市中見回り中の加役（火盗改め）の三名が、本所三ッ目《ほんじょみつめ》の橋の袂《たもと》で、殺害さ

れていた。

先手組は、戦時、常に軍の最前線に立つ斬り込み部隊であり、最精鋭の武士団で固められていた。

戦時から泰平の時代に変わり、お役無用となった斬り込み部隊を、放火や強盗などの凶悪犯の取り締まりに転用したのが、火盗改めである。別の役を加えられたので、加役とも呼ばれる。

三人とも抜刀して応戦した模様であるが、いずれも一刀のもとに斬られている。

発見者は、近くの住人であり、最寄りの自身番に訴え出た。

知らせを受けて出役した町方同心は、辻斬りの仕業かとおもったが、懐中の財布はそのままであった。

泰平の御代に、絶えて久しい辻斬りであるとしても、遣い手揃《ぞろ》いの火盗改め、それも三人連れ立っているところを襲うはずがない。

その前夜も、加役きっての遣い手、鬼重が斬り殺されていた。つまり、下手人は火盗改めを狙っている。

注進を受けた祖式弦一郎は、組屋敷から本所三ッ目へ直行した。

(下手人は石兵衛や鬼重を斬った者と同一人物にちがいない)

弦一郎は死体を検める前に、確信していた。

弦一郎が組屋敷から走らせた使いの者の注進を受けて、英次郎も現場へ駆けつけてきた。

英次郎も三体の遺体を見て、下手人は同一人物と断定した。

「おそでさんに見せるまでもござらぬ。下手人の目的は、挑戦でござるな」

と、英次郎は言った。

「拙者も同感でござる。お上だけではなく、我ら町方に、捕らえられるものなら捕らえてみよ……また、流殿ご一統にも挑んでござる」

弦一郎は言った。

「我らに対する挑戦でもあるとすれば、我らも襲うはずであるな。恐らくお膝元の大店を襲ったのも、下手人の一味でござろう。きゃつら、鹿島屋の蔵破りに失敗し、石を抱かされて死んだ賊徒の頭《かしら》の怨みも含みまかりおり、我らへの報復の刃も磨いておろう」

「その手始めが火盗改めとは、驚き入ってござる」

「それだけ、我らを警戒してのことでござろう」

「きゃつら、流殿以下、ご一統のなみなみならぬことを熟知してござる」

「祖式殿の飛燕一踏流も端倪《たんげい》すべからざるものとして、距離をおいてござる」

「その距離を縮めつつありますな」

二人の視線が合った。

一方、火盗改め役は愕然《がくぜん》とすると同時に、怒りに震えた。

高禄、直参の誇りがあるので、諸事高圧的であり、情け容赦がない。火盗と聞いただけで、江戸の悪党どもは地下に隠れ、市民たちは蛇蝎《だかつ》のように嫌っている。

その天下の直参の加役を、虫でも踏み潰すように、四人を一刀のもとに斬って捨てた。

「このまま黙っていては、火盗改めの名が泣く。だが、現実に重蔵以下、四名の遣い手揃いが、抜き合わせもせずに斬られている。五人一組となって、下手人の出そうな場所に罠《わな》を仕掛けようではないか」

と火盗改めの意見は一致した。

斬り口を見れば、一人の仕業であることがわかるが、火盗改めの看板の手前、敵は複数ということにした。

激昂《げっこう》した火盗改めは、下手人に対して、新たな編成のもとに市中を見回った。ご丁寧に火盗改めなる旗を持ち、目抜き通りや、門前町や、繁華街を練り歩いた。

仮に敵が複数であるとしても、暗殺集団が人目の多い場所へ出て来るはずがない。

「親の功績で高禄を食《は》む、世間知らずの馬鹿様たちが、おのれの腰抜けを棚に上げて、安全な場所に身を置いて、火盗改めの旗印を振りまわしてやがる。五人集まりゃ安心とおもっているようだが、馬鹿様が百人集おうと、手に負える相手じゃねえ」

弦一郎は吐き出すように言った。

「我らも、彼らの真似《まね》をしようではござらぬか」

英次郎が提案した。

つまり、火盗改めの旗を掲げて、敵の出そうな場所に罠を張ろうという算段である。

「妙案でござるが、我らの顔は敵にばれておらぬか」

「面相を変えればよい。一統に変化《へんげ》の名人がいてござろう」

「貴和殿を忘れておった。貴和殿に我らも変化粧を施してもらえば、敵も気がつくまいて」

事件は三日後に起きた。上野広小路を火盗改めの旗を押し立てた五人組が、練り歩いていた。

花の季節は外れているが、季節を問わず、多くの人が集まる。

参勤交代の浅葱裏《あさぎうら》（田舎侍）も、江戸見物のお上りさんも、まずは上野広小路、浅草大門《だいもん》、両国広小路へと押し出して来る。

外出が好きな江戸っ子も、べつに用事はなくとも、繁華街に集まる。江戸の華、火事に焼け出されても、失うものをなにも持っていない能天気である。

人が最も集まる八つ半刻（午後三時頃）、広小路の人込みの中で、五人組と、墨染めの衣をまとった行脚僧《あんぎゃそう》がすれちがった。

火盗改めと聞いただけで、群衆は道をあける。

「寄れ、片寄れ」

旗を先頭に押し立て、威勢を張りながら、広小路をのし歩いていた五人組を避けようともせず、すれちがおうとした行脚僧に、

「そこな乞食坊主。片寄れと申しておるのが聞こえぬか」

と、旗手が罵声《ばせい》を発して咎《とが》めた。

だが、行脚僧は笠もとらず、五人組と袖《そで》ふれあうようにして、すれちがおうとした。

「おのれ、くそ坊主。この旗が目に入らぬか」

旗持ちが怒鳴った。

「ここは天下の大道。どこを歩こうと拙僧の勝手でござる」

行脚僧が答えた。

「言わせておけば、無礼な。火盗改めである。片寄れ」

行脚僧が速やかに道を譲るとおもっていた五人組は、目を三角にして怒った。

「拙僧は一人。そちらさまは五人、独活《うど》の大木でも五人分、場所を取ります。片寄るはそちらさまでございましょう」

「おのれ。言わせておけば、乞食坊主。そこへ直れ」

旗持ちが抜刀した。

同時に、旗持ちの首と胴が離断した。首が宙を飛び、斬り口から噴水のように血が噴き出した。

愕然とした残りの四名が抜き連れたときは、行脚僧の仕込み杖が閃《ひらめ》き、一人は刀を握ったままの小手《こて》が飛び、一人は片足を切断されて地に這《は》い、残った二人は戦意を失ってうずくまった。

その場に居合わせた群衆から悲鳴が迸《ほとばし》り、蜘蛛《くも》の子を散らすように、八方へ逃げ走った。

群衆の混乱に紛れて、行脚僧は姿を消した。

鬼の火盗改め五人組が、お膝元の繁華街の中央で、群衆の見守る中、ただ一人の行脚僧によって木っ端微塵《こっぱみじん》に粉砕された。

罠を仕掛けたつもりが、いとも簡単に返り討ちにされてしまった。

出役した祖式弦一郎は、五人組中三人の斬り口が、これまでの斬り口とは異なるのを見て取った。

白昼、繁華街の中央での惨劇であっただけに、多数の目撃者がいて、下手人は、ただ一人の行脚僧であることが証言された。

(罠を張ったつもりが、裏をかかれた。この度は仕込み杖を使ったが、下手人は同じかもしれぬな。だが、待て)

弦一郎は首をかしげた。

仕込み杖と刀では、使い勝手がちがう。下手人が別であれば、恐るべき遣い手が複数いることになる。

前回冷えた背筋に、悪寒《おかん》が走った。

検屍の後、現状を綿密に検《しら》べた弦一郎は、首を斬られた旗持ちの骸《むくろ》のかたわらに、小さな髑髏《どくろ》の土偶を発見した。

髑髏は地方の民芸品のようである。遺留主は、斬られた旗持ちか、あるいは下手人、それとも群衆か……三者のうちの一人であろう。

もし下手人の遺留品であるとすれば、髑髏が下手人の身許を割り出す鍵となるかもしれない。

弦一郎は、髑髏を懐紙に包んで保存した。

弦一郎から報告を受けた英次郎は、

「敵は尋常ならぬ遣い手である。祖式殿は複数の下手人をも疑っておる。きゃつら、必ず来る。ますます気を引き締めていけ」

と、改めて一統に言い渡した。

一方、震え上がった火付盗賊改めは、見廻りの兵力を十人組に編成した。

「馬鹿様めが、翫具《おもちゃ》をいくつ増やそうと、手に負える相手ではないことがわからぬか」

英次郎は嘲笑《あざわら》った。

「これは火盗改めを使って、わが一統以下に挑戦しているのかもしれぬ」

英次郎は火盗改め襲撃を利用して、貴和の変化粧術により、外見、完璧なまでの火盗改めに変身した。

おそで、銀蔵、弥ノ助は、偽《にせ》火盗改め隊から外した。

偽火付盗賊改め見廻組は、英次郎、道之介、主膳、村雨、貴和、これに祖式弦一郎が加わり、一騎当千の六人編成である。

依然として敵の目的は不明である。幕閣は、これを重視して、幕府の秘匿暗殺集団猿蓑衆《さるみのしゅう》の動員を決定した。

猿蓑衆は、すでに英次郎一統によって壊滅されたが、甲賀《こうが》・伊賀忍者末裔による猿蓑衆第二軍は健在である。

猿蓑衆第一軍が将軍直属であったのに対して、猿蓑衆第二軍は幕閣の支配下にある。

猿蓑衆第二軍の頭は、猿蓑衆第一軍の頭、小貝《こがい》の妹、小菊《こぎく》といい、噂では小貝に勝る忍者であるという。

だが、幕閣以下、だれ一人として小菊の顔を見た者はいない。

猿蓑衆第二軍への下命は、大手門に三つ葉葵《あおい》の紋の旗を出すだけでよい。

猿蓑衆第二軍の使者が、大老格の吉保の私邸に伺候する。

幕閣の命令は、「近ごろ頻発する火盗改めを襲った一味を捕縛せよ」というものである。「殺してもよいが、一人だけは生け捕りにせよ」という難命であった。

謎の下手人の処分を、大名や町方に命じず、猿蓑衆第二軍に命じたのは、幕閣の苦肉の策といえよう。

英次郎一統は、柳沢吉保の敵性集団である。そして、町方は吉保の政敵、仙石伯耆守の指揮下にある。

大名や町方に、下手人の処分を命じれば、吉保の譲歩となる。

下手人は、市中の大店をつづけざまに襲った賊徒集団と、初代團十郎、生島半六、石兵衛、そして小笠原佐渡守を襲った一味と、同心の疑いが濃厚である。

ましてや幕閣において、吉保に最も近い佐渡守を襲撃した集団の処分を、英次郎一統に任せるわけにはいかない。

吉保は、危うく失脚する瀬戸際を英次郎に救われていながら、彼を最も恐るべき敵性と見なしていた。

猿蓑衆第二軍の動員令は、一統と英次郎の耳に、速やかに聞こえてきた。

特秘の内命であるが、超早耳の彼らに聞こえぬはずがない。

「猿蓑衆第二軍の出役とは、穏やかではないな」

英次郎が言った。

「猿蓑衆第二軍が敗れれば、幕府の権威は地に落ちる。火盗改めの比ではあるまい」

道之介が言った。

「きゃつら、猿蓑衆第二軍をおびき出すために、火盗を斬ったのではないのか」

「あり得るな。我らが猿蓑衆第一軍を討ち破ったように、きゃつら、猿蓑衆第二軍を壊滅させれば、特に外様《とざま》は幕府を甘く見る。甘く見るだけならばよいが、謀叛《むほん》のきっかけになるやもしれぬ」

彼らが猿蓑衆第一軍の頭、小貝を討ち取ったとき、外様、特に薩摩《さつま》、伊達《だて》、加賀《かが》、長州《ちょうしゅう》らのざわめきが感じられた。

徳川が圧倒的な軍事力によって全国制覇して以来、武断政治から文治主義に切り替え、中央集権を確立した。

この間、幕府の権威を確固たるものにすべく、関ヶ原戦以後、延宝七年（一六七九）までに、取り潰された大名は百五十五家、減封は三十九家に及んでいる。

大名廃絶の四大理由は、
一、敵性大名の淘汰《とうた》
二、大名自身の不調法《ぶちょうほう》（犯罪、失敗、違反等）
三、家中取り締まり不行き届き（御家騒動等）
四、無嗣《むし》（後継者なし）
である。

浅野家の廃絶理由は二に当たる。

いずれの理由にしても、幕府の中央集権を強化するための言いがかりである。

だが、その熾烈《しれつ》な集権によって、戦国から泰平の代に移ったのである。

その中でも、豊臣系の大・小名が狙われた。だが、五代綱吉の代に入ると、外様十七家、一門、譜代すら、赤穂浅野家を加えて、二十九家にも及んだ。

この間、外様、譜代、大・小名を問わず、文治優先の時代に、大大名も軍事力を軽減すると同時に、幕府も制度・礼式の整備に力を注ぎ、軍事力を失っていた。

幕府に叛心《はんしん》を抱く者があったとしても、軍事力に訴えられなくなっている。

また幕府も、諸大名の中に叛旗《はんき》を翻《ひるがえ》す者があっても、動員すべき正規軍はない。

そのような時代の変遷の中にあって、秘匿暗殺集団猿蓑衆は、圧倒的な戦力になった。

だが、幕府と同じように、外様諸大名の中には、子飼いの秘匿軍団を養っている者がいるかもしれない。

現に、徳川家の藩屏《はんぺい》（楯）であり、西国の押さえとした中国の大藩、浅尾家は、子飼いの忍軍、風炎衆《ふうえんしゅう》を密かに蓄えていた。

英次郎一統の活躍によって取り除いたが、恐るべき秘匿軍団であった。

英次郎は、柳沢吉保の私兵となった猿蓑衆第一軍を壊滅させた時におぼえた諸大名の蠢動《しゅんどう》と、胎動のようなものを、火盗改めへの攻撃に感じ取ったのである。

「これは単なる辻斬りではござらぬ。きゃつら、江戸の大店や、火盗改めなどを狙っているのではなく、公儀そのものを的にしているのではないか」

「拙者も同感でござる。きゃつら、流殿ご一統を幕府最強の軍団として、誘い水を向けておるのではないか。猿蓑衆など、彼らの眼中にはないのでは……。

そして、この恐るべき軍団を差し向けた背後には、尋常ならざるものが潜んでおるやもしれませぬ」

「石川五右衛門」

「その尋常ならざるものとは……」

と、英次郎と弦一郎は二人同時に言った。

そしてさらに、

「石川五右衛門に深く関わる者は……」

「豊臣」

二人はまた、同時に声を合わせた。

「とすれば、徳川に奪われた豊家の世を取り戻すために、暗躍しているということに……」

二人の推測は、すでに一致していた。

それが的を射ていれば、恐るべき反乱が、一見泰平の徳川施政下に潜んでいる。

そこまで確認し合った二人は、はっと気づいたように、視線を合わせた。

「開府以来、江戸の華と言われた火災は……」

英次郎は後の言葉を呑《の》んだ。あまりにも恐ろしい推測であった。

生き返った亡霊《ぼうれい》

家祖家康の江戸開府以来、江戸は三年に一度大火を発生し、その間に、中小火災をはさみ、その都度、多数の人命や建築物を失っている。

木と紙の家が密集しているにもかかわらず、消防体制は不完全であり、その技術や機能が幼稚であったせいもあるが、同じ条件は京や名古屋などにあっても、江戸のように華《はな》と、やせ我慢的に称ばれるような火災は多発していない。

江戸を壊滅させようとおもえば、強風の夜、火源があるだけでよい。

幕府を怨《うら》む者があれば、覇者を圧倒する大軍事力を動員することもなく、風上から一片の火の粉を放つだけで、目的を達する。

恒例のように発生する〝江戸の華〟は、累代徳川に怨みを重ねた五右衛門の血を引く者が、天下を豊臣に奪い返すために放火しているのではないかと、英次郎と弦一郎の恐るべき推測が合致したのである。

乾燥した日々がつづいた後、北西の風の吹き募る夜を狙って放火すれば、江戸の町はたちまち大火によって舐《な》め尽くされる。

幸いにも雨が多く、当分の間、放火の恐れは少なくなっているが、この間になんとしても敵を捕らえなければならない。

英次郎は、弦一郎と一致した想定から、ある可能性におもい当たった。

彼は早速、道之介に、

「明暦の大火（一六五七年一月十八日〜二十日）、および天和《てんな》の大火（一六八二年十二月および一六八三年三月）に、放火の疑《あかねこ》いをもたれた者の身許《みもと》に、石川五右衛門の血筋がつながっていないかどうか、ほじくってみてくれ」

と依頼した。

明暦の大火は、振袖《ふりそで》火事とも称ばれ、明暦三年（一六五七）正月、本郷《ほんごう》の本妙寺《ほんみょうじ》から発した。

前年十一月以来八十日以上も雨が降らず、江戸は乾ききっていた。

そんな状況の中で、早朝から北西の木枯らしが吹き荒れ、土埃《つちぼこり》の渦巻く中で、通行人は目も開けられなくなった。

折しも本妙寺では施餓鬼《せがき》法会《ほうえ》が行われており、形見の振袖を供養として燃やしている間に、風に煽《あお》られて舞い上がった。

舌舐《したな》めずりをしていた火魔が、これを空中に巻き上げ、たちまち本堂や、近隣の家の障子や可燃物に燃え移り、木枯らしにより驚くべき速さで火勢を拡大した。

本郷から発して湯島《ゆしま》一帯、神田、さらに堀を越え大名邸を舐め尽くし、日本橋《にほんばし》周辺の目抜き通りを焼き払い、夕刻から風向きを西に転じて、火魔の触手を伸ばした。

黒煙は天を覆《おお》い、火の粉が逃げまどう市民の上に雨のように降りかかる。川や海に飛び込んだ者は、溺死《できし》または凍死した。

火魔は市街地だけでは満足せず、鉄砲洲《てっぽうず》から湾岸に舫《もや》っていた百余艘《そう》の大船にまで燃え移った。

小伝馬町《こでんまちょう》の牢屋敷にも火の手は延びて、数百人の未決囚人を切り放（一時的に解放）した。

火はついに江戸城の天守閣にまで及び、弾薬庫が爆発して、一斉に火の手を拡げた。

時の四代将軍家綱も西城へ避難したのである。

天下泰平の治世に君臨していた幕府の象徴である江戸城が、陥落しているように見えた。

事実、当時の防火対策は、延焼防止の破壊消防が主であり、せいぜい手送りの水をかける程度であったが、まさに龍巻のような大火炎に小便をかけるような幼稚なものであった。

木枯らしに煽られて、ほとんど無抵抗の江戸市中を暴れ狂った火魔は、江戸の大半を舐め尽くし、死者十万七千を超え、大名邸百六十、旗本邸七百七十余、寺社三百五十余、町屋約四百町、片町で数えると八百町が焼失した。

橋は浅草橋、一石橋《いっこくばし》を残して六十四が焼け落ちた。

また、天和の火事は、天和二年と三年、連続して、江戸の市街半分ほど焼燬《しょうき》し、放火の疑いがもたれた。

このときの榎本弥左衛門《えのもとやざえもん》なる者の覚書には、

「江戸ニて火あぶりニ成候《そうろう》もの、十組計《ばかり》ニ五十人も当年中ニ有、皆火付け也、方々ニてさらされ候てかくの如き也」

と記述されている。

英次郎はこのとき火炙《ひあぶ》りにされた、十組計五十人の身許を徹底的に洗ってくれと、道之介に依頼した。

三日後に、道之介が調査の結果を報告してきた。

さすがは並ぶ者なき調査の達人だけあって、この三日間で天和二年（一六八二）暮れから翌年三月にかけての大火に関わる十組五十人の身許を調べ上げた。

道之介の報告には驚くべき事実が含まれていた。

「十組五十人、梟首《きょうしゅ》（首を斬られ晒《さら》される）に処せられたが、そのうちの二十三人は、悉《ことごと》く石川五右衛門の血筋に連なる者であり、当時、上杉《うえすぎ》、毛利《もうり》、島津《しまづ》、細川《ほそかわ》、長宗我部《ちょうそがべ》、またその支藩の家中、残党であった。残りの二十七人いずれも、五右衛門の配下の後裔《こうえい》である。

十組五十人、悉く五右衛門が遠祖であるか、あるいは遠祖が五右衛門の配下である」

ということである。

薄々予感はしていたものの、まさか五十人全員が五右衛門に直接、間接連なっているとはおもわなかった。

つまり、天和の大火は、石川五右衛門に連なる後裔の放火であった。

「大火の火付け以外の火事にも、五右衛門系の者が関わっている疑いは、十分にある」

と、道之介は報告に追加した。

とりあえず判明した五家から絞っていく。五家はいずれも豊臣系であり、大火に便乗して、幕府の天下を覆《くつがえ》すべく、密かに動き始めているやもしれぬ。五家が連合して、徳川家の転覆を謀《はか》れば、他の豊臣系の外様も、五家に与《くみ》する恐れがある。

幸いにして江戸は、火災の都度、市街を整備し、市中各所に火除地《ひよけち》を設け、悪人が入り込む進路を塞《ふさ》ぎ、耐火性の高い都市に変貌しつつある。

江戸が火事に圧倒的に強くなる前に、江戸を焼き払わなければ、徳川転覆の機会を逸する。

「五家の動きを監視せよ。外様どもが、連携強化する前に、幕威をもって押さえつけなければ、再び戦乱の世に戻る。江戸の平和は全国津々浦々の平和につながる。まずは、天和の火事の十組五十人、五右衛門に最も近い者を洗い出せ」

と、英次郎は一統に命じ、弦一郎に道之介の調査結果を伝えた。

道之介の調査力は、人間業《わざ》を超えるものであった。

まず、影奉行を務めた秘匿《ひとく》家歴の外で、累代《るいだい》書物奉行付お調役《しらべやく》としての看板を掲げ、江戸幕府のすべての書物を出納《すいとう》、保管する紅葉山《もみじやま》の御文庫に出入り自由である。

加えて、寺社奉行、勘定奉行、町奉行、天文方、躋寿館《せいじゅかん》（医学館の前身）、普請奉行、作事奉行、道中奉行、船手頭《ふなてがしら》等の記録まで、閲覧自由の権限を将軍から与えられていた。

この膨大な書物や記録の海から、道之介は生来の嗅覚《きゅうかく》で、必要なものを嗅《か》ぎ分けた。

特に道之介が注目したのは、若年寄支配下にある、万治《まんじ》元年（一六五八）に創設された定火消《じょうびけ》しが、四組から、次第に増設して、元禄八年（一六九五）、十五組となった記録である。

これに大名火消しが加わる。大名火消しは、江戸城および古来要所の消防を賦課《ふか》される。

大名火消しの記録は閲覧できないが、定火消しの記録に大名火消しの活動が記録・保存されているはずであった。

豊臣系の外様大名が江戸城の消防を賦課されているとすれば、火災の混乱に紛れて、消防どころか、町内に放火する可能性もある。

幕府としても当然、それを恐れて、江戸城などの主たる場所は、譜代に命じている。

譜代といえども、親戚を改易されている者もあり、油断できない。

道之介は、膨大な文書の海から、驚くべき収穫を集めてきた。

明暦と天和の大火によって、江戸は防火上の大きな教訓を学んだ。

火除地を要所要所に設け、それぞれの町の中央にある、出口のない会所地《かいしょち》と称ばれる空き地に新道を開通させて、火災の際の避難路を拓《ひら》いた。

ところが、新道以前は逃げ道がなく、各町内の安全保障度が高かったが、新道の開通により、交通路が四通八達《しつうはったつ》したために、悪人が新道伝いに跳梁《ちょうりょう》するようになった。

このため、火災時、威力を発揮した新道を再び塞いでしまった。

この新道が閉鎖されたと知らずに悪事を働き、捕縛《ほばく》された約百名の悪党のうち、三十八名が、天和の大火で火炙りにされた五十名の係累であったことがわかった。

「新道を塞がれて捕縛された者以外に、逃げ足速く、網から逃れた者もいるはずだ。新道悪党の残党が、團十郎殺し、弁天堂蔵破りなど、一連の変事を起こして、世を騒がせているのだろう。

そして、すべての事件が五右衛門につながっている。それも単なる残党の集まりではなく、徳川宗家に怨みを含む豊臣系の大名が手を貸している。

だが、証拠がない」

英次郎は、眼前に巨大な敵性集団が立ち上がった気配を感じ取っていた。

先祖から引き継いだ忍者の予感と嗅覚であるが、敵の動かぬ証拠とはならない。

「五家が協力していることは、まずまちがいあるまい。だが、現存家それぞれが大藩であり、藩論が反徳川に固まっているとは限らない。

豊臣の恩顧を被《こうむ》った五家とはいえ、一家は滅亡しており、すでに大昔のことだ。お家大切、再興を頼む者が圧倒的に多いはずだ。つまり、藩の豊臣の恩顧を忘れぬ一部が、集まっているのだろう。

たとえ一部であっても、五家が集まれば、多年の泰平に安座した幕府に充分対抗できる。だが、まだ五家の連携の証拠も摑《つか》んでいない。その証拠を摑んでくれ」

英次郎は道之介に言った。

家中の一部と言っても、いずれも大藩である。五家集まれば、豊臣連合ともいえる巨大な敵性となる。

これに対応するとりあえずの兵力は、八名と一頭である。そのうち、白兵戦の戦力として頼めるのは、英次郎以下、五名にすぎない。

応援として、弦一郎は頼めるが、宮仕えの身で勝手な動きはできない。

(苦しい戦いになる)

英次郎は、喉《のど》の奥で言った。

「いまなんと言った」

道之介が英次郎の顔を覗《のぞ》き込んだ。

「いや、なにも言わぬ」

「嘘を放《こ》くな。苦しい戦いになると言っただろう」

「そんなことを言ったかな」

英次郎はとぼけた顔をした。

「言った」

「お主の耳に、そのように聞こえたのであろう」

「これまで苦しくない戦いがあったか」

「そう言われてみれば、楽な戦いはなかったな」

「此度《こたび》の敵は、特に手強《てごわ》そうだ。なにせ、百年以上前の五右衛門の亡霊どもだからな。これまで亡霊を敵にしたことはない」

「面白いではないか。すでに死んでいるやつらを斬れば、どうなるかな」

「亡霊がもう一度死ねば、生き返るのではないのか」

「なるほど。生き返るか。すると、どこかで殺され生き返った亡霊が幕府の転覆を謀《はか》っているというわけだな」

「左様。敵は生き返った亡霊かもしれぬ」

「ならば、我らと同格である。我らもすでに何度も死んでおる。死んだはずの亡霊が生き返って、彼我《ひが》に分かれて戦う。面白いではないか」

「なるほど。我らにはおそでさんもついておる。何度死んでも、おそでさんの手当てを受ければ、生き返るな」

「敵も、お主のような亡霊がいると知れば、面食らうであろう。まさか百年前の亡霊の身許調べをする亡霊がおろうとは、おもってもみぬであろうからな」

「さて、さしずめ亡霊のどこから攻めるつもりだ」

「亡霊となれば、墓に決まっておる」

「墓……？」

「五右衛門の墓所を探してくれ。亡霊の子孫ども、必ずやその墓所の近くに巣を持っているにちがいない」

「亡霊の巣か……さすが……面白いところに目をつけたな」

道之介が感嘆した。

同時に、極めつけの難題を突きつけられたとおもった。

五右衛門の最期は、衆人環視の中、釜《かま》で煮られたことになっている。つまり、釜が墓所である。釜の行方までは記録されていない。

釜で煮られたのは、五右衛門の身代わりで、本人は生きていた。

……とすれば、史実に残る実在の大盗賊である。必ずどこかに墓があるにちがいない。それも一ヵ所ではないかもしれない。

五右衛門の活躍場所は、京を中心にした伏見《ふしみ》、大坂、堺《さかい》である。

道之介は、改めて五右衛門の履歴をさかのぼった。

五右衛門の生地は、伊賀石川村（今日の伊賀市）である。

さらに調べを進めると、当時の秀吉配下の京都所司代は、五右衛門の母および親族二十人を捕縛し、子一人、五右衛門と共に釜の中にて煮殺し、同類十九人、磔《はりつけ》にしたとある。

五右衛門が宥免《ゆうめん》されたとなれば、彼の家族および同類も許され、公開処刑に集まった衆目を欺《あざむ》くために、他の死刑囚が代わりに釜茹でにされたと考えられる。

そうでなければ、一人助命されたとしても、秀吉に忠誠を誓うはずがない。

五右衛門の家族および親族の記録の一部は、幕府の書物蔵にも残っているが、大半は大坂城の陥落と共に焼燬されてしまった。

さすがの道之介も、そこまでで行き詰まったが、江戸初期の禅僧、沢庵が、〝五右衛門は智、仁、勇を兼ね備えた人物であり、世評と異なり、盗賊を装った善人である。司直の追及を長期にわたって躱《かわ》せたのは、智があり、多数の配下の強い求心力は、仁愛があったからである〃と礼賛《らいさん》していることをおもいだした。

沢庵ほどの名僧が支持した五右衛門は、それなりの器量があったにちがいない。

道之介は、五右衛門から沢庵に焦点を変えた。

沢庵の経歴を追うと、幕府を批判した廉《かど》で、出羽《でわ》国上山《かみのやま》（今日の上山市）に流され、三年後許され、江戸に帰り、三代将軍家光の尊崇を受け、創建された品川東海寺《しながわとうかいじ》に迎えられた。

「これだ」

道之介は、おもわず声を発した。

五右衛門の末裔が、東海寺もしくはその近隣に、巣を構えている可能性が濃い。

東海寺は、家光が帰依《きえ》して開いただけに、幕府に対して恩義を感じているであろうが、五右衛門の後裔が、幕府に叛意《はんい》を含んでいることに気がついていないかもしれない。

明暦の大火を含み、東海寺およびその周辺は、年約一・六回ほどの頻度で発する火災の被害を受けていない。

このことからも、道之介は調査の方向が誤っていないという自信を得た。仮に被災したとしても、失うものはない。

道之介の調査の結果に、英次郎も同感した。

「東海寺、およびその周辺に網を張れ。同時に猿蓑衆に伝えよ」

英次郎は意外なことを言った。

「猿蓑衆に……？」

道之介は、英次郎の言葉に驚いた。

幕府の秘匿暗殺集団であるが、依然として一統の敵性であることに変わりない。

「まず、猿蓑衆を一味に当てる。その後から我らが出て行っても遅くはあるまい」

英次郎の言葉に、道之介は改めて彼の戦略に感嘆した。

猿蓑衆の養い親は柳沢吉保である。吉保の命によって、いつ、その刃を影将軍と後代に向けぬとも限らない。

この両者を激突させれば、一石二鳥である上に、両者の戦力を正確に測れる。百戦錬磨、一騎当千の一統であっても、これまでの手並みから、五右衛門の残党が超常の戦力を備えていることがわかる。

英次郎は、一統のだれ一人を失ってもならぬと、決意している。

一統は、必ずしも徳川宗家に忠誠を誓ったわけではない。無量の血を流して、ようやく獲得した泰平の代を、大昔の怨念のために覆してはならぬ。

それは英次郎の覚悟であった。

泰平の代に逆らう者は、すべて一統の敵である。だが、一統の兵力は限られている。天下の泰平を守り抜く兵力としては、少なすぎるだけに、大切にしなければならない。

「しかし、どのようにして、猿蓑衆に伝えるか」

道之介が問うた。

「お安いご用よ。村雨ならば、猿蓑衆に伝《つて》がある」

「村雨……なるほど」

道之介はうなずいた。

村雨の兄、故霧雨は、猿蓑衆であった。そして村雨は、猿蓑衆から脱退したわけではない。猿蓑衆第一軍が壊滅した後、村雨一人が生き残ったのであった。

第二軍の統領小菊は、第一軍の統領小貝の妹であり、村雨と密かに将来を約束し合っていた。

女性《にょしょう》であるが、生来、忍者の素質があり、一軍、二軍の総領であった亡父、および兄に鍛えられ、いまや随一の実力と指導力を持っている。

臨終の床で、父は第一軍を小菊に委ねようとしたが、霧雨の、

「小菊の五感は兄上よりも鋭く、視野が広い。後備《あとぞな》えとして、第二軍の指揮を執らせたほうがよいとおもいます」

という進言を取り入れて、小菊に第二軍を任せたのである。

第一軍統領・小貝は、猿蓑衆全軍随一の遣《つか》い手《て》であったが、あまりに先鋭であり、視野が狭い。それに反して小菊は、鋭い五感に加えて、時空共に異大《マクロ》の視野を持っている。

小貝が影の暗殺に推参したとき、霧雨が身代わりになっていたとは知らず、英次郎に敗れた。もし小菊が刺客となって推参すれば、霧雨が影将軍に化けていることを察知したであろう。

村雨を通して伝達された耳音（情報）は、必ずや猿蓑衆第二軍からなんらかの動きを引き出すと、英次郎は睨《にら》んだ。

村雨が英次郎一統に加わっていることは秘匿されているが、小菊はすでに察知しているかもしれない。

察知しながらも、吉保の下命であれば動かぬわけにはいかない。

第二軍がどのような動きをするか、それを確かめた上で、英次郎は動くつもりである。

道之介の調査は、さらに恐るべき秘匿情報を引き出してきた。

村雨から猿蓑衆第二軍に伝えたと報告を受けた英次郎は、一統を呼び集めた。
「小菊が我が方からの連絡《つなぎ》を受けて、単純に動くとはおもえない。小菊は小貝よりも頭が切れる。その切れ方は尋常ではない」
英次郎はまだ小菊に会ったことはないが、多方面からの耳音、道之介が集めた資料、および影将軍に仕える以前の英次郎自身が聞き集めた知識から推測する限り、兄の小貝よりも切れ味の鋭い頭の持ち主のようである。

正直の頭に神宿るという諺言《げんげん》があるが、悪魔の宿る頭、すなわち魔頭《まがしら》と配下から称ばれていると聞いた。

一統を集めた英次郎は、村雨から猿蓑衆第二軍に五右衛門一味の拠点を伝達したと告げてから、今後の第二軍の動きについて、自らの策を一統に諮《はか》った。
「小菊が我が方からつないだ耳音を鵜呑《うの》みにするはずがない。必ず小菊流の手を加えて反応するはずだ」

「小菊流の手とは、どんな手だ」

道之介が問うた。

「小菊は恐らく、我が方の住まいをすべて調べ上げているであろう。それに対して、小菊以下、猿蓑衆の本拠が曖昧《あいまい》である。家康に拾われた伊賀者は、衆団の分散を禁じられ、四谷御門《よつやごもん》外の伊賀者給地にまとまって住むことになっている。にもかかわらず、猿蓑衆は鮫河橋《さめがはし》の外《ほか》、南北伊賀町、牛込横寺町《うしごめよこでらまち》、牛込築地片町《うしごめつきじかたまち》、千駄《せんだ》ケ谷《や》などに分住していると聞いておるが、確かめてはいない。

公儀の秘匿忍群であるだけに、幕閣といえども、その居住地を把握しておるまい。上意の下達は吉保より特別の連絡路《つなぎ》があるにちがいない。

猿蓑衆は我らの所在を知り、我らは知らぬ。ということは、その気になれば、きゃつらは我らをいつでも襲えるということだ」

この言葉の意味がわかるかと問うように、英次郎は笑った。

「まさか……罠を仕掛けたのでは……」

貴和が問うた。

「猿蓑衆が我らを襲うというのか……」

道之介が、まさかというような顔をした。

影将軍に仕える前は、たがいに敵として向かい合ったが、いまは泰平の傘《かさ》の下、同じ系統の禄《ろく》を食《は》んでいる。

「もしかして、五右衛門一味に罠を仕掛けているのではありませんか」

貴和が言葉をつづけた。

英次郎とおそで以外は、彼女（？）の言葉の意味を取り損ねた。

無言のまま、にやりと返した英次郎に、一統は、彼が仕掛けた底の知れない罠に気づいた。

「つまり、猿蓑衆を利用して、五右衛門一味を誘い出すということか」

主膳が言った。

英次郎はうなずいて、

「今宵《こよい》より、おそでさんと貴和を除いて、我が組屋敷に起居を共にしてくれ。部屋は充分にある」

と言い渡した。

「かさねはどうしますので」

弥ノ助が問うた。

「かさねの部屋も用意してある」

「こいつはたまげた。まさにうめえ話で……」

弥ノ助が額を叩《たた》いて、一同がどっと沸いた。

一統は、英次郎の説明を待つまでもなく、彼が張りめぐらした二段底の罠を見通していた。

すなわち、村雨を介して小菊に五右衛門一味の所在をつなげば、彼女は英次郎一統の動きを五右衛門一味に伝えるであろう。

一味はもともと一統の動きを探っている。小菊から伝えられた耳音の裏を取り、英次郎一統を襲うやもしれぬ。

英次郎はあらかじめ一味の襲撃を予想して、一統の面々に独り歩きをせぬように忠告していた。

いかに一騎当千の一統であろうと、単独行動のときを一味に狙われたら危ない。

彼らは必ず来る。英次郎は予感した一味の動きを逆手に取る。そして、小菊の利用をおもいついたのである。

小菊は村雨から伝えられた英次郎一統の動きを五右衛門一味に知らせる。両者が正面衝突して相互の兵力が消耗したときを狙って、一気に葬る。これが、小菊が仕掛ける罠の構造である。

一統と猿蓑衆共に幕府に養われている身であるが、相互に不倶戴天《ふぐたいてん》の仇《かたき》である。小菊にとっては一石二鳥となる。

英次郎は、小菊が仕掛けるべき罠を見破り、その裏をかく。

一統は英次郎の作戦を聞いて、奮い立った。

「小菊は、我らが五右衛門一味に襲われて戦力を失ったとみたとき、一挙に五右衛門一味を叩くつもりであろう。それが猿蓑衆の見せ場になる」

「ちょっと待て。我らが一味に襲われて戦力を失うとは、つまり我らが一味に潰《つぶ》されるということか」

道之介が問うた。

「そうだ。潰される……ふりをするのだ」

「ふりをする……」

一統が顔を見合わせた。

「出入りの大工に申しつけてな、組屋敷に隠れ部屋をつくってある。一味が襲ってくれば、戦わずに隠れ部屋に隠れろ。簡単に見つかるような仕掛け部屋ではない。一味が我らを見失い、空手《からて》で帰りかけたとき、小菊の第二軍が襲うであろう。その間合（時機《タイミング》）を測って反撃する。手強い者は斬れ。だが、鏖《みなごろし》にしてはならぬ。一味の背後には豊臣の化け物が隠れておる。こいつを捕らえるまでは泰平の代《よ》は保障されぬ。

百戦錬磨の我ら一統であるが、兵力が足りぬ。猿蓑衆第二軍と手を組まぬ限り、勝ち目はない。小菊に表から協力を求めても、小貝を討った我らを決して許さぬであろう。小菊の協力を取りつけるための二重の仕掛けである」

英次郎から罠の構図を説き明かされて、一統は改めて英次郎の精密な作戦に感嘆した。

「左様なややこしい罠を張る前に、我が方からきゃつらの巣を奇襲すればよいではないか」

主膳が言った。

「東海寺、もしくはその近隣と見当はついているが、巣をいちいち確かめたわけではない。

恐らくきゃつら、巣を分散しているであろう。群れ集まっているところを一挙に叩かなければ、むしろ禍根《かこん》を八方に残すことになる。それに加えて、敵地を戦場にすれば、敵が地の利を占める。

これまで重ねてきた戦いと異なり、江戸全域を火の海としようとしている輩《やから》だ。それ相応の備えを立てているにちがいない。敵を我が方の地盤に誘《おび》き寄せ、戦いの戸を開かせる。地の利が我にあれば、多勢であっても料理しやすい。二重の罠は、猿蓑衆を我が方につけるためだ」

英次郎の解説に、その周到な作戦を主膳は改めて評価したようである。

だが、英次郎にしてみれば、絶対的な自信はない。精密な道具（機械）のように、一手誤れば全体が崩壊する。

そのためには、二重底の構造に念には念を入れなければならない。

小菊の戦力を取りつけるためには、裏の裏をかく。だが、仕掛けが失敗すれば、一統は一味と猿蓑衆第二軍と同時に向かい合うことになる。

両刀を使っても、敵性兵力は一統の数十倍、あるいは数百倍になるであろう。

二重底の罠が破れたときは、一統は全滅あるのみである。

「当分の間、貴和さんは手当て所をお休みください」

おそでが言った。

一騎当千の貴和が欠けては、一統の戦力はますます減退する。

「一味は手当て所を狙うやもしれぬ」

「お手当て所は決して狙いませせぬ」

おそではきっぱりと言った。

「なぜわかる」

「五右衛門は釜茹での一歩手前で宥免されています。それを恩として、末裔が徳川の世を豊臣に返そうとしているのであれば、本来、秀吉が創設したお手当て所を五右衛門の末裔が襲うはずがありません」

おそでに指摘されて、道之介は、信長《のぶなが》の女・子供まで無差別に殺戮《さつりく》した叡山《えいざん》焼き討ちを後悔していた秀吉が、天下統一後、貧富の差別なく病者を救うお手当て所を開設したことをおもいだした。

江戸のお手当て所は、御薬園と共に、開府後、幕府が秀吉を見習って開設した。

そして、秀吉の功績を隠すために、豊家お手当て所の記録を抹消したのである。

貴和が戦力に加われば、百人の兵力に相当する。

「ならば、弥ノ助とかさねをお手当て所につけよう」

英次郎が言った。

万一、異変が起きた場合は、おそでをかさねに乗せて避難せよという意味である。

一味が狙うとすれば、おそで一人、非力で身動きできぬ病者や怪我人に手を出すはずはない。

それをすれば、徳川の天下を覆すどころではなく、全国の敵とされる。

精密な罠を張りめぐらした英次郎の組屋敷に、一統が〝合宿〟を始めて十日ほど後の深夜、

「来た」

英次郎が言った。一統全員、すでに目を覚ましていたのは、さすがである。

組屋敷の邸内、および近隣に放し飼いにしている野良猫が、異変発生の合印《サイン》を送ってきた。

西国の大藩、浅尾家の御家騒動に派遣された際、一統の拠点の安全確保のために野良猫を放った知恵を応用したのである。

(兵力二十五〜三十)

村雨が手話で伝えた。

一統は気配を消したまま、隠し部屋に潜んだ。出入口は頑丈な鋼《はがね》のドアで守られ、遠方から通風管が導入されている。

たとえ放火されても、熱は遮断《しゃだん》され、酸素は確保される。

一味の先鋒隊が踏み込んで来た。第二陣、第三陣が周囲を囲んでいる。

赤穂浪士の討ち入りのように、表・裏に分かれて同時に乱入する作戦は取らず、第

一陣は黒い旋風《せんぷう》のように組屋敷内を表から裏へ通過し、第二陣、第三陣は両側から討ち込んだ。

泰平の代に場馴れした襲撃であり、大店を襲った手口と同じと思われた。

隠し部屋で、英次郎は一味の行動を正確に測っている。

「おらぬはずはない。屋内に英次郎一統が残っておる。隠し部屋に潜んでいるにちがいない」

「隠し部屋はどこにも見当たらぬ」

「罠かもしれぬぞ」

「猫が鳴いておった」

「猫はどこでも鳴く」

「ただの鳴き方ではない」

「さかりのついた猫が、雌《めす》を呼んでいるのだ」

「退け。どうもおかしい」

そんなささやきを交わして、二陣、三陣とつづいた乱入勢は、屋外へ出ようとした。

その瞬間を狙っていたかのように、二個の黒影が、闇の奥から飛来した矢を突き立てられていた。

屋外の闇の奥や、隣家の屋根にへばりついて気配を消していた別の黒い集団が、一挙に討ちかけてきた。

たちまち凄まじい白兵戦が展開した。兵力は互角、それぞれの練度も釣り合っている。

双方共に気合を発せず、斬り結んでいる。闇の空間に火花が飛び、鋼臭《はがねくさ》いにおいと共に、血のにおいが振りまかれた。

戦勢は伯仲している。すでに床や地上に倒れて動かぬ影もあれば、呻《うめ》きのたうっている者もいる。

罠にしては、彼我ほぼ同数の損傷を受け、勝敗は不明である。

「退け」

一味の頭目らしい声が聞こえた。すでに形勢を察知され、機先を制されては、この戦闘は無意味であると悟ったらしい。

一味が戦いながら引き揚げに移ったとき、組屋敷内の一隅の床から数人の影が生まれた。

「一人たりとも逃すな。なるべく生け捕りにせよ。手に余らば斬って捨てよ」

英次郎の声が組屋敷内外隅々まで行き渡った。

戦勢が平衡を崩した。

これまで手綱を引き締められていた一統は、限界まで引き絞り、切って放したように凄まじい戦力となって噴出《ふんしゅつ》した。

「退け。退けい」

一味の頭目が引き揚げを命じたが、すでに猿蓑衆に包囲されている。

主膳、貴和、村雨が血だるまのようになっているが、すべては敵の返り血である。

「火盗改めを斬るようなわけにはまいらぬ」

英次郎は一味の頭目と目をつけた敵に、忍者刀を向けた。さすがは一味の頭目だけあって、敗色濃厚でありながら少しも慌てず、英次郎と余裕のある間合を保っている。

頭目の構えを見た英次郎は、彼が石兵衛や火盗改め殺しの下手人であると直感した。

真剣の斬り合いの場数を踏んでいる。ゆとりのある構えである。

束の間、睨み合った彼我の間に、剣気が実った。面も上げられぬような凄まじい殺気をはね返して斬り結ぶと同時に、二人は位置を変えていた。

一瞬の手応えが英次郎の小手に伝わったが、それが敵を斬ったか、我が方が斬られたか、感触（心身に触れる）できない。

彼我の技量が等しい真剣勝負は、勝敗の行方を見分ける前に、死を予感している。敵を斬った感触は、そのまま我が身が斬られたように反応する。剣客は常に自らの死を予感しながら剣を交える。予感を恐れたときは、すでに我が方が死の斜面を転がり落ちている。

特に乱戦の場合は、勝者が直ちに敗者に入れ替わる。生き残った者が、より強い敵を求めて斬り結ぶ。時間の経過と共に生存者の数は少なくなり、最後の二人が相討ちとなれば、戦場は無人となる。

集団や、部族や、国の戦いは、それぞれ一方の意志を敵に強制するために発する。両者相討ちとなれば、双方共に戦った意味を失う。たとえ自衛のための戦いであっても、敵を倒せば我が身を守るという意志を通せる。

相討ちほど無意味な戦いはない。それを承知しながら戦う愚かさに戦意を失った瞬間、必ず敗ける。

戦士が死を予感しながら戦うのは、勝つためであると同時に、敗れたときの覚悟でもある。

真剣勝負と道場の申し合いとのちがいは、死の覚悟の有無である。

だが、英次郎一統のように戦さの場数を踏んでいれば、いちいち覚悟を意識しない。戦士にとって、覚悟は日常であった。

そして、敗北を認知したとき、初めて非日常となる。予感はまだ認知に至っていない。

次の瞬間、斬撃《ざんげき》の触感は英次郎の身体に残らず、浴びた熱い血は、敵のものであることを知った。手加減をしていない。そんな余裕はなかった。

強敵を斬った返す刀は、すでに第二の敵に備えている。

主膳、道之介、貴和、村雨、いずれも勝利の波頭に乗って一味を追撃している。銀蔵と弥ノ助は一端《いっぱし》の戦力となって、負傷した一味の逃走を阻止しようとしている。

「おそでさん、まだ早い」

英次郎が制止したときには、すでにおそでは薬箱と道具箱を抱えて、負傷者の手当てに当たっている。

「おそで先生は私がお守りしています」

貴和がおそでの影のように張りついていた。

「貴和のやつ、おそで先生を独り占めしやがって……」

主膳が羨《うらや》ましげに苦笑いした。

すでに戦勢は我が方にあり、一味は戦意を失って逃げ足である。逃げる者は、猿蓑衆と銀蔵、弥ノ助、かさねに任せて充分であった。

一味の頭目はおそでの手当ても甲斐なく、すでに息絶えていた。さすがの英次郎も、頭目を生け捕りにする余裕がなかった。

かさねが床や地面に倒れている者を覗いて、息のある者をいないておそでに知らせている。

頭目の懐中に真っ二つに斬り割られた郷土玩具のような髑髏《どくろ》の土偶があった。弦一郎はその土偶に見憶えがあった。火盗改五人組を粉砕した行脚僧が身につけていたと推測された遺留品である。英次郎と一騎討ちした頭目の遺品となって現われたのである。

いつの間にか猿蓑衆は引き揚げていた。負傷者も、おそでの手当てを受けた後、仲間が介助して連れ去ったらしく、現場に残っていない。

「さすがは小菊、顔を見せなかったな」

英次郎は乱戦の中で、小菊の顔を確かめ損なったことを悔しがった。

だが、一統、五右衛門一味、猿蓑衆三つ巴《どもえ》の混戦の中で、一味の頭目と一騎討ちとなった英次郎には、小菊を確かめる余裕はなかった。

一統も、混戦中に離ればなれとなって、黒衣《くろぎぬ》の猿蓑衆の中身までもいちいち確認はできない。一味が逃げ足になるまでは、猿蓑衆も敵性であった。

五右衛門一味の死者は、頭目を加えて四名、重軽傷者十一名。我が方は一人たりとも掠《かす》り傷《きず》すら負わず、猿蓑衆の損害は不明であるが、圧倒的な勝利といえよう。

軽傷の捕虜は弦一郎に託した。

幕閣の支配下にある猿蓑衆が動いても、これは秘匿軍団であり、公《おおやけ》にはできない。騒動の場所は英次郎の組屋敷であるが、これも影将軍と後代の秘匿護衛軍である。

この英次郎の屋敷に討ち込んで来た集団は、町の悪党とされ、町奉行所の所管となった。

悪党の被害者となった火盗改めは、町奉行所の補助機関であり、本来、高禄の旗本として肩で風を切り、裁判権も持っていたのが悪党に斬られて、口を出せなくなった。

幕閣は英次郎一統の指揮のもとに捕縛した悪党集団が、豊臣系の残党であることを薄々知っていながら、その処置を町奉行所に委ねた。事を大袈裟《おおげさ》にしたくなかったのである。

英次郎も、五右衛門の末裔たちの不穏な動静を上聞に達せず、禍根が成長する前に密かに処分しようとしていた。

英次郎一統は捕虜を弦一郎に預けると同時に、奉行所の協力を得て、東海寺近辺を隈《くま》なく調べた。

だが、すでに一味は東海寺、およびその近辺から姿を消していた。

一見、英次郎一統の勝利であったが、火種が広域にばら蒔《ま》かれたような気がした。

このまま一味が尻尾《しっぽ》を巻くはずがない。罠にかけたつもりが、英次郎一統と猿蓑衆の戦力を一味に知らせてしまった。一味にとって、英次郎一統と猿蓑衆は、もはや秘匿軍団ではなくなったのである。

(もしかすると、我が方が一味の罠にかかったのではないのか?)

英次郎の胸中に不安が鎌首《かまくび》をもたげている。

次の天下人

五右衛門一味の重・軽傷者はおそでの手当てを受けて、軽傷者はもちろん、重傷者も一命を取り留めた。

手当て後、町奉行に託された一味の容疑者は与力に渡され、厳しい吟味《ぎんみ》を受けた。ただの吟味ではない。反幕容疑者の吟味である。

さすが一味は口が堅かったが、容疑者は重罪中、最も重いとされている謀叛《むほん》容疑であり、白状を待たずに責問にかけられた。

責問は通常、鞭打《むちう》ちから始められるが、謀叛容疑者であるので、石抱《いしだき》から始められた。

三角に尖《とが》った算盤板《そろばんいた》の上に座らせ、伊豆《いず》石一枚の重量約十三貫《がん》（約四十九キロ）を、白状するまで一枚ずつ膝《ひざ》の上に重ね、膝から落ちぬように縄《なわ》で縛《しば》り、柱に括《くく》る。

総身、血の気を失い、口、鼻から血と泡《あわ》を噴く。それでもしぶとい者は口を割らない。耳から血が出ると危ない。命の瀬戸際に追いつめるまではやめない。目を背《そむ》けるような残酷な牢問《ろうど》い（責問）であるが、中途半端に阻止すると、かえってよくない。

おおむね三枚、約四十貫の責め石を重ねれば、たいていの容疑者は白状するが、一味は五、六枚積み重ねても、鼻から泡を噴き、血を吐いて、失神しても白状しなかった。

牢問いのうちでも最も残酷な石抱は、白状せぬまま責め殺してしまうこともあったが、今回は奉行から、

「いずれも重要な生き証人であるゆえ、決して殺すことまかりならぬ」

と言い渡されていた。

責め役の下男《したおとこ》は、容疑者の状態を見ながら石を重ね、これ以上は無理と判断したときは水をかけ、立会いの牢医師に手当てをさせ、少し休ませてから再び石を抱かせる。

牢問いの検分医として、おそでが是非ともと申し出た。

「容疑者の牢問いに、奥医師のご検分を仰ぐのは、あまりにも畏《おそ》れ多うございます」

驚いた吟味役は恐縮した。

将軍のご尊体、また大奥の高貴な女性の健康を守る奥医師を、牢問いにかけている凶悪な囚人の検分医に立てるとは、途方もないことである。どんなお咎《とが》めを蒙《こうむ》るかわからない。

「高貴なお方であろうと、囚人であろうと、同じ人間でございます。ましてや、私が手当てを施した負傷者となれば、牢問い中の検分役を務めるのは、医師として当然の責務でございます」

と、おそでは言って、一歩も引き下がらなかった。

途方にくれた吟味方与力は奉行に伺いを立てた。

奉行の裁量にも余り、仙石伯耆守《ほうきのかみ》に相談したところ、

「おそで殿が『私の患者』といったん言い出したからには、上様が、ならぬと言っても引き下がらぬ。おそで殿の言う通りになされ」

と、伯耆守は苦笑しながら言った。

おそでは自ら血を吐くようなおもいで牢問いを見守った。

再度、再三石を抱かせても口を割らぬ囚人は、おそでの手当てによって命拾いをした重傷者であることに気づいた。

そこで下男は、重傷者を石責めから外し、もっぱら軽傷者に石を抱かせた。

下男の見立て通り、軽傷者は責め石三、四枚で音《ね》を上げた。

石責めを見守っていた吟味方与力は、

「其《そ》の方《ほう》ども、ただの無頼、盗賊、悪党の類でないことはわかっておる。お膝元をも憚《はばか》らず、近ごろ、富裕なる大店《おおだな》に押し入り、蔵を破り、金銀財宝、貴重なる医薬品などを強奪し、人を殺《あや》めし罪、断じて許すべからず。

其の方の名、出自（今日の戸籍）、浪々《ろうろう》前の主家などあらば、吟味方与力面前にてさらに吟味を重ね候間《あいだ》、申し開きの儀これあらば、如何《いか》ようにも申し立てよ。罪なき者を強《し》いて押しつけ、科《とが》に陥れるはお上の本意にあらず。よくよく心を決して、真実を申し立てるべし」

と残酷な牢問いの後、上にも情けがあると柔らかい言葉をかけて、彼の閉じた口を開かせる。

こうして容疑者の数人は、次第に口に掛けられた閂《かんぬき》を外して、自白を始めたのである。

彼らの供述に、吟味方与力は驚愕《きょうがく》した。

彼らはいずれも元武士であり、主家が廃絶され、江戸へ流れ込んで来た浪人であった。

彼らの主家はいずれも豊臣系であり、徳川に怨《うら》みを含んでいた。

特に最後まで口を開かなかった重傷の根津陣十郎《ねづじんじゅうろう》は、大谷刑部《おおたにぎょうぶ》の分家、平塚為広《ひらつかためひろ》の後裔《こうえい》であった。

大谷刑部といえば、天下分け目の関ヶ原の戦さで、石田三成《いしだみつなり》が、徳川家康の兵力、人望、知略等においてとうてい敵ではないことを察知しながら、彼に味方したことで知られる。それは、かつて招ばれた茶会で、業病《ごうびょう》を患《わずら》っていた刑部が口を触れた茶碗を来賓《らいひん》が飲むふりをして次の者にまわしていたのを、一滴も残さず飲み干した主催者の三成に深く感じ入り、勝ち目のない戦さと知りながら、最後まで戦った。

平塚為広は、病身であった刑部から全軍の指揮を任せられ、奮戦の上、戦死した。

また抱き石七枚まで耐えて失神した江川兵庫《えがわひょうご》は、豊臣恩顧の大大名福島正則《ふくしままさのり》の弟、高晴《たかはる》の傍系に連なる者である。

さらに中岡主計《なかおかかずえ》は、秀吉の支柱、加藤清正《かとうきよまさ》の三男・忠広《ただひろ》、五十四万石の肥後《ひご》藩主がお家騒動を咎められ、配流先で死亡、その遺臣に連なっている。

また野村幸介《のむらこうすけ》は、関ヶ原戦で三成に味方し、捕らえられ、六条 河原《ろくじょうがわら》で斬首された小西行長《こにしゆきなが》の傍系に連なっている。

一味の捕虜はいずれも豊家の重臣、加藤清正、福島正則、大谷刑部、小西行長を遠祖としている。逃亡した一味もすべて豊家の残党であろう。

弦一郎から報告を受けた英次郎は、事態を重視した。

家康の開府後すでに五代、影を数えれば六代の幕府の覇権は一見、不動であったが、家康に滅ぼされた豊家の怨念は、埋《うず》み火《び》のごとく地中で燃えていたのである。

この度、捕縛《ほばく》した残党は、一味のごく一部にすぎぬかもしれぬ。

特に英次郎が重視したのは、陣十郎が自供した「豊臣連合」という言葉であった。

彼は七枚の責め石を抱かされ、顔面蒼白、意識朦朧《もうろう》となり、これ以上の牢問いは死に至るとおそでに止められ、生死の境をさまよいながら、

「豊臣連合は浜の真砂《まさご》のように尽きることなし」

と言って、意識を失った。

「豊臣連合とは、なにか」

と弦一郎は吟味方与力に問うたが、すでに陣十郎は答えられる状態になく、与力はこれ以上、牢問いする意欲を失っていた。

「石川や浜の真砂は尽きるとも、世に盗人の種は尽きまじ」の石川五右衛門の辞世の句と重ねた陣十郎の言葉は、意味深長である。

江戸開府以来今日まで、外様百十五家、徳川一門・譜代九十家が改易、その他転封

もされており、その数は今後も増えつづけるであろう。

豊臣系の残党だけではない。徳川一門・譜代においても、わずかな落ち度を見つけて処分された怨恨を深く残しているにちがいない。

反徳川《アンチ》の火種は、まさに浜の真砂のごとく、地中に埋み火となって隠されている。

(豊臣連合、恐るべし)

英次郎は地中に向けていた視線を、さらに上げた。

江戸の空は隈《くま》なく晴れ渡っている。だが、いったん火種を振りまかれれば、明暦の大火を何度でも繰り返せる。

反徳川の埋み火は、都合のよい時と場所を見計らって、いつでも、どこでも噴出できる。

だが、これを受ける幕府側の安全保障が、常に緊張していることは不可能である。兵力も、無数の浜の真砂に対して、一統と奉行所の兵力だけではあまりにも少ない。猿蓑衆は信用できない。火盗改めは翫具《おもちゃ》の兵隊にすぎない。ならば、どう対応するか。

さしもの英次郎も、全国規模の豊臣連合に対応する術《すべ》をおもいつかなかった。

一味四人の白状によって、豊臣連合の恐るべき輪郭が浮かび上がってきた。

おそでに命を救われた陣十郎は、

「牢問いに耐えかねて白状するのではない。置き去りにされた拙者どもに、敵・味方の区別なく手当てを施され、もはやあきらめた命を救うてくださった先生に対する、せめてもの拙者の謝意でござる。

拙者、死しても口は割らずと覚悟を定めておったが、おそで殿のお手当てを受け、傷ついた仲間を弊履《へいり》のごとく打ち捨てた一味に、もはや義理立てする必要はござらぬ」

と言って、さらに連合の恐るべき秘匿《ひとく》軍団について漏《も》らした。

陣十郎の供述によると、大坂夏の陣最後の決戦で心胆を寒からしめたが、あと一歩の差で討ち死にした真田《さなだ》幸村《ゆきむら》の忍群、家臣団の末裔《まつえい》が、豊臣連合に秘匿されているという。

十勇士として盛名《せいめい》を馳せた猿飛佐助《さるとびさすけ》、霧隠才蔵《きりがくれさいぞう》、三好清海入道《みよしせいかいにゅうどう》等は架空の人物らしいが、穴山小介《あなやまこすけ》（小助）、根津甚八《ねづじんぱち》、望月六郎《もちづきろくろう》、由利鎌之助《ゆりかまのすけ》、筧十蔵《かけいじゅうぞう》などは実在の人物であり、その後裔が、島原《しまばら》の乱で幕府軍に滅ぼされた天草四郎《あまくさしろう》や反幕の忍者の血脈と連携して、秘匿軍団を強化していることを告げた。

伊賀《いが》、甲賀《こうが》の忍群が家康に飼い殺され、天下泰平の打ちつづく間に牙《きば》を失ってしまったのに対して、幕府に怨みを含む廃絶大名や、その家臣であった忍群の子孫たちが、いつの日か、遠祖の怨みを晴らさんとして牙や爪《つめ》を磨《と》ぎつづけている。

天下の覇者、徳川の圧倒的な軍事力、旗本八万騎も平穏無事に馴《な》れて、瓶具の兵隊と化している。

さらに、信長に見いだされた秀吉を助けて、桶狭間《おけはざま》の大勝に導いた野武士上がりの蜂須賀小六《はちすかころく》や、丹波《たんば》（京都、兵庫）の豪族で秀吉の危機を何度も救い、豊家滅亡後も家康の暗殺を企てた「丹波七化《しちば》け」と称ばれる忍群、秀吉に仕えた曾呂利新左衛門《そろりしんざえもん》率いる手妻《てづま》、猿回し、琵琶《びわ》法師、細工師などの漂泊集団、美濃《みの》の透破《すっぱ》（盗賊、野武士、忍者などの合成集団）で水遁《すいとん》の術の達人・稲田九郎兵衛《いなだくろべえ》、火遁《かとん》の術の名人・小野銀八郎《おのぎんぱちろう》、変装の名人であり、秀吉の命を受け諸国に潜入して覇権達成を助けた仙石権兵衛《せんごくごんべえ》、秀吉の醍醐《だいご》の花見に花の下の花と謳《うた》われ、満開の桜を圧倒した美女に化けて秀吉の身辺警護に当たったという山中山城守《やまなかやましろのかみ》などの末裔が、それぞれの暗殺集団を率いて連合に参加しているという。

どれをとっても、恐るべき刺客集団であり、これに対応すべき徳川の兵力、旗本八万騎等は瓶具よりも弱い人形としかいえない。

仲間に置き去りにされ、奥医師おそでに命を救われた陣十郎の告白は、信憑性《しんぴょうせい》があった。

さらに本人の白状によると、五衛門の末流と称する石川雲右衛門《くもえもん》が頭領であり、忍びはもとより、剣、槍、弓、鉄砲の達人であるという。

恐るべき敵が、ついにその全貌を現わしてきたと、英次郎は武者震いをおぼえた。

これまで鉄砲に狙われたことはなかったが、これからは闇夜の鉄砲に備えなければならない。

おのれの知るすべてを自白したような陣十郎は、まだ傷が塞《ふさ》がっていないというおそでの言葉に甘えて、彼女から離れなくなった。

おそでは、「私の患者」として、陣十郎をお手当て所に引き取った。

「あの野郎、またおそでで先生から離れなくなるぞ」

と主膳が言った。貴和も同意見である。

英次郎も、まだ陣十郎を信用していない。

だが、おそでは、「私の患者」に絶対の信頼をおいている。彼女の医道は信頼から始まる。

その信頼を、馬に蹴《け》られたふりをして担《かつ》ぎ込まれた患者に裏切られたことがある。

貴和が護衛していなければ、おそでと弟子のちさが危ないところであった。

だが、おそでは、「裏切られたのではなく、まだ患者の心が治癒していなかった」と主張した。

英次郎は、おそでのようには、陣十郎をまだ信頼していない。しかし、おそでが「私の患者」と言い張る人間を追い出すわけにはいかない。

おそでの医術は、一統の強い戦力となっている。

「私が目を離しません」

貴和が言った。

英次郎は、かつて貴和を信用していなかったことをおもいだした。

いま貴和は、一統になくてはならない人物になっている。

おもいだしてみれば、主膳、故霧雨、貴和、いずれもおそでの手当てによって一命を救われ、一統に不可欠の人間となった。陣十郎も今後の一統にとって、欠くべからざる一人となるような気がした。

おそでの手当てによって救われた陣十郎以下四名は、一統に参加したい意思を表明した。

本来ならば、打ち首は免れたとしても、遠島《おんとう》は避けられぬところであったが、おそでの口添えもあり、彼らの戦力を高く評価していた英次郎の需《もと》めにより、一統への参加が許された。

四人の参加によって、豊臣連合の輪郭がようやく見えてきた。

五右衛門の末裔一味を中核とした連合は、全国に散った廃絶大名の末裔を呼び集め、幕府の転覆を狙っている。

だが、連合は必ずしも統一された強固な集団ではない。食い詰め浪人は、食えるならなんでもする。お上の管理が厳しく、経済力をもった商人が台頭してきた泰平の代《よ》では、武士はすでに指導者階級から転落している。

一応、幕府直参である最下級の三両一人扶持《ぶち》、いわゆるサンピンは、俸禄だけでは暮らしが立たず、内職をしなければならない。

武士の傘張《かさは》りに代表される内職すら、商人に頭を下げて、やっともらってくる。

武士の身分を隠して、日雇い仕事を渡り歩く御家人もある。

少禄ながら扶持《ふち》にありついている御家人はまだよい。手になんの技もなく、主家を失った浪人は、押し込みか、泥棒でもしない限り生きて行けない。

武士は、戦さがなければ無用の長物である。戦時下にあって、あるいは戦雲急な時代にこそ、武士は世間の尊敬を集める。

戦乱の中にあってこそ、武士はその本領を発揮し、槍一筋で城を勝ち取ることもできれば、略奪、強姦、放火等、したい放題である。

これが戦雲おさまり、平和が安定すれば、覇者のもと、武断政治から文治主義へと切り換わり、武力に代わって制度や、礼式、統制が厳しくなる。戦時中のように我《わ》が儘《まま》勝手な振る舞いができなくなる。

江戸に行けばなんとかなると集まって来た食い詰め浪人たちは、百万に達しつつある人戸稠密《ちゅうみつ》な町中に入り込む隙《すき》を見つけられない。

制度と統制にがんじがらめにされて、生きる術を失った浪人たちが泰平を覆《くつがえ》し、反社会的な自由を求めるのは必至の成り行きである。

「豊臣連合は必ずしも幕府に怨みを含む者だけではない。食うための破壊を望む落ちこぼれが加わっておるな」

道之介が言った。

無宿者や引受人のいない食い詰め者を悪に走らせぬ予防施設とした石川島は、まだ設立されていない。

「豊臣連合は飯を食うために利用されておるな」

主膳が言った。

「連合は浮浪の者を擁しておる。いずれにしても、食い詰めた者は失うものがない。

あるとすれば命だけだが、一日を食いつなぐために命を懸けられる者は恐ろしいぞ」

英次郎が警告した。

だが、考えてみれば、一統の面々も毎日に満足して生きてきたわけではない。影に仕えて、それ以前の生き方と変わっただけである。

そして、影将軍の治世に共感して、それを守っている。影に出会うことがなければ、連合とさしたる変わりはない。

いまや影将軍の治世を守る隠された正規軍は、英次郎一統と弦一郎率いる町の無頼だけである。

「次はどう出るか、ただ待つよりも、我が方から先手を取るべきだな」

英次郎が宙を睨《にら》んだ。

「どこに先手を取ればよいのだ」

道之介が問うた。

「陣十郎以下、四人を解き放す。四人はすでに我が一統であるが、敵はそのことを知らぬ。恐らく一味は四人のその後に注目しているだろう。四人を解き放てば、敵は必ずなんらかの手を打ってくる」

「なんらかの手とは」

「一味は四人が当然、処刑されるとおもっているだろう。それが解き放たれれば、一味の拠点を確かめるために泳がせているとおもうにちがいない。一味にしてみれば、四人を生かしてはおけない」

「四人は餌《えさ》であると察し、手を出すまい」

「上手《じょうず》の手なら出すであろう」

「上手の手とは……」

「陣十郎は、一味に鉄砲の名手がいると言ったな」

「鉄砲……それでは四人を餌にして、見殺しにするのと同じではないか」

「これは陣十郎本人が言い出したことだ。一味を引き出すのには、これ以外に手はないとな」

「おそで先生が知れば、絶対に阻止するぞ」

主膳が言った。

「陣十郎が自ら望んだことよ。陣十郎も鉄砲の名人だ」

「陣十郎が鉄砲の……鉄砲を持っているのか」

「祖式殿が調達してくれた」

「それは手まわしのよいことだな。しかし、闇夜の鉄砲の先手を取ることに変わりは

「我が方には犬並みの鼻、猫並みの目、動物並みの五感を備えた者が揃《そろ》っておる。我が方が芝居を取る（先手を取る）転機は充分にあるぞ」

英次郎は言った。

もともとこの作戦は陣十郎が唱えたことである。陣十郎が裏切れば一統が罠にかかってしまう。陣十郎を信じなければ成り立たない作戦である。

敵も当然、罠を警戒して仕掛けて来るであろう。

一味にしてみれば、陣十郎以下四人は、連合全体の安否に関わる火口である。全体に燃え広がる前に消してしまわなければならない。

それだけに慎重に、そして総力を挙げてかかって来るであろう。

豊臣連合と幕府との隠された総力戦になるかもしれない。それだけに我が身を餌にして、連合の引出し役を志願した陣十郎以下四人にかける信頼の有無が勝敗を分ける。

これまでおそでが命を救った敵性の者は、おそでに忠誠を誓って揺るぎない。

英次郎は、おそでに医術という魔術を見るような気がした。

だが、彼女の医術、あるいは魔術にしても、その根底には人間に対する愛があった。その愛が、命を救うという使命になっている。

それに反して、英次郎は人を殺傷するのが使命であった。

英次郎とおそでは深く愛し合っている。

だが、愛し合う二人が、全く反対の方位を目指している。

おそでは怪我人の手当てや、患者の診療に集中しているので気にならないようであるが、英次郎はおそでの生き方の敵である。食わなければ自分が食われる。

ましてや、忍者は自分のために殺すのではなく、命令によって人を殺す。

そんな二人がうまくいくはずがないと、英次郎はおもっているが、おそでは自分の医術ですべて解決できると信じているらしい。

四人組釈放のときがきた。牢問いの後、奉行所へ引き取り、奉行直接の形式的な取り調べをして、釈放する。

これを獄釈《ごくしゃく》と称ぶが、牢問いの後の獄釈はめったにない。厳しい牢問いに耐えて生き残った者も、おおむね処刑されて、刑場に首を晒《さら》される。

ましてや、謀叛の容疑者が獄釈されたのは、道之介の書庫調べでも見つけられなかった。

上からの特別の指示がない限り、あり得ないことである。

奉行所から一歩でも出れば、飢えた狼のように刺客が狙っている。四人は狼を呼び集める餌であり、狼もその餌に毒が仕込まれていることを知っている。

江戸の四民が待ち佗《わ》びた春は短い。夜桜が幻影のように花吹雪《はなふぶき》に乗って散ると、新緑が街を染め、長雨が柔らかく烟《けむ》る。街も人も穏やかな輪郭の中に雨季が明けて、江戸は夏に入る。

江戸の夏は暑い。冬はなんとか耐えられるが、夏の暑さには、さすがの江戸っ子も閉口して、江戸の町は夏向きにできている。にもかかわらず、江戸っ子は冬よりも夏が好きである。

両国の川開きはもちろんのこと、盆踊りまで、八百八町のどこかで勝手祭りが開かれる。

神田祭と山王《さんのう》祭のような隔年の大祭ではなく、各町内がおもいおもいに神輿《みこし》を担いで盛り上がるところから、勝手祭りと称ばれる。

祭りの好きな連中は、別の町内からも神輿を担ぎに来る。

九尺二間の裏長屋に逼塞《ひつそく》しているより、夕涼みのつもりで勝手祭りの神輿を担いで、汗をかいている。勝手祭りには子供神輿も参加する。

縁台に集まって夜更かしをしている長屋の住人を、「いいかげんに寝ろ、寝ろ」と長屋に追い込む大家も、勝手祭りの夜更かしは大目に見ている。

江戸の華の火災も夏は少ない。火災を恐れて風呂も焚《た》かぬ江戸っ子も、夏は行水ができる。

若い町娘は葦簾《よしず》を立てて行水を使うが、覗かれることを意識している。覗き屋を夏目《なつめ》と称び、夏目の多い娘が小町となる。

弦一郎からの使者が来て、英次郎一統は逢魔《おうま》が時（昏《く》れ時）に奉行所から解き放たれた四人の陰供《かげども》をした。一味は当然、四人に陰供がつくことを察知している。

一統は浅草弾左衛門《あさくさだんざえもん》からもらった熊の皮の腹当て（防弾チョッキ）を着けて、四人の陰供に臨んだ。その威力はすでに実証済みである。

彼我、巧妙に身を隠して、双方の動静を探り合いながら、四人を中心に昏れ優《まさ》る夕闇の底を移動している。

双方共に気配を潜め、一触即発の最小限の呼吸を保ちながら、音、におい、体熱等、五感のすべてを消している。

四人組は定まった足取りで、確定した方位へ向かっている。四人が向かう先には、一味の拠点、または拠点に関わる痕跡があるにちがいない。

一味にとって、四人にそこへ行かれては都合が悪いのである。四人がそこへ一歩でも近づけぬよう阻止し、口を封じなければならない。

だが、迂闊《うかつ》に近づけば、一味の刺客団は罠にかかり、返り討ちにされてしまう。

また、英次郎一統も一味に芝居を取られれば（先手を取られれば）、鏖《みなごろし》にされてしまう。双方共にへたに動けない。

四人は両国橋を渡り、大川に沿ってさかのぼり始めた。

すでに陽はとっぷりと昏れ、対岸の米沢町《よねざわちょう》の鐘楼《しょうろう》の影は闇に溶け、川沿いの船宿や、町家の灯火が川面に反映して、光を砕いている。

間もなく川開きである。納涼船が綺麗《きれい》どころを伴って賑《にぎ》やかに下って来る。

品川の東海寺近辺が危うくなったので、一味は拠点を川向こうに移したらしい。一味にとっては、四人が川向こうへ渡るだけでも許せないはずである。

彼らがまだ四人に手出しをしないのは、一統の陰供を警戒しているからであろう。

（私は水に入ります）

陰供に加わった貴和が、英次郎にささやいた。

（水に入る？）

（敵は川から来るかもしれません。その賽《さい》の目が大きいとおもいます）

（川か……）

英次郎は窓を開かれたような気がした。

一味にとって、陰供が従《つ》いている四人を襲うのはかなり難しい芸当である。川上から川を下れば、賽の目が変わる。貴和に言われるまでは、一味が四人を尾《つ》けているとおもった。

だが、尾けているのではなく、先行しながら、川上に待機している一味の主力を先導しているのではないのか。

そして、一味の主力は川を下りながら、四人とすれちがう束の間を捉えて、一斉射撃を浴びせる。これならば陰供に阻止されることなく、闇夜の鉄砲が当たるかもしれない。

（大川にイルカはいないぞ。下る船と、泳いでさかのぼる敵味方が都合よく息が合う〈出会う〉まい）

（すぐには水に入りませぬ。怪しげな船を察知したとき潜ります。一味も、まさか水中で待ち伏せしているとは占って〈予測して〉いないでしょう）

（名案です。私も潜りましょう）

村雨が言った。

村雨は浅尾家の御家騒動の際、貴和と水中で戦った水練の達者である。

英次郎は水陸両用の陰供に賛成した。

細川若狭守《ほそかわわかさのかみ》、松平播磨守《まつだいらはりまのかみ》、松浦肥前守《まつうらひぜんのかみ》の三藩邸が連なる前を通過して、隅田堤《すみだづつみ》の桜並木に沿って、ひたすら上流へ向かった四人は、小梅《こうめ》村の田の中にある三囲稲荷《みめぐりいなり》の門前に出た。

この辺りは白魚《しらうお》漁の名所で、屋形船が篝火《かがりび》を焚《た》いて白魚を漁《すなど》っている。

小梅村の先は寺島《てらじま》村、隅田村と百姓地がつづき、田畑が広がっていく。

大川に沿う隅田堤は、富士の眺めが最もよい名所として、風雅の者が杖を曳《ひ》く。

水面に川霧がたなびき、上り下りの船が幻のように移動する彼方に目を凝《こ》らせば、富士の影が見えるかもしれない。

絵筆を執《と》る者、歌を詠《よ》む人、句を起こすご隠居、折角《せっかく》の風光を障子を閉《た》てて隠し、風もないのに岸に舫《もや》って揺れている屋形船など、彼我の戦闘隊形にそぐわない雅境《がきょう》である。

船頭の気が向けば舟を出す竹屋《たけや》の渡《わたし》を過ぎ、三囲稲荷の門前にさしかかったとき、貴和と村雨が川に入った。

（来るぞ）

英次郎は主膳と道之介、銀蔵、弥ノ助にささやいた。かさねが枚《ばい》を銜《ふく》まずとも気配を消している。

川に入った貴和と村雨は、岸伝いに遡行《そこう》しながら、下って来る船に注意を集めている。

中流を下る船は眼中にない。岸辺に沿う形で下る船が怪しい。

障子を閉てた屋形船が、岸辺に沿う形で下って来た。四人組は川に沿う堤の上を上《かみ》手《て》へ向かって急いでいる。提灯《ちょうちん》は提げていない。四人の影は深みを増した闇に溶けている。

だが、船の上から夜目の利く者は見分けるかもしれない。

三囲稲荷の門前を通過しかけたとき、屋形船の障子が一斉に開かれ、数挺の鉄砲が岸に沿ってさかのぼる四人の影に照準を定めた。

引き金が引かれようとした直前、船が大きく揺れた。必殺必中の照準が狂ったまま、銃口が火を噴いた。

ほぼ同時に、貴和と村雨が船上に斬り込んでいた。

銃身を翻《ひるがえ》して応戦しようとした一味は、一拍遅く斬り立てられている。

だが、一味には後備《あとぞな》えがあった。より大きな船が障子を閉てて岸に近づいて来た。

先船に軽く接触すると同時に障子が開き、一方は陸上の四人を目掛けて一斉に火蓋《ひぶた》を切り、残りの者は貴和と村雨に向かった。

一味は慎重を期して二重の陣立てをしていたが、第一陣の攻撃が的を失して、第二陣に影響した。

第一陣はすでに英次郎一統に先手を取られていたが、的にされていた四人が攻守ところを変えて第二陣に斬り込んできた。

飛び道具は、的との間に距離を設けてこそ威力を発揮する。接近戦に持ち込まれた火兵は刀槍《とうそう》の敵ではない。

照準を定める前に間合を詰められ、引き金を引く前に斬られ、突かれている。

特に第二陣は少し前まで一味であった四人に斬り込まれて、狼狽《ろうばい》している。

いずれも一騎当千の四人が敵中に置き去りにされて、報復に燃えている。

「きさまら、一人も生かして帰さぬ」

陣十郎が言った。

「おのれら、裏切ったな」

「裏切ったのは、きさまらだ」

陣十郎は容赦なく剣を振るった。

構えた鉄砲の引き金を引く前に真っ向から唐竹割《からたけわり》にされて、自らの血煙《ちけむり》の中に斃《たお》れる。

恐れをなした一味は、鉄砲を投げつけて、舷《ふなばた》から川の中へ飛び込む者もいる。

「勘ちがいしてはならぬ」

おもわぬ闇の方角から声があった。一際《ひときわ》濃い闇のかたまりが話しているように聞こえた。

闇の奥の声の源は全身黒衣、黒い布で面体《めんてい》を覆っている。

「勘ちがいなどしておらぬ。おらぬからこそ、きさまらを許せぬ」

「勘ちがいも極めつけだな。きさまらを置き去りにしたわけではない。きさまら、我らから抜けようとして、故意に敵中に残ったのではないか」

闇の声は、ふおっ、ふおっと喉の奥で笑った。

「きさまらに参加したおぼえはないわ。手当てをくれると言うから、一日働き（日雇い）をしただけよ」

「笑止な。一人十両。一日働きで十両稼げるか。人を斬るのが怖くなり、置き去りと称して逃亡したのではないか」

「盗人猛々《たけだけ》しいとは、きさまのことよ。豊臣連合と称して八百万石を盗もうとしておる」

「ふふ、盗んだのは徳川よ。もともと豊臣のものを取り返すのに、文句はあるまい」

「大いにある。天下はまわり持ちよ。力のある者が持つ。きさまは豊臣の名を借りて、徳川の天下を一手に握り締めたいだけだ」

「わかっておるではないか。豊臣すでに滅び、その名前を借りて、わしが天下を取る」

「そのために豊臣恩顧の一味を欺《あざむ》いておるのだな」

「問答無用。次の天下人によって成仏《じょうぶつ》することを有り難くおもえ」

自ら一味の指揮者（頭《かしら》）と名乗った敵は、悠然として挙げた手に握った短筒《たんづつ》の銃口を陣十郎に向けた。

さすがの陣十郎も、至近距離で向けられた銃口の前で身動きできなくなった。

戦国期に導入された銃器は、天下を統一した家康の秘匿親衛隊に鉄砲群衆として引き継がれた。

その後、幕府は、白兵よりも火兵のほうが圧倒的に強く、外様諸大名が火器で武装することを極端に恐れ、厳禁した。そのため、幕末まで火兵の発展は停止したのである。

だが、密輸入ルートによって、海外から密かに銃器が持ち込まれていた。

一味の火兵化は密輸入ルートとつながっている事実を示している。

中でも、懐中に隠せる短筒は、火兵中の火兵として重用された。

距離が開けば、長銃に比べて命中率と殺傷力は低くなるが、近距離では剣の達人でも、身動きできなくなる。

陣十郎は居合の構えに入ったまま、凍結した。

「少し死に遅れただけだ。きさまにはもはや用はない」

引き金を引こうとした直前、闇の空間を最新の工夫車剣《しやけん》が一拍速く指揮者の小手に命中した。殺傷力は低いが、命中率は高い。

指揮者の手から短筒が落ちた。攻守ところを変えた。陣十郎の必殺の居合が迸《ほとばし》った。同時に指揮者は舷《ふなべり》から川に飛び込んだ。

指揮者に車剣を打ち込んだ英次郎は、「逃すな」と叫びつつ、一味の指揮者が飛び込んだ水域に、連射した。

貴和が追った。つづいて村雨が飛び込んだ。だが、一拍の差で指揮者の姿は水中に消えていた。

沿岸の常夜灯が照らす水面には、血は浮かんでこない。指揮者は水中を巧みに逃れたらしい。

貴和と村雨の追跡を躱《かわ》した指揮者は、よほどのミズスマシ（水練の達人）にちがいない。

飛び道具の布陣を、貴和、村雨の水中の待ち伏せによって照準を狂わされたところに、岸辺から一統の斬り込みをかけられて蹴散らされた。

乱射した銃は一発も当たらず、弾込めする間もなく、うろたえて逃げ場を失った一味は、川に飛び込んだ。

だが、水の苦手な者が多いらしく、川中でもがいている。もがかぬ者は、すでに船上で斬られて、川に落ちて沈んでいる。

「それまで。おのおの、岸へ帰り、陣十郎と共に岸を伝え」

英次郎が命令した。

陣十郎ら四人が向かう先に、一味の拠点がある。四人と一統が、途上で待ち伏せしていた火兵陣（鉄砲陣）を苦もなく破った事実を拠点が知る前に、戦勢に乗った一統が一挙に殲滅《せんめつ》する。

それが流動する船上に託した英次郎の作戦であった。

「一味がそのまま動かなければ、一味の江戸拠点は木母寺《もくぼじ》の近く、関屋《せきや》の里にござる。一味が途上に張った罠を破られたと知らなければ、まだそこにいると存ずる」

陣十郎が言った。

彼がいままで一味の拠点を告げなかったのは、置き去りにされた四人だけで報復したかったかららしい。

おそでに救われる死の瀬戸際まで生き残ったのは、偏《ひとえ》に報復の意志があったからであろう。

木母寺は天台宗《てんだいしゅう》、東叡山《とうえいざん》の末寺である。沢庵の人脈がつながっているかもしれない。

木母寺に近い関屋の里は、下総《しもうさ》、あるいは武蔵《むさし》、あるいは足立《あだち》郡の内ともいわれ、隅田川の北限であることにはまちがいない。

荒川《あらかわ》、隅田川、綾瀬川《あやせがわ》の三川《せん》が関屋の里の近くで合流する。この地はすでに府内ではなく、戦術上も絶好の拠点である。

当時は、奉行所の支配は江戸城を中心に五里（二十キロ）であり、北辺は浅草まで、その外は府外と称ばれ、町奉行所の所管外である。

神々《こうごう》しい艶《オーラ》

関屋の里では、留守部隊が火兵陣の帰りを待っていた。火兵と白兵では勝負にならない。水中に逃れて消えた指揮者（頭《かしら》）よりも先着するという自信が、英次郎にはあった。

叩《たた》かれ屋《や》の首を斬った生島半六を刺殺した下手人と、石兵衛を殺した下手人は斬り口から別人と推測したおそでの〝診断〟と英次郎は同意見であり、石兵衛殺しが老中佐渡守《さどのかみ》を襲った頭目にちがいないと、英次郎は睨《にら》んだ。

だが、指揮者は豊臣連合の斬込隊長ではあっても、総大将ではないと、英次郎はみている。

総大将は最前線には立たない。本陣の奥深く、親衛隊に手厚く護られて戦略を練《ね》る。斬込隊長が任せられるのは、せいぜい戦術である。

豊臣ゆかりの大物が、総大将として斬込隊長の背後に隠れているにちがいない。おそらくその人物は、豊臣系の外様大名のみならず、譜代にも顔が利く大物であろう。

その大物が関屋の里に隠れているとすれば、望外の収穫（戦利品）となる。

関屋の里の拠点は、その地名の謂《いわ》れである閉店した茶屋に置かれていた。周囲に数本の赤松が衛兵のように立っている。

（いるぞ）

拠点の人気《ひとけ》を察知した英次郎は、一統に告げた。一統もすでに人の気配を感知している。かさねが枚《ばい》を銜《ふく》まずとも、足音を忍ばせている。

待ち伏せしている気配ではなく、火兵陣の勝利を確信して、能天気に凱旋を待っているようである。

（野良がいるやもしれぬ。餌《えさ》をまけ）

英次郎の指示と同時に、村雨が野良猫や犬の好む餌を、音を立てずに振りまいた。

一統自身が、外回りの警備《セキュリティ》として利用している野良に対する備えである。

「拠点内にも火器があるやもしれぬ。できるだけ間合を詰めたほうが、成功率が高い」

一統の敏感な嗅覚《きゆうかく》が、酒のにおいを嗅《か》ぎつけた。火縄のにおいはない。

屋内から能天気なさんざめきが漏《も》れてくる。指揮者はまだ帰り着いていないようである。

茶屋を居抜《いぬ》きで譲り受けたらしい拠点に接《アクセス》した一統は、

「行け」

英次郎の一声と共に討ち入った。

屋内では数十人の留守部隊が、すでに酒宴を張っていた。

留守部隊は慌てた。奇襲に動転したのではなく、火兵陣の凱旋の出迎えに立ち後れたとおもい込んで、うろたえたらしい。

勝報を伝える使者が来る前に、本隊が帰着してしまったと勘ちがいした留守部隊は、武器を取らずに、凱旋祝福の姿勢を取ろうとしていた。

「ご無事のご帰還、大勝利、祝着至極に存じ……」

と出迎えの挨拶《あいさつ》を言いかけた留守部隊長は、祝辞を喉《のど》の奥に残したまま、自らの血煙に包まれていた。

留守部隊は愕然《がくぜん》とした。応戦する間もなく、蜘蛛《くも》の子を散らすように混乱した。

「殺すな。手向かう者は腕を斬れ。逃げる者は足を斬れ」

英次郎は第二の指示をした。

言われるまでもなく、一騎当千の一統は、留守部隊の抵抗する者の戦闘能力を奪い、逃げようとした者を床に這わせた。かさねまでが、逃げる者を追い、足で蹴った。

抵抗力を奪われ、戦意を失った者に、銀蔵と弥ノ助が片端から縄をかけた。

一統は、数倍の人数を擁する留守部隊を、あっという間に制圧した。おそらく火兵陣の頭は安全圏に身を置いて、英次郎一統に敗戦する場面を予期しているであろう。

彼は、火兵陣の待ち伏せが失敗に帰した時点で、拠点の陥落を覚悟したであろうが、その一つや二つを失っても大勢に変わりないと楽観していたらしい。

拠点では双方共に死者が一人も出なかった。だが、三囲稲荷の前で、川に落ちた火兵の行方は不明である。

貴和と村雨の川中援護がなければ、一統に犠牲者が出たかもしれない。英次郎は火兵との戦いに、改めて背筋が冷えた。

火兵との間合が詰められなければ、白兵は確実に敗れる。

豊臣連合はこれまでの敵と異なり、火兵（鉄砲）で武装している。火兵に対しては超絶の忍法や忍具も歯が立たない。新たな戦法を見つけない限り、連合に勝てない。

一騎当千の一統も、敵に武器が届いて勝てる。途方もなく遠い間合を置いては、敵に接触できない。弓や手裏剣があっても、火兵の間合にははるかに及ばない。

圧倒的な勝利をおさめたものの、英次郎は勝った気がしなかった。

容疑者と負傷者は、知らせを受けて浅草まで出役していた弦一郎以下、町方の手の者に引き渡した。

その間、英次郎は陣十郎に、胸中わだかまっていた疑問を、

「お主ら、なぜ一味の拠点を秘匿しておった」

と問うた。

「自信がなかったのでござる」

陣十郎は英次郎の推測とはちがった答えをした。

「自信がない……？」

「いかにも。我ら、しばし沢庵禅師ゆかりの東海寺に止宿《ししゆく》していたが、一味を率いておった五右衛門の末流と称する石川雲右衛門から、貴殿ら一統を襲撃した後は、須田《すだ》（隅田）村の関屋の里に集まれと告げられていた。

だが、我らが置き去りにされれば、関屋の里に集まるはずはないとおもっておったが、雲右衛門であれば、罠を張っての待ち伏せもあり得ると考えて、かなわぬまでも一矢報いんとして釈放後の足を向けたのでござる。

雲右衛門は拙者らが必ず関屋の里を目指すことを予期して、大川に待ち伏せておっ

た。関屋の里の拠点と大川の鉄砲組（火兵陣）をもって、ご一統と我らを挟み打ちにする罠を張っていたのでござる。きゃつらが罠を張っておれば、関屋の里は拠点であるが、待ち伏せしていなければ拠点は蛻《もぬけ》の殻《から》になっておるはず。蛻の殻にご一統を案内するわけにはまいらぬ」

ここに江戸府内、および府外の近郊に潜伏していた連合一味の拠点は潰したことになる。

「ご油断召さるな。雲右衛門は神出鬼没でござる。府外だけではなく、諸国に拠点を隠しております。本人以外はその所在を知りませぬ。我らは主家と禄を失い、仕官の口を探して江戸へ出て来たものの、仕官どころか、日限《ひぎ》り（日雇い）の仕事すらなく、菰被《こもかぶ》る（物乞い）ほかなしと追いつめられたとき、雲右衛門に主家を取り潰した幕府から、天下を奪う気はないかと誘われて、物乞いよりはましであろうと加担してござる。

おそで殿に、この一命救われなければ、石を抱いて骨まで潰されるところでござった。生きるために連合に加わった浪人どもは、雲右衛門の捨《す》て駒《ごま》であり、豊家と共に滅びた諸家の末裔《まつえい》が集まり、天下を奪い返す道具として我らは雇われてござる。

しかし、一寸の捨て駒にも五分の魂、捨て駒としてあしらわれたまま後へ退くつもりはござらぬ」

陣十郎は、冬眠していた猛獣が目を覚ましたかのように、宙を睨んだ。

容疑者と負傷者を町方に引き渡したものの、英次郎の意識には釈然としないものが残っていた。

雲右衛門は、これまで共に江戸で暴れてきた一味をほとんどすべて置き去りにして、自分だけ消えた。

つまり、捕縛《ほばく》、あるいは負傷して置き去りにされた一味は、すべて捨て駒であったことになる。

まず、捨て駒に暴れさせ、下地をつくってから幕府を覆《くつがえ》すという戦略であるか。

英次郎はしきりに胸騒ぎをおぼえた。

第二陣、雲右衛門と対決したとき、打ち込んだ車剣にかなりの手応えをおぼえたが、それが致命傷になるような相手ではない。

雲右衛門が拠点を放棄して行方不明となったのは、英次郎の手裏剣を受けて水中に落ちて、骸《むくろ》を海に運ばれたか、大川を伝って自分一人だけ姿を隠したか、二つに一つである。

第二の場合、雲右衛門にとって品川の東海寺、及び関屋の里の拠点は捨て駒の隠れ家にすぎず、痛くも痒《かゆ》くもないのかもしれない。

豊家由来の忍者の末裔《まつえい》は、連合の主戦力として雲右衛門の指令《ゴー・サイン》を待ち構えているとも考えられる。


英次郎の胸騒ぎは的中した。

一統と共に組屋敷に引き揚げるのとほとんど同時に、弦一郎から急使が来た。

「おそで先生が患者の診療中、お手当て所から攫《さら》われてございます。ただいま祖式の旦那が捜索中でございますが、行先不明にございます」

急使の連絡に、一統は愕然《がくぜん》とした。

常ならば、貴和が手当て所に留まり、おそでを護衛しているはずであるが、豊臣連合の拠点を突き止め、これを叩き潰すために一統の総力を挙げたのである。

敵も総力戦で来ると予測したのが甘かった。手当て所の警備に穴があることを見抜いた敵は、四人組と拠点を餌にして、おそでを拉致《らち》した。

圧倒的な勝利を博したにもかかわらずおぼえた英次郎の胸騒ぎは、このことを予告していたのである。

胸騒ぎも、いまとなっては遅い。雲右衛門は最初からおそでを主たる的として狙っていたのかもしれない。

勝利に驕《おご》っていたが、完敗であった。

勝敗は時の運とされるが、おそでを失っては、時の運だけでは片づけられない。おそではまさに一統の求心力であり、おそでなき一統は考えられない。

英次郎は、このとき初めて、豊臣連合率いる雲右衛門の凄さを知った。

彼は、軍事力を踏まえて覇権を握った八百万石の幕府の中身が、入道雲のようにがらんどうであることを知っていた。

幕府に限らず、諸大名も打ちつづく泰平の世に腰が抜け、幕府に臣従している。いまや、幕府の即動員可能の兵力は、英次郎一統だけである。猿蓑衆は柳沢吉保の私兵のようになっており、当てにならない。

雲右衛門はこれを見抜いて、拠点という大きな餌に一統を引きつけた隙《すき》に乗じて、おそでを奪った。

雲右衛門は最初からおそでさえ押さえれば、一統は瓦解《がかい》することを知っていたのであろう。

英次郎以下、一統全員が顔色を失っていた。

そのとき貴和が口を開いた。

「笛が聞こえます」

一統が総立ちになった。

「万一を考えて、おそで先生に、なにか事があったときは吹くようにと、笛を預けておきました。その笛の音《ね》が聞こえます。おそで先生が吹いておられるのです」

忍者笛は、忍者が距離をおいての通信に使う。通常の人間には聞こえぬ音波が、忍者の耳には届く。

連合との総力戦に動員された貴和が、万一を慮《おもんぱか》って、おそでに預けた忍者笛が、救難信号を発しているのである。

貴和の言葉に同調するように、かさねがひひんといななないて、足で地を蹴った。

「かさねは、おそで先生がいる方角を感知しています。弥ノさん、しばしかさねを借ります」

貴和は言って、かさねに跨がった。

同時に、弦《つる》を離れた矢のように、貴和を乗せてかさねが走り出した。一統が後を追った。

どの馬も及ばぬかさねの駿足に、人間の足はついて行けないが、一統はいずれも超絶の五感を持っている。特に、聴覚に優れた村雨が先頭に立って、かさねと貴和の後を追った。

（おそでさん、死ぬな）

走りながら、英次郎は祈る以外になかった。おそらく一統すべてが祈っている。

女は命の危険だけではなく、別の危険がある。おそらく雲右衛門は拉致したおそでを、直ちに殺すことはあるまい。

だが、清楚な蕾《つぼみ》が脹《ふく》らみ、艶《あで》やかに開いた花弁のような甲羅《こうら》に包まれたおそでに、雲右衛門が手を出さぬはずがない。

おそでが蒙《こうむ》る屈辱は、一統全員の屈辱である。

一統の超常の嗅覚も、貴和とかさねとの間に開いた距離に追いつけなくなっている。残るは笛の音だけが頼りである。

笛の音は明らかに西へ向かっている。

笛の音だけではなく、かさねが確固たる足取りで西を志していることも、彼の鼻がおそでのにおいを嗅《か》ぎ当てているからにちがいない。

四谷大木戸から、南横《なんおう》の水番所《みずばんしょ》と称ばれる玉川上水《たまがわじょうすい》の水検《あらた》め場を通過して西へ進み、内藤新宿《ないとうしんじゅく》仲町辺《なかちょうあた》りから追分《おいわけ》と標示されている甲州街道《こうしゅうかいどう》と青梅《おうめ》街道の分岐点で、かさねは馬首を青梅街道に向けた。

だが、笛の音は左の甲州街道から送られてくる。かさねが方角を誤ったのではないかと手綱《たづな》を甲州街道の方角に締めたが、かさねの足取りは少しも変わらず、青梅街道を一直線《ひたすら》に進んでいる。かさねに遅れかけた一統も懸命についていっている。

かさねの確固たる足取りに、英次郎は、はっとなった。

「雲右衛門め、おそでさんを青梅街道に拉致し、甲州街道の方位へ罠を張り、我らを誘い込もうとしておる。おそでさんはかさねの向かう先にいるにちがいない」

英次郎は一統に言い渡した。

青梅街道のこの界隈には、武家邸、空邸《あきやしき》と植木屋が混在している。

空邸は、不調法（しくじり）があった旗本が、幕府から下賜された邸を返上したものである。

空邸の管理は行き届かず、浪人や無宿者が巣くうことも少なくない。中には貧乏旗本から邸を借りる者もある。

お上から下賜された邸は、「拝領屋敷」といい、これを町人や他の者に貸すことは禁じられている。

一方、武士に限らず、小役人、医師、僧侶等に賜《たまわ》った町家は、「拝領町屋敷」と称ばれる。

前者は町奉行所の所管外であるが、後者は町奉行所の支配下にあった。

(きゃつら、町屋敷を借りておるやもしれぬ)

英次郎は直感した。

拝領町屋敷を巣にしておれば、町奉行所の所管になる。祖式弦一郎に応援が求められる。

だが、拝領屋敷と拝領町屋敷を見分けるのは難しい。

「私がお手当て所に留まれば、このようなことにはなりませんでした。裏の裏ということも考えられます。私は笛を追って、甲州街道の方へまいります」

貴和が言った。貴和は手当て所から離れたことに責任を感じている。

「雲右衛門は尋常な相手ではない。一人で動いてはならぬ。かさねの鼻を信じろ」

英次郎が制止した。

「おそで先生は私一人で必ず守ります。かさねを信じるのであれば、私も信じてください」

貴和が眉宇《びう》に決意を示した。

貴和の腕を信用していないわけではないが、雲右衛門以下、連合の曲者《くせもの》たちが罠を張って待ち構えているかもしれない。

それに、敵が青梅街道方面に待ち伏せしているとすれば、追分で兵力を割《さ》くべきではない。

「お願いです。行かせてください。おそで先生の衣服のみ、青梅街道方面に持ち去っているのかもしれませぬ」

貴和の言葉はもっともであった。

おそでの衣服を剝《は》ぎ取り、別人の衣服をまとわせれば、かさねの鼻を騙せるかもしれない。

「決して一人で戦ってはならぬ。おそでさんの存否のみ確かめよ。かさねの案内《あない》先におそでさんの不在を確かめ、我らが駆けつけるまで行動してはならぬ」

英次郎の条件つきの許しを得た貴和は、

「承知仕《つかまつ》りました」

と答えて、一統と分かれ、単身、甲州街道へ向かった。

「かさね、頼むぞ」

英次郎はかさねの頭を叩いた。一統はいずれも鋭い嗅覚の持ち主であるが、かさねの嗅覚に圧倒されており、かさねに頼らざるを得ない。

かさねがいななかなくなった。目的地が近い証拠である。

この辺り、明暦三年の大火以後、拡大された町奉行所支配範囲の際どい境界線上であった。

「裏の裏ということもある。心せよ」

英次郎は貴和の言葉を一統に言い含めた。

(おそで。無事でいてくれ)

心中祈るほかない。

武家邸、空邸、町家、田圃《たんぼ》、空地等が混在している。

意外な人物が、追分から少し入った武家邸にはさまれた無住《むじゆう》らしい破寺《やれでら》の前で待っていた。

「祖式殿」

英次郎は驚いて声をかけた。

「手当て所でおそで殿が拉致されたと聞き及び、お待ちしてござる」

弦一郎が答えた。

「どうして、この場がわかってござる」

「こいつでござるよ」

弦一郎は下っ引きが引いている犬を指した。犬の嗅覚は人間の二千倍から百七十万倍といわれ、特性のにおいであれば一億倍以上と推定される。

さらに、犬の聴覚は人間の四倍、音源の方位三十二方向に、音の強弱は人間の十六倍、区別できるといわれる。

弦一郎にいわれて、その犬は、おそでが拾い上げて可愛がっていた「チロ」であることをおもいだした。

チロは手当て所の人気者でもあった。

「あの寺の右隣の拝領町屋敷が怪しゅうござる」

弦一郎が耳打ちした。

無住寺の右隣にある拝領町屋敷は約百坪、小役人が賜った町家に本人は住まず、町人に貸し付けて地代を徴収しているのだろう。

「少なくとも二十人余りはいてござる。町奉行の支配下にあっても、少し前まではご府外、町方の目配りは及びませぬ」

「なるほど。この界隈から風の強い日、火を放てば、府内全域に火の手は拡がる。火を放った者は風上にあり、高みの見物……」

笛の音に、貴和を割いた兵力《スペース》不足を、弦一郎以下、町方の手の者、および陣十郎以下四人組が埋めた。

四人組も雲右衛門一味の隠れ家が拝領町屋敷とは知らなかった。

「きゃつら、我らを、腕を撫《ぶ》して待ち構えているにちがいない。兵力はおそらく我が方の三倍から四倍、一人が三人以上を相手にする。おそでさんは人質として生命は確保されているであろう。彼我向かい合えば、雲右衛門はおそでさんを必ず人楯《ひとだて》に使うにちがいない。飛び道具にも備えよ。尋常の相手ではないぞ。危ないときは逃げよ。決して命を粗末にしてはならぬ」

と英次郎は一統に注意した。

兵力が絶対的に乏しい上に、敵は飛び道具を持っている。

我が方は浅草弾左衛門からもらった熊の皮の腹当てを着用している。

その威力は大川沿いの三囲稲荷の門前の戦いで実証されている。

敵はすでに我が方の接近に気がついているやもしれぬ。

雲右衛門にしても、三囲稲荷の敗戦は痛手であったにちがいない。

徳川政権の転覆を目的としている連合は、豊臣の恩顧に報いるだけではない。天下の泰平そのものが、彼らの暮らしの場を奪っているのである。

敵の拠点に見当をつけた英次郎一統と、弦一郎率いる町方の手の者は、夜を待った。我が方の気配は、すでに敵に察知されているやもしれぬ。

甲州街道へ向かった貴和からは、なんの音信もない。貴和も、おそでの存否を確かめるために夜を待っているのであろう。

戦いは我が庭を戦場としたほうが有利である。雲右衛門一味を英次郎の組屋敷で迎え撃ち、圧倒的勝利をおさめた事実が証明している。

だが、今回は敵の庭が戦場である。しかも、弦一郎の応援を得たとはいえ、貴和を笛の方角に割き、戦力は絶対的に少ない。

英次郎の組屋敷での戦いは、敵を事前に周到に偵察していたが、いま戦端を開こうとしている戦場は、なんの偵察もなく、時間に迫られての討ち入りである。

おそでを救うためには、どんな危険も冒さなければならない。敵はそのことを計算して、おそでを拉致したにちがいない。

寸刻を争う討ち入りであったが、英次郎は夜を待った。

敵の戦場で我が方が寡兵のときは、闇が味方になる。敵の兵力が我が方よりも大きければ大きいほど、乱戦に持ち込めば、戦勢《バランス》を保てる。

夜に入り、雲が厚くなり、星の光を消し、霧雨が降ってきた。星だけではなく、においと音を消し、敏感な動物の嗅覚や聴覚も、雨が吸収してしまう。我が方に有利な環境となった。

かさねは、馬首を見当をつけた町屋敷へ向けたままである。一統の耳に笛の音は聞こえない。

町屋敷は一点の灯火もなく、森閑と静まり返っている。それは、敵が手ぐすね引いて待ち構えている証拠である。

丑の刻《うしのこく》(午前二時)、英次郎は手で「討ち込め《ゴー・サイン》」を下した。

ほとんど手入れされていない荒れた庭に侵入した一統と町方は、落とし穴を警戒して、先頭から後尾にかけて綱を張り、これを伝った。

最先頭に立った英次郎が庭を横切り、庭に面した縁側の中央部に閉《た》てられた雨戸を、音も立てずに外した。

窓口から屋内をうかがい、あらかじめ用意した人形《ひとがた》を竿の先にかけて、屋内に差し入れた。

間髪《かんはつ》を入れず、屋内から人形に集中砲火が浴びせられた。英次郎の計算通り、火兵が、侵入者、いまや遅し、と銃口を集めて待ち構えていたのである。

ほぼ同時に、主膳、村雨、弦一郎、道之介、町方の面々が、縁側両端の戸を大槌《おおづち》で打ち破り、人形を投げ入れたが、銃火はこない。討ち入り口を庭に面する縁側の中央部と玄関と予測して、銃口を集めていたらしい。

銃火から射源を確認した英次郎は、手裏剣を打ち込んだ。そこへ主膳と村雨が斬り込んだ。

一味の鉄砲隊は弾込めする間もなく、斬り立てられた。

屋内に待ち構えていた一味の兵力は圧倒的に多く、手裏剣を打てば必ず当たり、剣を振りまわせば敵の血がしぶいた。

屋内の闇は一統に味方して、乱戦に入り、寡兵《かへい》の不利を補った。

「段差、落とし穴、仕掛けに注意せよ」

英次郎が戦いながら叫んだ。

屋内では火兵は役に立たない。へたに発砲すれば、同士討ちとなる。

火兵が有利なのは、一統の侵入時である。この機会を逸した火兵はさっさと逃避したらしい。

だが、英次郎は敵の脆《もろ》さを打ち消した。乱戦でありながら、敵の兵力は崩れていない。地の利と圧倒的な兵力を組織的に動かし、一統の疲労が積み重なるのを待っているようである。

「追うな。奥へ入るな」

英次郎が勢いに乗った一統と町方を制止した。火兵が退いたのを察知した銀蔵と弥ノ助が、用意していた燭台《しよくだい》を屋内の要所要所に立てた。

火兵を失った敵は、屋内の勝手を利用できなくなった。

そのとき英次郎は、一際《ひときわ》濃い灯油《ともしあぶら》のにおいを嗅《か》いだ。銀蔵らが屋内に配置した燭台のにおいではない。

英次郎は、はっとした。

「庭へ出よ」

前後して、危険な罠を察知した一統は、縁側から庭へ避難しようとした。

そのとき英次郎は、討ち入り時、縁側の戸が脆《もろ》すぎたことをおもいだした。

討ち入りと同時に、罠に嵌《は》まっていたのである。時すでに遅かった。

すでに屋内に敵影はない。床や壁に振りまかれた油が、一斉に燃え上がった。

点火と同時に、敵は秘匿《ひとく》された逃げ道からとうに脱出したのであろう。

縁側の戸も、討ち入り口に集めていた銃口も、乱戦状態も、一統を屋内に引き込む罠であった。

縁側は封鎖され、地中にも天井にも脱出口は見つからない。一統は寡兵善戦した疲労が全身に積み重なっている。

絶体絶命の火中に置き去りにされた一統であるが、英次郎はまだ絶望していなかった。

「縁側に集まれ」

一統を呼び集めた英次郎は、

「呼吸を合わせて戸を蹴れ」

と命じた。

討ち入り時に用いた大槌を、膂力《りょりょく》の強い村雨に渡し、

（来い。来てくれ）

と念じながら、英次郎は口に含んだ忍者笛を、全身の呼気を含めて吹いた。

「いまだ」

英次郎の合図《ゴー・サイン》と共に、村雨が大槌を振り下ろし、呼吸を合わせた一統が縁側の戸を蹴った。

かなりの破壊力を加えたが、戸は依然としてびくともしない。火の手が迫っていた。

「もう一度」

英次郎の号令と共に、村雨が大槌を振り上げた。そのとき外側からめりめりと破壊

音が伝わり、戸が打ち破られた。

「かさねが来た」

勢いづいた一統が、力を合わせて戸を押し破ると、庭でかさねがいないた。

かさねの背後から、わかされ（分岐点）から離れた貴和が駆け戻って来た。

新鮮な空気が破壊口から一挙に屋内に入り、屋内では酸素が補給されて、一際火勢が強くなった。

「地に這《は》え」

英次郎の号令一下、地に這って姿勢を低くした一統の上を火箭《かせん》が走った。

射源を確認した英次郎と村雨が、手裏剣を打ち返した。

一統と反対に、宙にはね上がったかさねが、射源に暴れ込んだ。連射の利かない火兵は、たちまち後《ご》の先《せん》を取られた。

危うく火の罠に捕まりかけた一統は、容赦なく火力を失った火兵を鏖《みなごろし》にかけようとした。

そのとき、

「それまで。一歩でも動いてみろ。きさまらの女神・おそでさまはこの世からおさらばするぞ」

という言葉と同時に、すでに全屋に触手を伸ばした炎の反映を受けて、一味の指揮者・雲右衛門がおそでと共に立っている。一統はたちまち動けなくなった。

この間に、火兵は銃に弾込めをして、よみがえりつつある。

「私は無事です。手当てをさせてください。このまま放置すれば、助かる人も助けられなくなります」

おそでは睨み合っている彼我双方に訴えた。

手裏剣を打ち込まれた火兵が、地に這ってうめいている。おそでにとって見過ごせない場面が、眼前に展開している。

おそでの言葉に、雲右衛門は黙した。彼の眼前で負傷した配下がのたうっている。放置していれば、死ぬ者もいるであろう。

おそで一人と引き換えに、配下多数を見殺しにすることになる。

生き残った配下も、死にかけている戦友を前にして、弾込めすべき手が鈍っている。彼我共に、おそでを挟んで動けなくなっていた。

束の間の平衡をつかんだ英次郎が、

「おそで殿を放せ。死にかけている仲間を見殺しにして、おそで殿に手を出せば、仲間の鉄砲がお主を狙うぞ」

英次郎の恫喝《どうかつ》を雲右衛門はせせら笑ったが、鉄砲を手にしている火兵の前で効き目があったようである。

確かに手負いの火兵を見殺しにすれば、生き残った火兵の銃口が雲右衛門に集まるかもしれない。

機を察したおそでが、

「いまのうちなら救えます。私に手当て箱を持たせたのは、そのためではありませんか」

と言った。

「助けてくれ」

庭先に倒れてうめいていた火兵の一人が、声を振り絞って訴えた。

形勢が逆転した気配がわかった。火兵の銃口が彼我の間で揺れている。

「お主ら、狙う的をまちがえているのじゃないのか。死にかけている仲間を見殺しにしようとしている頭は、頭ではない。しかも、天下の名医が目の前にいるのに、配下を見殺しにする頭こそ、お主らが狙うべき的であろう。もはや問答無用《もんどうむよう》、一人でも仲間が死ねば、お主らが殺したのと同じだぞ」

英次郎の言葉に、弾込めをした銃口の狙いが、何挺か雲右衛門に集まった。

「我ら四人は雲右衛門に置き去りにされて、凄まじい拷問に遭った。死にかけたとき救ってくれたのがおそで先生だ。きさまらの仲間が死にかけ、置き去りにされようとしている。おそで先生がいなければ、仲間は死ぬぞ」

根津陣十郎が呼ばわった声が止《とど》めになった。

火の手を見つけた火消しや、野次馬が集まって来ている。

幸い風がなく、雨もようであったので火の手は拡がらず、駆け集まって来た火消しによって、火は消し止められた。

「待て。いまおそでを放す。この場は引き分けとする」

雲右衛門が答えて、おそでから手を離した。

「仲間を救いたければ、銃をおさめよ。我らも武器を引く。軽傷者は連れ帰れ。重傷者は応急の手当ての後、手当て所へ引き取る」

英次郎が言い渡した。

おそではすでに町方の手助けを受けて、手当てに当たっている。

「お気を強くもって。必ず助かります」

重傷者一人一人に声をかけ、手当てをしているおそでに、負傷者の感謝の視線が集まっている。健在な火兵も、すでに戦意を失っている。

いつの間にか、雲右衛門ほか数名が、火事場のどさくさに紛れて逃亡した。英次郎もあえて探そうとはしない。

一統に負傷者は一人もいない。兵力、地の利、兵器等、決定的に劣っていた英次郎一統と弦一郎率いる町方が、おそでの存在と働きによって攻守逆転したが、ここはすでに戦場ではない。

一人でも死なせてはならぬと、きびきび立ち働くおそでは、雲右衛門に拉致されて、凌辱《りょうじょく》されたようには見えない。

負傷者に全能力を集中しているおそでに問うことはできないが、彼女の身辺に辱《はずかし》められた気配は微塵《みじん》も感じられない。

おそでを拉致したものの、彼女から発する聖気《せいき》ともいえる神々《こうごう》しい艶《オーラ》に、さしもの雲右衛門も手を出せなかったようである。

おそでの手当てを受けた者は、敵方でありながら、彼女に感謝と尊崇の視線を向けた。

「あいつら、まとまって、おそで先生の信者になりやがった」

主膳が苦笑いしながらつぶやいた。

「そういうお主も、おそで殿の第一の信者ではないか」

道之介から皮肉られたが、

「わしはおそで先生の患者ではあるが、信者ではないぞ」

言い返した。

「ほう。傷が治った者は患者ではないぞ。お主、おそで殿に惚《ほ》れているのであろう」

道之介が揶揄《やゆ》した。

「そんな畏《おそ》れ多いことを、爪《つめ》の先ほども考えたことはないわ。おそで先生はわしの生涯の主治医である。ない腕の先がいまでも痛む。その痛みを抑えられる医者は、おそで先生以外にはおらぬ」

主膳が弁明するように言った。

「なるほど。幻肢痛《げんしつう》か。おそで先生から離れたくないので、幻の痛みを後生《ごしよう》大事に抱えているのであろう」

「お主のように五体満足の者には、幻肢痛はわからぬ」

「まあ、左様にむきになるな。むきになるところが怪しい」

二人の問答を、貴和が笑いをこらえて聞いている。

二段重ねの化け物

おそでの手当てが間に合い、死者は一人も出なかった。無傷の者と軽傷者は町方に捕縛《ほばく》され、重傷者は手当て所に引き取られて、傷が治癒《ちゆ》するまで手当てを受けることになった。

「手当て所に収容されて治癒すれば、おそで先生に恩を仇で返すやもしれぬ。手当て所の安全が脅かされるぞ」

という意見が出た。

以前、刺客が馬に蹴られたふりをして運び込まれ、おそでを狙った前例がある。

「私は患者を信じます。患者を信じなければ、人の命を救うことはできません。前の刺客の一件は、患者を信じていなかったからです」

と、おそでは言い切った。

おそでの確固たる姿勢に、安全を危惧《きぐ》した声は沈黙した。

だが、現に手当て所の手薄な警備を狙って、おそでは拉致《らち》されたのである。

英次郎は、拉致前後の状況をおそでに問うた。

「夜間、突然、数人の黒衣の集団がやって来て、往診を求めたのです」

「往診？」

英次郎はおそでの意外な返答に面食らった。

「配下が急に体調を崩して死にかけている、助けてくれ。と言いました」

「それで、おそでさん、素直に従《つ》いて行ったのか」

「死にかけていると聞いては、断れません」

「先方が患者を連れて来ればよいではないか」

「苦しみのたうって、とても連れて来られる状態ではなかったと申しました」

「それで、事実、患者は死にかけていたのか」

「際どいところでした。食あたりです。よほど悪いものを食べたとみえて、七転八倒していました。とても手当て所まで連れて来られる状態ではありませんでしたよ。手当てが間に合っておさまりましたが、放置しておくと危ないところでした」

「それでもすぐに帰さなかったではないか」

「しばらく様子を見ないと、ちささんに事情を伝える前にぶり返すかもしれないので、気になって、留まったのです」

「おそでさんが不在の間、手当て所の患者はどうするのだ」

「ちささんがしっかりと患者を診《み》てくれています」

誘拐《ゆうかい》された途上、英次郎に救われたちさは手当て所に預けられ、おそでを補佐し、いまは立派な女医になっている。

おそでも、不在中はちさに安心して手当て所を任せている。

「患者の治療中、おそでさんに無礼な振る舞いはなかったか」

雲右衛門は配下の発病を利用して、おそでを人質に取り、一統を誘《おび》き出した。奸智《かんち》に長《た》けた作戦である。

その間、雲右衛門がおそでの身体に一指も触れなかったとは信じがたい。そのことの有無をおそでに直接問いにくい。

だが、英次郎が最も確かめたいのは、おそでの聖域の安否であった。

「とても丁重にもてなされました。ご一統が私の身を案じて、突然、討ち入ってこられたので、驚いて私を楯《たて》にしたのではないかとおもいます」

「おそでさんに預けた笛は吹いたのか」

「……？　ここに持っていますけど、往診中、一度も吹いたことはありません」

おそでは、懐中から貴和が預けた忍者笛を取り出した。

「一度も吹かなかった……？」

「はい。吹く必要がなかったので……」

意外な返事であった。

雲右衛門は別の忍者笛を使って、甲州街道方面へ一統を誘い出そうとしたのである。

一統の一騎当千の面々を二分して、それぞれを罠に嵌《は》めようとしたらしい。

おそでの平静な返答から、英次郎は雲右衛門が彼女に手を出していないことを確信した。

だが同時に、配下の急病を一石二鳥に利用した雲右衛門侮《あなど》るべからずと、改めて敵の凄さを認識した。

仮に、配下の病変が、偶然に元へ復したとすれば、おそでを素直に帰したか。

英次郎一統がおそで奪還のために、雲右衛門配下の病変中、速やかに動いたのが、おそでの無事奪還につながったのかもしれない。

配下の命を救え、とおそでに説得されて、彼女を解放したのは、配下の手当て、救命のためではなく、その間に自分一人の逃路を確保しようとしたのであろう。

ここに、江戸市中に潜伏していた雲右衛門一味は一掃した感があるが、雲右衛門が存在する限り、幕府転覆の戦略は終わったわけではない。

これまでの対決を見ても、雲右衛門が、江戸に集まった食い詰め浪人を煽動して、散発した騒動にすぎない。

一味の配下は食うために乗っただけであり、幕府に対する怨恨や、豊家寄りの忠誠の名残でもない。

まだ、真田、福島、大谷、加藤、小西などの遺臣団の後裔《こうえい》は現われていない。

むしろ、今後が総力戦になるであろう。

江戸は大火が発生しやすい季節に向かっている。

わかされ（分岐点）の近くの青梅街道沿い、拝領町屋敷を燃料にした火計《かけい》（火の罠）は、当夜の無風と雨によって大事に至らなかったが、これが木枯らしの吹き荒れる夜であれば、一統はすべて火の穴に閉じ込められて全員焼死、府内は明暦の大火の再現となったかもしれない。

おもいだすだけでも、ぞっとした。

ともあれ、おそでが無事に帰り、ほっとした。

だが、雲右衛門がこのまま尻尾を巻いて引き下がるはずがない。次はどう出るか。

英次郎は一統を招集して、今後の対策を練った。
一、雲右衛門の捜索。
二、豊家遺臣団の末裔《まつえい》の捜索。
三、その兵力の調査。
四、特に反幕府の風の強い京、大坂、仙台《せんだい》、萩《はぎ》、伊予《いよ》等を重点的に警戒・調査することにした。
御三家、譜代、親藩といえども安心ならない。

英次郎は、この度初めて、府内における連続謀叛《むほん》的騒動の経緯、豊臣連合の蠢動《しゅんどう》について、大目付仙石伯耆守に報告して、各警戒地域へ将軍直属の隠密の派遣を要請した。

それは、伯耆守《ほうきのかみ》にとって寝耳に水のような情報であった。

いまや幕府の権威定まり、外敵の憂《うれ》いなく、諸国諸大名、幕府の覇権のもとに忠誠を誓い、天下は泰平と信じきっていただけに、遠い昔になっている豊家の残党や、幕府の転覆を謀《はか》る蠢動《しゅんどう》と聞いても、にわかには信じられない。

だが、謀叛の現状に対応した英次郎の生々しい報告に、伯耆守はようやく事態の深刻さを把握した。

豊家遺臣の末裔がお膝元に集合して謀叛を起こし、関ヶ原より反徳川であった外様大名が結束して応援すれば、一大事になる。

文治主義に移行し、官僚を重用しているいまの幕府には、外様大名が結束すれば、それを抑える軍事力はない。

英次郎は意識にかかる不安の源を突き止めるための調査を、道之介に依頼した。

英次郎はかねてより、五右衛門の末裔と称する雲右衛門が、幕府を転覆せんとする豊臣連合の指揮者としては器が小さいような気がしてならなかった。

かつて天下を統一した豊家から政権を奪った徳川に叛旗《はんき》を翻《ひるがえ》す旗手として、器量が足りない。

天下泰平のもと、腰が抜けた諸大名も同じである。八百万石の大屋台を揺すぶるには、それなりの器量がなければならない。

五右衛門が浜の真砂に例えた大泥棒の末裔は、どう考えても反幕府の総大将として力不足である。

雲右衛門の背後に途方もない化け物が潜んでいるような気がしてならない。

英次郎が伯耆守に会って下城して来ると、待ち構えていたように、道之介が容易ならざる事態を報告した。

「なにかわかったか」

道之介の顔色から、英次郎の予感が当たったようである。

「どうやら雲右衛門の背後には、とんでもない化け物が隠れているようだ」

道之介はつづけて、

「あんたが気にしていた通りだったよ。雲右衛門が隠れていた拝領町屋敷な、その家主が胡散臭《うさんくさ》い」

「胡散臭い家主とは、どのようなやつか」

「浅草に唯念寺《ゆいねんじ》という真宗の寺がある」

「唯念寺……どこかで聞いたことがあるな」

「唯念寺は、例の東海寺の分寺でもあり、沢庵とも親しい」

「その唯念寺がどうかしたか」

「この唯念寺の塔頭《たっちゅう》、林昌軒《りんしょうけん》の住職が一味の隠れ家の家主だったよ」

「林昌軒の住職とは、どういう人物だ」

「住職は勝田《かつた》玄哲《げんてつ》……忘れたか？　元加賀《かが》藩の槍術《そうじゅつ》指南役であった」

「加賀藩か……」

加賀百万石の基礎を築いた前田利家《としいえ》は、秀吉の右腕と称ばれ、豊家五大老の一人であった。前田は幕府が、島津、伊達と共に最も警戒している外様である。

「勝田玄哲は、いまは加賀藩の禄を離れ、林昌軒の住職となっているが、彼の娘はあんたも知っているはずだ」

道之介がもったいぶって一拍おいた。

「忘れた」

「お喜世の方だ。いまは御後代随一の側室として、大奥に絶対的な勢力を張っているお喜世の方だ」

「なんと……」

さしもの英次郎も驚いた。

英次郎一統が親衛している御後代の側妻《そばめ》の父親が、雲右衛門の隠れ家の家主とは、一体どういうことか、さすがの英次郎も混乱した。

当代影将軍から後代に指名された綱豊改め家宣と共に西城に入ったお喜世の方は、家宣の寵愛《ちょうあい》を独占して、西城大奥に随一の威勢を張った。

お喜世の方は赤穂贔屓《びいき》であり、松の廊下事件に際して、事実上、一方的な裁決を浅野家に下した柳沢吉保を嫌っていた。

浅野家再興の運動も、家宣を通して働いているという。

「赤穂藩の残党も、お喜世の方が密かに支援しているという噂《うわさ》を聞いたが、あながち流言《りゅうげん》ではないようだな」

「つまり、赤穂の残党は、お喜世の方の隠れた私兵というわけだな」

「となると、なぜ赤穂の残党が小笠原佐渡守《さどのかみ》を救ったのか……？」

「小笠原佐渡守は吉保の茶坊主といわれる老中であり、吉良上野介《こうずけのすけ》とも親しかった。浅野家に対する一方的な裁決も、徳川家御定法の喧嘩《けんか》両成敗に反すると、老中多数派の意見を無視して、大老格吉保の浅野家に対する偏裁《へんさい》に与《くみ》した。浅野家遺臣団は佐渡守を怨《うら》みこそすれ、刺客集団から守る必然性はない」

「おそらく大赦《たいしゃ》を狙っているのではないか」

英次郎が言った。

「大赦……」

「御後代就位のとき、大赦は恒例だ。討ち入りに参加した赤穂浪士たちの遺族の男子は、僧籍に入った者と十五歳以下の者を除き配流されている。最近は赤穂浪士の厳刑を主張した吉保や、小笠原佐渡守にも浅野家に対してのみ厳しかった偏裁を後悔している節がみえる。赤穂の残党が老中を襲撃すれば、御後代就位の際、折角の大赦が取り消される虞《おそれ》がある。

大赦を意識して、柳沢以下、幕閣の心証をよくするため、刺客に襲われた佐渡守を救ったのではないか」

「なるほど。刺客と赤穂の残党はつながっていないということか……だが、飼い主は同じかもしれない。それにしても、お喜世の方が反幕府とは考えられないな」

「もっと探ってくれ。赤穂贔屓のお喜世の方であれば、残党を支援しても不思議はない。大石内蔵助は田舎大名の城代家老の器を超える。吉良上野介を討ち損なった場合に備えて、第二陣を残したらしいのだ」

「第二陣とな」

道之介が驚いたような顔をした。

「内蔵助の的《まと》は上野介の首ではなく、幕府であったやもしれぬ」

「的が幕府とは、どういうことだ」

「喧嘩両成敗の幕府の定法を枉《ま》げて、五万三千石の藩主浅野内匠頭《たくみのかみ》のみを庭上で切腹させた。だれが見ても片手落ちの裁決であった。内蔵助は主君の屈辱と怨《うら》みを散ずるために、幕府に対して物言いをしたのやもしれぬ。五万三千石の城代家老が八百万石の将軍に、あの裁決は誤っていたと認めさせなければ、内匠頭以下、赤穂藩の怨みは晴れぬ。

万一、上野介をし損じた場合に備えて、第二陣を残したと考えても不思議はない」

「なるほどな。つまり、お喜世の方も第二陣の備えの一人というわけか」

「後代の御父君綱重《つなしげ》公は犬公方《いぬくぼう》（綱吉）の兄であった。将軍職継承順位第二位の犬公方が、兄の病死によって将軍職にありついた。当然、犬公方としては、次兄の長男である綱豊公を自分の後継者として指名したくない。

であるからこそ、『山流し』と敬遠される甲府へ綱豊公を〝左遷〟したのだ。影将軍が犬公方の後継をしなければ、綱豊公は生涯、甲府宰相として冷や飯を食わされたかもしれない。綱豊公の犬公方に対する怨みは消えていない」

「おい、影将軍は綱豊公の恩人であるぞ」

「綱豊公は影将軍の正体を知らぬ。自分を左遷した犬公方と信じている。柳沢以下、幕閣に突き上げられた犬公方が、渋々ながら自分を後代に指名したとおもっている。

そこに赤穂贔屓のお喜世の方が現われた。お喜世の方は御後代、綱豊公改め家宣公に、犬公方に対する鬱憤《うっぷん》をおもいきり吹き込んだ……」

「それでは、御後代は、自分を山流しから救い上げ、天下の覇者の位置に据えてくれた大恩人、影将軍の敵性ということだな」

「御後代はお喜世の方の操り人形やもしれぬ。しかし、お喜世の方自身も踊らされているやもしれぬ」

「実父の勝田玄哲がお喜世の方の操り師というのか」

「いや、玄哲は器が小さすぎる。天下を覆《くつがえ》す野望を収納する器ではない」

「では、だれが天下奪取の野望の主だ」

「それは、まだわからぬ。御後代、お喜世の方、柳沢、佐渡守、お喜世の方の実父・玄哲、雲右衛門、赤穂の残党など、からくり人形を操る複雑な糸を一手に操れる人形師がおもい当たらぬ」

「お主の見立ては当たっているやもしれぬ。となると、上様や伯耆守様は蚊帳《かや》の外というわけか」

「そうだ。上様の身辺が危ない。猿蓑衆は柳沢に養われている。柳沢の命を影将軍の上に据えておる」

「まさか、猿蓑衆が上様を……。伯耆守殿は大事ないか」

「そちらは祖式殿に頼む。祖式殿がついておれば、敵もめったに手を出せまい。油断をしてはならぬ。われらは御後代の親衛であるが、お喜世の方が御後代についている限り、御後代は安全である。警護の的を御後代から上様に切り換える」

「左様なことが勝手にできるか」

「内密にできる。御後代には親衛一人を配するだけで充分だ。それよりお主、全力を挙げて人形師を探し出してくれ」

英次郎の分析によって、巨大な野望の構図が浮かび上がってきた。

敵はどのような手を打ってくるか。影将軍に手を下すとすれば、まず猿蓑衆が動く。だが、猿蓑衆の糸操り人が吉保とわかれば、彼は失脚を免れない。

最も動きやすいのは雲右衛門である。

お喜世の方の黒幕と雲右衛門は同じ方角を目指しているが、それぞれの的は異なる。

雲右衛門は幕府の転覆とまではいかなくとも、その権威を傷つけるだけで充分である。

一方、お喜世の方は当代に対する鬱憤《うつぷん》を晴らしたい。赤穂藩の怨みを、家宣の将軍即位までに散じたい。

そして家宣の後継者を産み、その生母として君臨する。それがお喜世の方の狙いであろう。

英次郎の推測の域を出ないが、彼女にとって旧赤穂藩も、豊家も、五右衛門も、雲右衛門も、犬公方も、吉保も、家宣も、彼女の夢を実現するための梯子《はしご》ではないのか。

そこまで揣摩《しま》憶測《おくそく》をのばした英次郎は、背筋が冷えてきた。

女の執念が八百万石に挑んでいるのではないか。

甲州街道の要所甲府は、当初、家康を牽制《けんせい》するために秀吉が押さえたが、後に家康が領有し、歴代の領主を経て、綱吉の兄綱重、その子綱豊が襲封《しゅうほう》した。

後代甲府藩が廃された後、幕府の直轄領となった。歴代の勤番は山流しと称んで、任命を嫌った。

英次郎は影将軍の警護を強めたが、その後、新しい動きはない。雲右衛門のその後の消息も絶えたままである。

彼は英次郎一統と二回交戦して惨敗を喫し、ほとんどの配下を失っている。だが、豊臣連合の主力はまだ現われていない。

府内、府外に目立つ事件は発生していない。市中の大店《おおだな》を荒しまわった集団盗賊も、その後、鳴りをひそめている。

それが英次郎には、嵐の前の静けさのように感じられた。

道之介からの報告もない。

大川に止めの花火が上がり、川遊びの終了と共に月が冴《さ》える。

江戸の空は日増しに高くなり、武士も町人も綿入れに着替える。朝夕は冷え込み、足袋《たび》を履《は》くようになる。

英次郎は、そろそろ木枯らしが吹き始める季節を警戒していた。

英次郎の唯一の頼みは、度重なる大火を経験した江戸四民である。四民は火の用心に厳しくなり、風の吹く夜は、風呂はもちろん、煮炊《にた》き、行灯《あんどん》、灯明等々、火をすべて遠ざけた。

明暦の大火を教訓として、市中は区画整理され、延焼を防ぐための火除地《ひよけち》が要所要所に設けられた。

諸藩の邸の建築も軽くするように命じられ、町家の屋根には牡蠣殻葺《かきがらぶ》きが奨励された。

特に大火になりやすい江戸城北西部は、臥煙《がえん》と称ばれる火消しの部隊を十五隊に増やした。

風の強い夜は、各町内に火の用心の拍子木を叩《たた》き歩いて、警戒を促した。

青梅街道わかされの近くの拝領町屋敷の放火が逸速《いちはや》く消し止められたのも、消火組織を強化した成果である。

だが、四民がどんなに用心しても、放火は防げない。となると、最も大火に拡がりやすい放火点の先手警備が有効である。

八百八町、すでに千町を超えている大江戸の放火点の先取り警備には人手が足りない。

だが、祖式弦一郎は各町内の拍子木叩きを動員して、放火点を固めた。夜を通して小刻みに叩かれる拍子木は、放火を阻止するであろう。

中でも放火点として有力な、城の北西に当たる尾張《おわり》大納言下邸、安藤対馬守《あんどうつしまのかみ》下邸、およびその近隣の町家は、風の強い夜、弦一郎自身が見まわった。

町方支配地を外れても、火の用心として見まわる。

〝待望〟の木枯らしが吹き始めた一夜、事件が発生した。

尾張藩下邸の近く、本村町《ほんむらちょう》町内を巡回していた弦一郎は、二分されている町内の一方の火の用心の拍子木が、突然、中断したのを不審におもって走った。

町内はすでに寝静まっている。風上の地面に黒い影がうずくまっている。血のにおいが飛んできた。

(しまった)

胸の裡《うち》に叫んだ弦一郎は、黒い影を跨いで走りつづけた。火の手は上がっていない。

拍子木叩きを斬った下手人が、闇の奥を走っている。

「雲右衛門、待て」

黒い影が立ち止まった。弦一郎の声に止められたのではなく、黒い影が数人、待っていた。

飛び道具は持っていないようである。

「きさまら、性懲りもなく火遊びをしに来たか」

弦一郎は走りながら構えている。

「気をつけろ。きゃつ、居合を使うぞ」

黒い集団の指揮者が言った。

すでに血を吸った太刀を、余裕をもって構えている。

黒い五影を視野に入れた弦一郎は、その完璧な布置《ふち》に舌を巻いた。

(二人までの剣は躱《かわ》せても、三人目の剣は天に任せる)

と覚悟した。

五影いずれも実戦の場数を踏み、乱戦中の連係に馴《な》れている。泰平の世、これほど場馴れしている集団を見たのは久しぶりである。

寡勢《かせい》の不利を補う建物や、壁や、柱は、弦一郎から距離があった。

敵は拍子木叩きを一刀のもとに斬り捨てた後、弦一郎の気配を感じ取り、迎え撃つ最良の陣形を取って待ち構えていたのである。

鉄砲のにおいも気配もないのは、闇夜の銃声を嫌ったからであろう。

弦一郎は走りつづけた。素早い移動によって敵の陣形を崩し、乱戦に誘い込めば、敵の兵力の数だけ的に触れる機会が増える。

間合に走り込んだ弦一郎に、左右の敵が同時に仕掛けた。弦一郎の飛燕一踏流《ひえんいっとうりゅう》が迸《ほとばし》り、右手の敵の剣をはね上げながら斬り上げており、返す刀が左手の敵から血煙を噴き上げていた。

まさに飛燕のような人間業ではない連続斬りが、敵の陣形を崩していた。

背後にまわった敵は、後《ご》の先《せん》を取った余裕もない。味方の血煙を浴びて、一瞬視力を失い、向かい合った弦一郎の真っ向から垂直に斬り下ろす太刀を受けていた。

だが、飛燕一踏流の破壊力もそこまでに止《とど》まり、残った敵影が三人の犠牲を踏まえて、弦一郎の足を払った。

宙に飛び、際どく躱しながら第四の敵を斬り伏せたが、第五の敵影の太刀が弦一郎の着地の瞬間を、舌舐《したな》めずりして待っていた。

飛燕一踏流の太刀筋は、すでに四人の敵に使い果たしている。弦一郎は着地の瞬間、相討ちを覚悟した。

その瞬前、奇跡が起きた。

現場に闇の奥から槍が投げ込まれた。弦一郎と五人目の黒影、どちらをねらったのかわからない。

だが、どちらにも当たらず、向かい合う二人の間の地上に落ちて弾んだ。

「ご助勢仕《つかまつ》る」

闇の奥から数人の浪人が現われた。

ともあれ相討ちを免れた弦一郎が、正体不明の浪人団と最後の黒影に対応する姿勢を取ったときには、黒影は地上に横たわって動けぬ仲間を置き去りにして、闇の奥に消えていた。

「ご助勢、かたじけのうござる。拙者、南町奉行所、祖式弦一郎と申す。ご貴殿方は……」

弦一郎は敵・味方不明の浪人集団に対して警戒の姿勢を取ったまま問うた。

「ご高名は耳に聞こえてござる。我らは元播州浅野家の禄《ろく》を食《は》んだ者にござる。拙者は高田郡兵衛と申す。ここに侍るは、いずれも旧浅野家家中の者にござる」

弦一郎は旧浅野家遺臣の武辺の者として、堀部安兵衛に並ぶ高田郡兵衛の名前は聞いていた。

「旧浅野家ご家中が、なにゆえ夜中、この界隈におられるのか」

弦一郎は、老中小笠原佐渡守を襲った刺客集団を、旧赤穂藩の浪士が追い払ったことは知っている。

「生計《たつき》のためでござる。放火を防ぐために各町内の火の用心に雇われてござる。五人の黒装束が、一人のご貴殿を襲うのを見て、駆けつけてござる。祖式弦一郎殿のご高名はかねてより聞き及んでおり、まさか、この夜、火の用心巡回中に御目文字《おめもじ》するとはおもいませなんだ。これもご縁でござる」

と郡兵衛は答えた。

いまにして、両国の叩かれ屋、前赤穂藩の残党、田中貞四郎の首を刎《は》ねた生島半六、また彼に腰の物を貸した勤番者と雲右衛門の関わりが浮かび上がってきた。

れっきとした武士であった田中貞四郎が、大道芸の叩かれ屋に零落していたのも、生計のためであったかもしれない。

これを斬った半六は、雲右衛門の意を受け、要するに騒動の起こし役となったのであろう。

江戸随一の盛り場で叩かれ屋の首を刎ねれば、天下泰平のお膝元《ひざもと》での大事件となる。その半六を斬ったのも、彼の口を封じるためであった。

半六は雲右衛門の道具として、初代團十郎殺しにも使われた。大奥にも密かに出入りして、飢えた奥女中に〝男〟を供給していた。

道具にすぎなかった半六の態度が、次第に大きくなった。このまま半六をのさばらせておくと、手綱《たづな》を御《ぎょ》し難くなると判断した雲右衛門が、半六を処分したと考えられる。

赤穂の残党を引っ張りだしたのも、どうやら半六らしい。

黒影集団四人中一人はすでに絶命、知らせを受けて駆けつけたおそでによって、重傷者一名は救われ、軽傷者二名は手当てを受けた。

一命を拾った重傷者は手当て所に収容され、二名の軽傷者は吟味《ぎんみ》方《かた》与力に引き渡された。

仲間を置き去りにして、一人逃走した黒影は、これまでの手口から、当初、石川雲右衛門と推測されたが、弦一郎が、

「下段から薙《な》ぎ上げる逆袈裟《ぎゃくげさ》を、跳躍して躱した敵の着地を待っての足払いは、雲右衛門ではない」

と言った。

「雲右衛門であれば、むしろ跳躍前に仕掛けるはずだ」

後を追って来た根津陣十郎が答えた。

これまで市中大店荒らしの盗賊団と向かい合った弦一郎は、この度手合わせした黒影の剣気が初見参であることを察知した。

弦一郎が斬り伏せた四影も、初手合わせであった。

「赤穂の残党が駆けつけてくれなければ、拙者、確実に斬られてござる。あの剣風は雲右衛門ではござらぬ」

おそでと共に駆けつけて来た英次郎に、弦一郎は告げた。

際どいところであった。弦一郎の秘匿《ひとく》火の用心巡回が黒影集団を阻止しなければ、江戸市中は火の海となったかもしれない。

陣十郎が、

「その剣技は、十勇士の一人に数えられる由利《ゆり》鎌之助《かまのすけ》の剣技に似てござる。鎌之助は鎖鎌《くさりがま》の達人であり、その後裔は彼の剣技を伝えられていると聞き申す。敵の着地を待って足を狙う技は、まさに鎖鎌の極意」

と言った。

「鎌之助の後裔が現われたとなると、お主（根津陣十郎）を除いて、鎌之助以下、筧十蔵《かけいじゅうぞう》、海野《うんの》六郎《ろくろう》、望月六郎《もちづきろくろう》、穴山小《あなやまこ》介《すけ》（小助）らの末裔が、今後、現われるやもしれぬ」

英次郎の面《おもて》が緊張した。

「十勇士中、猿飛《さるとび》、霧隠《きりがくれ》、三《み》好《よし》清海《せいかい》・伊三《いさ》兄弟の四人は人形《ひとがた》（架空）とされているが、六士の家系は今日までつづいておる。六家の交流は絶えているが、雲右衛門が連合に誘い込んでおるやもしれぬ」

と陣十郎は追言《ついげん》した。

現に、由利鎌之助の末裔が現われたとなれば、他の五士の末裔も連合に参加している可能性が大である。

英次郎以下一統、および弦一郎は、改めて事態を深刻に見つめた。

特に城の北西に当たる地域の放火《あかねこ》への防火体制を強化し、府内の各木戸、および新道は、夜間すべて封鎖した。

闇が落ちるのを待って活動する悪党に紛れて、江戸市中を火の海としようとする連合の夜間活動は、かなり制限されるであろう。

だが、網は完璧ではない。張りめぐらされた網を破り、あるいは網目を潜って連合は暗躍をつづけるにちがいない。

江戸が火の海となれば、現将軍や後代の安全も保障されなくなる。

すでに「火の海」以前に、彼らの蠢動《しゅんどう》が高まってきている。

猿蓑衆の戦力は当てにならない。幕府の秘匿暗殺集団は両刃《もろは》の剣《つるぎ》かもしれない。

連合の蠢動は、すでに仙石伯耆守を通して、将軍の上聞に達しているはずである。

だが、後代には伝えていない。お喜世の方の動静が曖昧《あいまい》であるからである。

あるいは伯耆守から伝えなくとも、お喜世の方を経由して、後代は連合の動きを英次郎一統や、祖式弦一郎以上に知っているかもしれない。

確たる証拠はないが、家宣がお喜世の方に染められていれば、徳川政権は五代目をもって豊家の末裔に奪還されてしまう。

それを譜代大名や、旗本、また幕府寄りの者は、見過ごさないであろう。

泰平の街角がたちまち市街戦の戦場となる。戦乱は江戸から全国に拡大していくであろう。想像するだに恐ろしい成り行きである。

根津陣十郎は、弦一郎の着地を狙って足払いを仕掛けたのは、由利鎌之助の後裔にまちがいないと断定した。

いよいよ豊臣連合の中核、十勇士の後裔が表舞台に登場してきたのである。

折も折、道之介が驚くべき報告をもたらした。

「聞いて驚くなよ」

道之介は、まず前置きをした。

彼の前置きはもったいぶっているわけでもなく、誇張でもない。

「雲右衛門、いや、連合の背後には、とんでもない化け物が潜《ひそ》んでいるぞ」

「とんでもない化け物……化け物の気配は察しているが、とんでもないとなると、見当がつかぬ」

「越前守《えちぜんのかみ》だ……間部詮房《まなべあきふさ》よ」

「間部……詮房……越前守がどうかしたのか」

英次郎にはまだピンとこない。

間部詮房といえば、家宣の甲府城主時代から側近に侍《はべ》った重臣であり、新井白石と共に家宣を守る双璧となっている。

家宣が後代の指名を受けたのも、両人の力によるところが大きい。

英次郎以下一統も、詮房に支援されているから家宣の安全が保障できる。

「まさか、越前守がその化け物ではあるまいな」

「化け物であったなら、なんとする……」

「わからぬ」

英次郎は首を左右に振って、

「家宣公に従《つ》いて西城入りしたお喜世の方が、短い期間に西城の大奥に圧倒的な勢力を張ったのも、越前守の後ろ楯があったからだ」

「そのことは承知しておるが、そのことと連合がどんな関わりがあるのか」

大奥の女の争いは、男の戦場よりも凄まじいものである。

西城には、お喜世の方のライバルとしてお須免《すめ》の方がいた。

彼女は吉保の愛妾・町子《まちこ》の従姉妹《いとこ》であり、後の内大臣・櫛笥《くしげ》隆賀《たかよし》の養女であり、五代綱吉の生母桂昌院に支持されていた。

桂昌院の死と、吉保の失脚がつづいて、お喜世の方が家宣の寵愛を受け、一挙に台頭したが、詮房の陰の支援が大きい。

この台頭と共に、家宣の子（男子）を産めば、お喜世の方の勢力は確固たるものになる。

だが、桂昌院を失って勢い衰えたとはいえ、お須免の方も今後、男子を産む可能性がある。

お喜世の方がお須免の方に先んじて男子を産むまでは、安心ならない。

「そこで、越前守の存在が轂《こしき》（車輪の中軸）になってくる」

「……まさか……お主」

道之介の暗示に、英次郎は愕然《がくぜん》とした。

「いまや越前守は、常に家宣公の最側近に侍り、老中の上請はもちろん、大老格吉保までが一目も二目も置くほどに権勢を伸ばしている。御後代の幕閣筆頭まちがいない越前守に、吉保は権勢を次代につなぐために擦り寄っている。

表では政務を一手に掌《つかさど》り、大奥ではお喜世の方の楯となっている。つまり、越前守は城中に泊まり込み、私邸に帰るのは一年のうち、わずか四、五日にすぎない」

「城中に泊まり込むということは、大奥に起居するということか……」

「大奥には男の寝室はない」

英次郎は返すべき言葉を失った。

西城の大奥に起居するということは、お喜世の方の部屋に近づくということである。家宣が大奥に渡御《とぎよ》しても、必ずしもその夜の褥《しとね》をお喜世の方と共にする保証はない。

家宣を後継する男子をお喜世の方に先に産ませぬ限り、詮房の次代幕閣の筆頭は保証されないのである。

お喜世の方の稀《まれ》に見る美貌と才知は、家宣の寵愛を独占した。

彼女の強力な後ろ楯となった越前守詮房も、城中随一と謳《うた》われた秀麗な容姿と、切れ味鋭い頭脳で、表の 政《まつりごと》を主導するだけではなく、大奥でも抜群の人気を集めている。

内裏雛《だいりびな》のようなお喜世の方と越前守が男女の仲になっても、なんら不思議はない。道之介の信じ難い調査の結果であるが、詮房とお喜世の方は男女の関係に入る最良の環境にあった。

家宣にとって、詮房は心身の一部のような重臣である。お喜世の方にとっては、最も頼もしい後ろ楯であると同時に、大奥の女性の憧れの的となっている。異性としても魅力的な存在である。

次期将軍に指名されて西城に入った家宣は、ほとんどその表で過ごす。

家宣が大奥に渡るのはせいぜい月一であり、それもお喜世の方を呼ぶとは限らない。

それに対して、詮房は、昼は家宣に侍り、夜は大奥に起居する。詮房には妻も愛妾もいない。

家宣に従って西城入りをした詮房は、御側衆、若年寄格と出世し、一万石から加増をつづけ、今は老中次席である。

これから家宣が六代将軍となれば、詮房が幕閣の筆頭となることは必至である。つまり、表も奥も詮房が掌握する。

それだけではない。お喜世の方が詮房と結び、男子を産めば、詮房の子が家宣を継ぐ可能性も出てくる。

家宣は病弱であり、六代将軍としての在位を長くは望めない。詮房はそこまで見越してお喜世の方に接近し、播種《はしゅ》しようとしている……いや、すでに播種しているかもしれない。

「お主もわしと同じようなことを考えておるな」

道之介が英次郎の顔を覗いた。

「これまで間部が、左様な野心をもってお喜世の方に近づいているとはおもわなかった」

「だが、もっと驚くことがある」

道之介が顔色を改めた。

「すでに充分驚いておる」

「その程度のものではない。詮房の父親は甲府家中の西田喜兵衛《にしだきへえ》であるが、生来の美しい容姿に恵まれた詮房に目をつけた猿楽師喜多七太夫《さるがくしきたしちだゆう》が、『将来、この子は役者として必ず一家を成す。わしに預けてくれぬか』と喜兵衛を説得して、養子にした。七太夫が見抜いた通り、詮房はたちまち稀代の猿楽師として頭角を現わしたが、詮房の舞台を見た家宣の父、綱重に見込まれ、召し抱えられた。

詮房の容姿と、類まれな才知を見抜いて、俸禄百五十俵を下賜、名も間部詮房と改めさせ、近侍として抜擢《ばってき》した。

綱重の目に狂いはなかった。詮房は官僚としての才能を遺憾《いかん》なく発揮し、しばしば加増の上、書院番頭、従《じゅ》五位下越前守に叙せられ、綱豊に従って西城入りをした。

彼の出世は止まることなく、御側衆、さらに若年寄格から従四位下に叙任され老中次席となり、吉保を抑える位置を占めた。

これが詮房の経歴であるが、問題は詮房の才知を最初に見抜いた喜多七太夫だ……」

「七太夫の問題とは……？」

「七太夫の遠祖は真田幸村に連なる」

「なんだと」

「さすが幕府随一のお調べ役よ。詮房は間接に遠祖につながる家系を秘匿しているな」

「まちがいない」

「真田に連なるどんな小さな記録や伝承も破棄、焼燬《しょうき》している」

「どうして消滅しているつながりがわかったのだ」

「七太夫が残した記録の中に、『按《あん》ずるに綱吉公以来猿楽師の寵愛をうけるもの数百を下らずといえど、いまだ詮房の如く顕栄《けんえい》なるものあらず、故にこれを妬みて誹謗《ひぼう》するもの少なからず……』とあった」

「お主、その数百の猿楽師を尋ね歩いたのか」

「先方から来てくれぬからな。そして、いくつかの口があった。七太夫は幸村の末裔だ。つまり、七太夫の養子となった詮房は、幸村の家系に連なっていることになる」

道之介の調査結果は青天の霹靂《へきれき》であった。

いまや家宣に寵任《ちょうにん》され、学臣新井白石が政策顧問として彼を支え、有能な奥祐筆《おくゆうひつ》四名に補佐され、次期政権を主導している。

幕閣の大老格にある吉保が斜陽であるのに対して、詮房は日の出の勢いである。

その詮房が幸村の家系に連なり、お膝元の騒動の糸を操っているとなれば、まさに天下の一大事である。

だが、動かぬ証拠はない。詮房を妬む猿楽師の集団の言葉だけでは、詮房の異例な出世を妬んでの誣告《ぶこく》とされても仕方がない。

「詮房よりも恐ろしい化け物が潜んでおるような気がする」

英次郎は宙に目を据えた。

「詮房以上の恐ろしい化け物とは、だれぞ」

道之介が驚いたように問うた。

「お喜世の方だ」

「お喜世の方」

「左様。詮房がお喜世の方を籠絡《ろうらく》したのではなく、その逆ではないのか」

「その逆とは……」

道之介にもおもい当たる節があったが、まさかのおもいが英次郎の指摘の前で足踏みをしている。

「お喜世の方が家宣公の世子《あとつぎ》を産めば、七代将軍の生母となる。そのためにも、お須免の方に先んじて男子を産む必要がある。蒲柳《ほりゅう》の質《しつ》の家宣公の男子播種を待っていては、お須免の方に先んじられる虞がある。家宣公第一の寵臣であり、若く屈強な詮房と結べば、お須免の方に先んじて男子を産めよう。

詮房に絶対の信頼をおいている家宣公は病弱にして、明日をも測り難い。最も寵愛しているお喜世の方が男子を産めば、露《つゆ》疑うことなく後継者の誕生を喜ぶであろう。お喜世の方も、お須免の方も、褥ご辞退をしたわけではなく、家宣公は、月一、二度は大奥に渡御されておる。どちらが先に世子を産もうと、我が子として疑わないであろう。将軍にとって、子は多いほどよい。ましてや最愛のお喜世の方が継承順位第一位の男子を産めば、喜びこそすれ、疑うことはあるまい。二人の愛妾のどちらが世子を産んでも、我が後継者は保証される」

「ならば、ますます詮房の権勢の礎《いしずえ》になるではないか」

「だからこそ、詮房を籠絡しやすい。すでに承知の通り、お喜世の方の実父、勝田玄哲こと佐藤治部左衛門《さとうじぶざえもん》は、秀吉の五大老の一人の前田利家の家中であった。父親の浪人後、お喜世の方は転々として浅野内匠頭の正室に拾われ、赤穂贔屓となった。つまり、反幕的な家系に連なっている。

一方、詮房は幸村の流れを引いており、いずれも徳川の天下を狙っている。まさに二人の出会いは運命であり、西城大奥に君臨するお喜世の方は、我が権勢を不動のものにするために詮房と結び、詮房は次代政権の主導者となるべくお喜世の方と接合した。

双方たがいに利用し合っているが、どちらがより多くの利益を得るか、比べてみれば一目瞭然であろう」

「おれには、双方共に釣り合っているように見えるがな」

「よく考えよ。お喜世の方と詮房の子が世子になれば、六代、七代の政権は詮房が牛耳れるが、家宣との間に世子を産んでしまえば、あとはお喜世の気持ち次第だ。詮房が六代政権を掌握できたとしても、七代に権勢をつなげられるかどうか保証はなくなる。つまり、家宣公が健在である限り、お喜世の方のほうが強い。これを見込んで、雲右衛門がお喜世の方と密かに連携して、当代将軍の治世に揺さぶりをかけてきたのではないか。泰平の世が揺れれば、人心は御当代から離れ、御後代へ移る。そして雲右衛門は人心の不安定を狙い、幕府に怨みを残している豊臣連合を結成し、徳川の世を覆そうとしている」

「ならば、お喜世の方も、間部詮房も、幕府を覆《くつがえ》すまでの野心はないことになるのか」

「その野心はあるとおもう。ただし、当代に限られておる。その政は、お喜世の方、間部詮房、そして新井白石にとって悉《ことごと》く面白くないはずだ」

「おれにも見えてきたよ。柳沢の学僕《がくぼく》、荻生徂徠は白石の不倶《ふぐ》戴天《たいてん》の学敵だ」

赤穂浪士の処分について、宥免派《ゆうめんは》が大勢であったのを、吉保の相談を受けた徂徠が、赤穂浪士の吉良邸討ち入りは忠義に似て忠義にあらず、本来、仇討ちは仇討ち免許をあたえられた武士のみが、討たれた身内の者の怨みを散ずることである。すでに武士の身分を失った赤穂浪士の討ち入りは、お膝元で徒党を組み、狼藉を働いたのと同じであると論陣を張り、浪士助命の大勢を一挙に覆し、全員切腹の厳刑を下したのである。

これはお喜世の方や、徂徠に対抗して宥免を主張した白石の面目丸潰れであった。

特に白石は、この屈辱を骨に刻んだ。

白石は、綱吉を五代将軍に押し上げた功労者、大老堀田《ほった》正俊《まさとし》に仕えていたが、彼が暗殺され、浪人になった。

その間、徂徠が吉保に見いだされて、政治にもくちばしを挟《さしはさ》むようになり、白石は陋巷《ろうこう》に身をひそめていた。

だが、間もなく、六代として指名された綱豊に寵任され、学政として徂徠を圧迫するほど重きをなしてきたときに、徂徠が一朝にして宥免論を論破し、赤穂浪士全員を処刑したのである。

このことが、白石にとって終生忘れ得ない屈辱となった。

つまり、お喜世の方、間部詮房、新井白石、三人にとって、赤穂浪士厳刑の沙汰《さた》は、次代政権の首脳陣である自分たちに対する牽制であった。

家宣が次期政権担当者として指名を受けたものの、就任の時期は確定していない。

当代将軍（影）は健康そのものであり、政に意欲的である。

それに対して家宣は病弱であり、不安定である。襲職《しゅうしょく》前に病没しないとも限らない。

当人は能天気に蚊帳の外に置かれているが、お喜世の方以下三人は、明らかに焦《あせ》っている。

家宣の将軍襲職を一日でも早めるため、豊臣連合と密かに連携して、お膝元に騒動を起こし、政権交代を早めようとしているのであろう。

それが英次郎の見立てであった。

御府内の放火はやりすぎのようでもあるが、明暦の大火によって江戸の市街は一新された。

大火の教訓を踏まえて、区画整理が行われ、火事に強い都市に生まれ変わった。

為に、明暦の大火は幕府による計画的な放火ではないかと疑われたほどである。

そのように考えると、天和の二年連続大火の放火犯五十人も、幕閣の誰かと連なっているかもしれない。

特に柳沢吉保の権勢は、後代指名によって衰えたりとはいえ、依然として隠然たる勢力を張っている。

その証拠に、当代将軍の家臣訪問中、柳沢邸への御成り回数が群を抜いている。

最近目立つ御成りは、吉保に次いで御三家、重臣の私邸である。

またその供揃《ともぞろ》いが豪勢であり、老中以下、若年寄、御三家当主、各家の世子、諸役人、諸大名を従えて繰り出す。

その供奉《ぐぶ》の一人に家宣が加えられている。

家宣は嬉々《きき》として当代に扈従《こじゆう》しているが、詮房や白石にとっては、当代老中のお供のように見えて、これに勝る屈辱はない。

「三西《さんせい》（お喜世の方、詮房、白石）は明らかに焦っておるな。御当代に譲位の気色《けしき》が見えぬ限り、焦った三人がなにをするかわからぬ」

英次郎はそのことを案じていた。

「おれには、御当代の腹が見えてきたような気がする」

道之介が言った。

「御当代の腹が……」

「そうよ。御当代は稀《まれ》に見る名君だ。御当代の眼鏡に適《かな》った家宣公も名君ではあるが、身体が虚弱である。御当代のような体力がない。

さはいえども、御三家にも家宣公に優る器は見当たらない。視野の広い御当代は、とりあえず家宣公を暫定後代として指名し、徳川の屋台骨となる器が現われるまでの橋にしようとしているのではないのか」

「なんと、家宣公は暫定のつなぎ橋というのか」

さすがの英次郎も、道之介の大胆な推測に驚いたものの、

「三西も、御当代の奥深い視野に気づいたのであろう。となると、あとは御当代に絞られてくる。雲右衛門や、連合は、そのための道具にすぎぬ。西城との連絡は渡り廊下一本、御当代が危ない」

英次郎は、改めて当代に迫る危機を実感した。

西城の護りを中奥に移さなければならない。

「御三家の刺客」の脅威を取り除いた後、当代の警備は無用となり、英次郎一統は西城の親衛に移されたが、いまや再び当代の危機が迫ってきている。

護るは当代だけではなく、当代治世下の平和である。いま当代が暗殺されれば、次

期政権実現のための道具にされた連合が、手綱を切り離して暴れるであろうか。

果たして敵は中奥深く、孤独の当代に、どのようにして肉薄して来るか。

当代は気づいていない。仮に気づいているとしても、意に介さないであろう。

当代から命じられた西城の親衛を、勝手に中奥へ移動するわけにはいかない。したがって、中奥の護衛は当代を蚊帳の外ならぬ蚊帳の奥に置き、内密に強化している。

英次郎は、主膳一人を西城に残し、村雨、道之介、根津陣十郎以下四人組と、英次郎自らを蚊帳の外から当代の親衛に充《あ》てた。

貴和がおそでの供をして西城に入るときは、主膳が中奥へ移った。銀蔵と弥ノ助はかさねと共に、近習番や廊下番が詰めている御廊下番所に待機している。

一味が当代を狙うとすれば、将軍自ら中奥御用之間に閉じ籠もり、自ら政務を執っているときよりは、外出時が危ない。

将軍の定期的外出は、上野・寛永寺と、芝・増上寺の参詣である。いずれも将軍家の菩提寺であり、家康以後の歴代将軍の廟《びょう》が集まっている。

その参詣日は、おおむね正月、四月、五月、九月、十二月各月の十七日、家康の月命日を含めて年間五回行われる。

名代を立て、代参の場合もある。

参詣には重臣、小姓、旗本、伊賀者などが供奉をするが、まさかお膝元で将軍を狙う者があろうなどとはおもってもいないので、護衛はほとんど翫具《おもちゃ》の兵隊である。外出先の襲撃の可能性が大きいが、中奥も油断できない。

将軍の御用之間は四畳半ほどの狭い座敷で、近習《きんじゅ》の小姓以外は老中といえども立入禁止である。

この御用之間は江戸城最深部であり、緊急時の将軍専用の抜け穴道が設けられているというが、これまで使用されたことがない。

歴代将軍自身も御用之間のどこに穴道があるのか確認はしていない。

当代に限り、中奥で刺客に襲われた体験から、穴道の所在を知っているかもしれない。

だが、極秘の抜け穴道を雲右衛門一味が知っているとはおもえない。詮房以下、三西も、その所在を知っているはずがない。

となると、御当代の外出時を狙うであろう。

当代は英次郎一統と共にした微行《びこう》市中見物がよほど楽しかったとみえて、再度、英次郎に市中視察と称して、微行を内命してきたが、英次郎は断乎《だんこ》として断った。

「市中微行の儀は、上様仰せ出しであられても、お受けいたしかねまする。両国橋袂《たもと》での騒動、よもやお忘れではおわしますまい。泰平のご時世とは申せ、無頼の者、ご府内に集まり、お膝元をも憚《はばか》らず不穏の動き之《これ》あり、上様御尊体にもしものことがあれば、天下の政《まつりごと》に関わりまする。上様お一人の御尊体ではおわしませぬ。なにとぞ、市中微行の儀はおぼし止められますよう、伏してお願い申し上げます」

と、英次郎の不動の姿勢に、さすがの影もそれ以上の強請《ごうせい》はできなかった。

市中微行が無理となれば、墓参に名を借りて外出するだけでも外気を吸えることに、影はおもいついた。

奥からの狙撃

折から秋晴れがつづいている。

菩提寺の墓参は、おおむね代参に任せていた影であるが、墓参でも狩りでもよい、無性に外気を吸いたくなった。

当代将軍の墓参扈従《こじゅう》を申しつけられた英次郎は、

(来た)

とおもった。

市中微行を諫止《かんし》された当代は、必ず公の行事に便乗して外へ出るにちがいない、と英次郎は予感していた。まさにその予感が的中したのである。

吉保の私邸訪問であれば馴《な》れている。折角《せっかく》の御成《おな》りも、綱吉とつなげば五十余回となり、影が引き継いでからの内容も、本人自らの講義、学者や儒臣《じゅしん》の講義と討論、武術試合の見物、能楽と、おおよそ決まっている。

そして、神田橋御門前の吉保の邸《やしき》は、城から近すぎて、他出したという感じがない。

影は江戸の町に接触したいのである。市井の喧騒や息吹に触れ、人間の体臭を嗅《か》ぎ、庶民と共に食事を摂り、言葉を交わし、城中では決して手に入らない買物をし、大道芸を見物したがっている。

だが、いまやそれは英次郎の反対にあい、できない相談になった。

ならば、城から距離のある東叡山《とうえいざん》（寛永寺）に墓参しようという気になった。

上野であればかなり離れており、庶民の陋巷《ろうこう》も近い。

『論語』に、「一箪《いったん》の食《し》、一瓢《いっぴょう》の飲《いん》、陋巷に在り」とあるように、まさに腥《なまぐさ》い人生が密集している。

雲の上の城の生活は、人間の暮らしではない。権勢の極みにある孤独な頂上であり、制度と形式が重んじられ、権力亡者の巣である。

だが、人間のくらしを求めても、雲の頂上から簡単には下りられない。いま彼の占位するところを能力なき者に譲れば、庶民は塗炭《とたん》の苦しみに落とされる。

自ら望んで得た地位ではなく、運命が彼をこの地位に運んできたのである。

我《わ》が儘《まま》は言えない。せめて墓参に託《かこ》つけて、町の息吹に触れたい。

徳川家累代の菩提寺《ぼだいじ》への墓参は、将軍自らの仰せ出しであり、だれも異議は唱えられない。

早速、日を選び、御成廊下の末端の錠口《じょうぐち》から松の廊下を通り、御駕籠台《おかごだい》から将軍専用の乗物を召して、城外へ出る。

仙石伯耆守《ほうきのかみ》が先導し、刀持ちは本牧讃岐守《ほんもくさぬきのかみ》、沓《くつ》は村上因幡守《むらかみいなばのかみ》が仕え、慣例の通り伊賀者が駕籠脇につき、小姓組と書院番が駕籠の前後を護る。

だが、泰平の御代に伊賀者《いがもの》は牙《きば》が抜け、将軍親衛隊の小姓・書院番は将軍の行列を飾る人形にすぎない。

英次郎一統、および陣十郎以下四人組、祖式弦一郎率いる町方の手の者数名は秘匿《ひとく》親衛隊であり、晴れて行列には並べない。

将軍の出御《しゅつぎょ》となると、陰供《かげども》は距離が開きすぎ、異常事態が発生した場合、駕籠脇に駆けつけられないので、書院番や小姓組の中に紛れ込んでいる。

かさねは乗り換え馬として、将軍専用の溜塗総網代《ためぬりそうあじろ》の御召《おめし》駕籠の後ろに位置し、弥ノ助に手綱を引かれている。

かさねは奇妙な車を引いている。一統以外は車の荷の正体を知らない。おおかたは茶道具か衣装箱ぐらいにしかおもっていない。

車を引く馬が、将軍御成りの行列に加わったことは、これまでにない。だが、そのことを気にする者もいない。

久しぶりに江戸城から外出した将軍は、駕籠の窓の御簾《みす》越しに、町の風景を愉《たの》しみ、民の息吹を胸いっぱいに吸い込んでいる。

将軍御成りの行列が通御《つうぎょ》する両側の店は、軒下に筵《むしろ》を敷き並べ、男は平伏し、女性は店先に立っての拝観を許される。

駕籠は城を出て重臣の邸が続く郭内《くるわない》を過ぎた。市街へ出る前に、英次郎が、「市中には不逞《ふてい》の輩《やから》潜みおり、いかなる狼藉《ろうぜき》をはたらくやもしれず、御駕籠の窓、お閉めなされますように」と進言した。

市中微行と異なり、将軍の御成りと公然の行列をなしていれば、駕籠に乗った者は将軍その人であると名乗っているようなものである。しかも、御召駕籠を護る者は人形である。

将軍は英次郎の勧告にしぶしぶと窓の戸を引いた。それでも城内にいるよりは、町の空気を吸える。それは生きている空気であった。

人間の体臭が濃く、町の気配に囲まれている。そこはまさに犇《ひし》め合う人間たちの生活環境であった。

城を出て、郭内から郭外に出た将軍の行列は、寛永寺に赴く御成道の日本橋北の通りを北へ進む。

寛永寺は寺域三十万坪《つぼ》、将軍家の菩提寺であるだけではなく、江戸城を守る出城ともなっている。

市中、緊張して、行列は東叡山を目指したが、途上、何事もなく、不忍池《しのばずのいけ》を左手の視野に入れた。

池の中央に島があり、弁天堂が建立《こんりゅう》されている。

さらに、その南に一切経《いっさいきょう》を奉《たてまつ》った経堂《きょうどう》が建つ小島があったが、天和二年（一六八二）の大火で類焼、弁天堂だけが残っている。この大火の傷痕は、まだ完治していない。

寛永寺の表門、黒門が見えてきた。名の通り、墨で黒く塗られている。だが、それが大火に燻《いぶ》されたように見える。

黒門が視野に入り、行列はほっとして緊張を解いた。

そのとき、かさねがいなないた。前後して、英次郎、村雨、貴和が火縄のにおいを嗅《か》いだ。

「西の方角に放水」

英次郎が命じた。

かさねが引いていた箱車の蓋《ふた》が外され、龍吐水《りゅうどすい》の筒先が池の方角に向けられて、水を噴き出した。

龍吐水を随行した町火消しに委ね、英次郎と主膳を駕籠脇に残して一統は、すでに火縄のにおいがした方角に斬り込んでいた。

黒門の西は崖となって池に面している。

火兵の始末は村雨、貴和、弦一郎率いる町方に任せて、英次郎と主膳は駕籠脇を固めた。

いまや遅しと、将軍御成りを待ち伏せし、百発百中の銃口を並べていた豊臣連合の火兵陣は、引き金を引く直前、龍吐水の水を浴びせられ、火縄を消されてしまった。

そこに町方、および村雨、貴和らが斬り込みをかけてきた。

懐に飛び込まれると、火兵陣は弱い。新たに火縄に点火する余裕はなく、たちまち斬り崩された。

だが、待ち伏せは火兵だけではなかった。その背後から刀槍《とうそう》で武装した剣客の集団が、押し返してきた。一見して、場数を踏んでいるとわかる剣客集団である。

英次郎一統や、弦一郎率いる町方以外の人形は、数を揃《そろ》えただけでなんの役にも立たない。むしろ、足手まといである。

「火兵陣を斬れ」

英次郎が命じた。

龍吐水によって火縄を消し止めても、一時的である。彼らをよみがえらせてはならない。

だが、襲撃部隊も兵力を火兵陣の護衛に割《さ》いている。

人形を加えた兵力の数は、御成り側が多いが、戦力は連合が圧倒的に優る。連合は場数を踏んだ遣い手を揃えている。

英次郎一統と弦一郎率いる町方の奮戦によって戦勢は平衡を保っているが、御召駕籠を護るために、守勢に立たざるを得ない。これに火兵陣がよみがえれば危ない。御召駕籠を護りながら、黒門内に逃げ込もうとするが、激しい攻撃にさらされて動けない。

「かさねを本坊に飛ばして、援軍を求めよ」

英次郎が叫ぶと同時に、弥ノ助はかさねに跨《また》がり拍車をかけていた。かさねは、すでに英次郎の意を察して走り出している。かさねに追いつける者はいない。

寛永寺は江戸城の出城でもあり、本坊には寺を護衛する多少の兵力が配置されている。

地に這《は》うのは人形ばかりであり、敵の兵力は厚くなる一方である。

英次郎たちの迅速な火兵陣の制圧に効き目はあったが、遣《つか》い手揃《て》いの連合はますます圧力を強めてきている。

（このままでは殺《や》られる）

御召駕籠の両脇を固めている英次郎と主膳が攻撃をはね返しているが、身体《からだ》が重くなっている。さすがの二人も疲労が堆《つ》み重なってきている。

特に片腕の主膳の動きが鈍くなっている。

「村雨、貴和、陣十郎、駕籠脇に兵力を集めよ」

英次郎は叫んだ。

火兵陣を制圧した彼らは、乱戦の中に分散しつつあった。

敵は絶妙な連係によって一統を散開させ、一人ずつ押し包み、討ち取ろうとしている。

貴和が旋回《せんかい》させる糸刃《いとば》は敵を寄せつけないが、次第に旋回の速度が遅くなっている。村雨や四人組の太刀筋も鈍くなっている。

これまでの対戦と異なり、連合の最精鋭を集めているらしい。

鎖鎌《くさりがま》、槍、棒、薙刀《なぎなた》、火兵陣の背後に弓の射手が潜んでいるようである。

英次郎は集合の指令を出すと同時に、笛を吹いた。先刻から道之介と銀蔵の気配がないことが気になっている。

弦一郎率いる町方は、英次郎の吹く笛に集められた。

乱戦の戦場が御召駕籠を中心にして、凝縮してきた。

敵の兵力は厚くなる一方であるのに、一統の兵力は減殺されている。どうやら敵は総力を挙げて、御成りの行列を狙ってきたらしい。

黒門内からの応援は、まだ気配もない。血を吸いすぎて刀の切れ味が鈍くなっている。それも予備の刀である。

一統の武器も歯こぼれがひどい。特に隻腕《せきわん》の主膳の刀は鋸《のこぎり》のようになり、隻腕に疲労が二倍、堆み重なっている。

村雨が援護しているが、敵の厚い兵力を支えきれなくなっている。貴和の糸刃も威力が衰えている。

陣十郎以下、四人組が奮闘しているが、戦勢は敵に傾く一方である。

英次郎は兵力を集めようと焦ったが、一人一人が押し包まれて、行動の自由が制限されている。

寡勢が多勢を相手に戦うときは、決して停止してはならない。足を止めず、塀や、建物や、樹木等を利用して走りまわり、敵の隊形や体勢を崩す。だが、足の動きが鈍くなっている。

敵はそこにつけ込んで、連係を取りながら一統を分断し、網を絞るように包み込んでくる。英次郎一統は組織的な戦闘ができなくなっている。

駕籠舁《かご》きは斬られたり、逃げたりして、御召駕籠は地上に擱座《かくざ》してしまった。英次郎と主膳が両脇を必死に護っているが、凝縮してきた敵の攻撃を阻止できなくなっている。さしもの英次郎も追いつめられていた。

主膳が倒れれば、片脇は空白になる。

「村雨、貴和、おれを助けよ」

英次郎が呼ばわっても、彼らも速やかに走れなくなっている。

そのとき英次郎が案じていた最悪の事態が発生した。

一人の敵に対応している間に、槍を使う敵ががら空きになった駕籠脇から、その横腹に槍の穂先を刺し込んだ。

（しまった）

英次郎が下唇を噛《か》んだときにはすでに遅く、穂先は充分な手応えと共に駕籠に突き刺さり、反対の横戸から穂先が突き抜けた。

槍遣《やりづか》いは、得たりとばかり手応え充分であった槍の柄を握って、引き抜こうとした。

だが、駕籠戸を貫いた槍はびくとも動かない。渾身の力を込めて引き抜こうとした槍遣いは、固定されていた槍が突然、抵抗を失い、槍の柄を握ったまま地上に尻餅《しりもち》をついた。

そこへ駕籠の戸が引かれ、将軍が外へ降り立ち、佩刀《はいとう》を抜く手も見せず、槍遣いを真っ向から斬り下げた。

噴水のような血煙を浴びた将軍は、返す刀で槍遣いにつづいて、肉薄してきた敵を逆袈裟《ぎやくげさ》に斬り上げていた。胸がすくような剣勢であり、刀風である。

将軍自らの凄まじい反撃に、包囲の輪を縮めていた敵方は、どよめいた。まさか将軍が、このような剣を遣うとは夢にもおもっていなかった。

彼らは将軍が影武者とおもったらしい。事実はその通りであるが、英次郎以下一統も、まさか影将軍がこれほどの遣い手とは予想もしていなかったので、内心驚いた。

おそらく駕籠の中で槍を躱《かわ》し、その柄を摑《つか》み、槍遣いが引き抜こうとした力を利用して後の先を取った。

敵は束の間、動揺したものの、姿を現わした将軍を、兵力にものをいわせて一気に押し包もうとした。

そのとき、敵方の数名が手裏剣を打ち込まれ、地上に倒れた。

黒門の内から黒装束の一団が押し出して来た。一団の中に、かさねに跨がった弥ノ助と道之介、銀蔵の姿も見える。

黒装束は人形ではなかった。猿蓑衆《さるみのしゅう》である。敵の兵力はまだ優勢であるが、我がほうの兵力は最小限ながら充実し、盛り返す勢いに乗って、攻守たちまち逆転した。

「上様、こちらへ」

猿蓑衆の頭目が将軍を先導した。面体《めんてい》は黒い布で隠しているが、声は女性《にょしょう》である。猿蓑衆第二軍の頭《かしら》・小菊である。

英次郎は彼女と初対面であるが、まちがいないと確信した。

「上様のお命を狙う不逞《ふてい》の輩《やから》、一人たりとも生かして帰すな」

英次郎は一統に命ずると共に、小菊に先導される将軍にぴたりと張りついていた。

地獄に仏のような援軍であったが、まだ小菊を信頼できない。一味の始末は弦一郎や村雨、貴和、そして猿蓑衆に任せた。将軍をかさねに乗せ、先導を小菊に預けながら、手綱を弥ノ助が取り、英次郎と主膳が馬側を固めた。

「退け、退けえ」

背後では、戦い利あらずとみた雲右衛門の声が撤退を命じていた。

英次郎は内心、歯ぎしりをしていた。いまこそ雲右衛門を仕留める絶好の機会である。だが、絶望のどん底からようやく救出した将軍を、小菊の手に委ねるわけにはいかない。

小菊は幕府の秘匿《ひとく》暗殺集団の頭であると同時に、吉保の私兵である。際どいところで間に合ったが、英次郎には小菊が援軍の時機《タイミング》を計っていたような気がする。

護衛の英次郎一統が全滅したときを狙って援軍に出れば、功績を独占できる。あるいは雲右衛門に将軍を討たせた後で出てくるつもりであったのかもしれない。

小菊にしてみれば、援軍がむしろ早すぎたと計っているかもしれない。

そのとき、将軍が意外な言葉を発した。

「其《そ》の方《ほう》ども、帰城するまで近侍せよ」

将軍は小菊に直命した。

小菊の援軍まで、寡数《かすう》よく将軍を護り抜いた英次郎一統を労《ねぎら》うこともなく、小菊に駕籠脇の直衛を命じたのは想定外であった。

小菊は将軍の前に、

「畏《おそ》れ入り奉《たてまつ》ります」

と平伏した。

英次郎が将軍の真意を測りかねていると、英次郎に視線を転じて、

「其の方ども、大儀であった。余《よ》の護衛はこの者どもで充分である。狼藉者《ろうぜきもの》一味を逃すな」

と命じて、かさねの背から駕籠へ戻った。

あたかも英次郎の意図を見透かしたような言葉である。

「貴和、あとは頼む」

英次郎は貴和に一言残して、追跡態勢に入った。貴和ならば小菊を制御できると判断したのである。もう一人の所在不明も気になっている。

同時に、弥ノ助がかさねを英次郎の前に引いて来た。かさね自身が英次郎を促すように、ひひんといなないた。

「つづけ」

と一統に一声を預けて、英次郎は雲右衛門が逃走した方角を目指して、かさねの手綱を引いた。

この機会に雲右衛門を取り逃がせば、禍根を残す。

いまこそ、徳川の禍根を断つ絶好の機会であった。

将軍には、仙石伯耆守を通して豊臣連合の大枠を上申してある。

将軍は、連合のただいまの襲撃こそ、彼らを根絶やしにする絶好の機会とみたようである。

これまで隠していた爪（武芸）といい、その戦略といい、名君であるだけではなく、戦国の大器であることを証明した。

英次郎は内心、舌を巻いていた。能ある鷹《たか》は爪を隠すというが、影将軍が家祖家康に匹敵する大器であることを、英次郎はいま見せつけられたような気がした。

将軍は、一瞬の間に小菊では雲右衛門を討てぬと判断して、英次郎に命じたのであろう。

雲右衛門は戦勢利あらずとみて逸速く逃走したが、かさねの駿足と嗅覚は振り切れない。

かさねの足は、まさに磁石に吸いつけられるように雲右衛門を追跡し、その距離を縮めた。

雲右衛門率いる将軍襲撃集団は、統率力を失って、蜘蛛《くも》の子を散らすように八方へ逃げている。

　将軍を追いつめた連合は、いまや組織力を失った残兵にすぎない。残兵狩りは草を刈《か》るようなものである。

　かさねは雲右衛門の臭跡《しゅうせき》を忠実に追って、ついに視野に入れた。

　木戸を破り、新道を伝って逃げても、かさねの追跡は振り切れない。

　すでに日はとっぷりと昏《く》れ、夕闇が濃くなっている。

「雲右衛門、もはや逃れぬところだ。潔《いさぎよ》く縛《ばく》に就け」

　英次郎は雲右衛門との距離を詰めながら、大音声《だいおんじょう》を放った。

　逃走途上、彼に従っていた連合の残兵もばらけて、神出鬼没であった雲右衛門も、いまやただ一人となって追いつめられている。

「望むところよ。お主と人交ぜをせず手合いたいと、かねてよりおもっていた」

　雲右衛門はさして呼吸も乱さず、英次郎と向かい合った。

　英次郎の一統も、かさねの駿足に追いつけず、はるか後方に置き去りにされている。

　これまでの何度かの対決で、互いに端倪《たんげい》すべからざる相手であることを知っている。

最小限の間合を保って、英次郎はかさねの背から下り、雲右衛門と相対した。

これまでの対決では、直接に剣を交えたことはない。集団戦や乱軍の中で、彼我の戦力を指揮していた。一対一の純粋な白兵戦は、奇計や奇襲、戦略等の通用しない真の総力戦である。

向かい合った二人は、即座に彼我、互角であることを察知した。相討ちか、一瞬の気流や呼吸や運が勝敗を決めることを悟った。

二人は慎重に間合を詰めながら、剣気を探った。剣気が熟しつつある。斬る一瞬に勝敗が決まる。

ちりんと剣先が触れ合った。互角の剣が風を巻くと同時に、銃声一発、雲右衛門の剣位が乱れた。

一瞬の乱れが勝敗を決したが、英次郎の剣が雲右衛門の身体を斬り裂いたとき、ほぼ同時に彼は銃弾に心の臓を貫通されていた。

発射音からして、射源は風上にあったが、銃撃の当座、風が絶えており、火縄のにおいは運ばれなかった。火口《ほくち》の明りも発射まで隠していたらしく見えなかった。

英次郎が雲右衛門の背後の闇の空間に発射光を見た瞬間、弾丸は雲右衛門の身体を貫通していた。

雲右衛門が英次郎の楯《たて》となったわけではない。雲右衛門の位置と発射源は一直線に結ばれていた。

英次郎はその直線の延長線上にはいなかった。

止めを刺すまでもなく、雲右衛門は地上に横たわったときには、息が止まっていた。

雲右衛門を斬った瞬間、銃撃は、自分を標的にしたと、英次郎はおもった。

だが、剣気が熟して彼我の剣先が触れ合い、刀風を巻く瞬前の二人の位置関係の記憶では、英次郎が標的ではなかった。

なぜなら、英次郎は発射源の風下に占位しており、火縄のにおいを嗅ぎ取れる位置だった。たまたま風が絶えており、においが届かなかったが、英次郎が標的であれば、射源は風下に置いたはずである。

火縄の火口や発射光が英次郎に見えたとしても、的が初めから雲右衛門であれば風下の英次郎を避けて風上に据銃《きょじゅう》しても差し支えない。それに火口は隠せる。

村雨と主膳、四人組、弥ノ助、弦一郎らが追いついた。

「ご無事でしたか」

「さすがは頭領、闇夜の鉄砲、決して当たらぬ」

「雲右衛門にまちがいござらぬ」

村雨、主膳、陣十郎が次々に言った。

彼らも、火兵陣が英次郎を狙い、雲右衛門を誤射したとおもい込んでいる。

「弥ノさん、かさねを手当て所に一走りさせて、おそでさんを連れて来てくれ」

と頼んだ。

算を乱して敗走した連合一味は、弦一郎以下町方に片端から捕らえられている。

「射手を探せ」

英次郎は呼ばわった。

だが、射手はとうに姿を消しているであろう。

「雲右衛門の骸《むくろ》を向かい合わせに立たせてくれ」

英次郎は、村雨や陣十郎らに言った。

英次郎の意図がわからぬまま、村雨らは言われた通りに雲右衛門の死体を両側に手を添えて立たせた。

その正面に、英次郎は彼と剣を構え合った間合に位置を占めた。

両側に手を添えられて立っている雲右衛門の死体は、失われた生命を吹き込まれたかのごとく、凄然と立っている。

英次郎は向かい合った相手が死者であることを知りながら、背筋に悪寒《おかん》が走った。

英次郎は悪寒に耐えながら、剣を構えたまま間合を詰め、雲右衛門の骸に近づいた。

そのとき、弥ノ助が添乗《てんじょう》したかさねの背に跨がっておそでが駆けつけて来た。

「おそでさん、早速だが、死体の鉄砲に撃たれた傷口から、鉄砲を撃った位置を割り出してもらえないか」

と、英次郎は正確な射源を確かめるためにおそでの協力を求めた。

おそでは立位を保ったままの雲右衛門の死体に近づき、傷口を丹念に観察しながら、

「その辺りの地面に、遺体を貫通した鉄砲の弾丸《たま》が落ちているとおもいます。弾丸を発見しましたら、その位置から動かさず、わたしに教えてください」

と、駆け集まって来た町方の手の者に頼んだ。

町方だけではなく、手のすいている者も鉄砲弾の捜索に加わった。

その間、仔細《しさい》、丁重に傷口を観察していたおそでは、

「鉄砲弾は心の臓を貫いた射入口から射出口を結んだ線が、背から胸にかけて高低斜めになっています。その線の先をたどると、たぶんその辺りに……」

おそでが地面を指さしたとき、探していた町方の一人が、

「ありました。地中に少しめり込んでいますが、鉄砲弾でやす」

と地面を指さした。

「ありがとうございます。射入口から入った鉄砲弾は、体内で骨にぶつかることなく射出口から飛びだして、死者の前方に着地しています。この三点を線で結んだ最先端が発射点です」

おそでが指さした彼方には、闇の奥に月光を背負った火の見櫓《やぐら》が見えた。発射光が見えた闇の空間に火の見櫓の影が立ち上がっている。

「あれだ」

英次郎が叫んだ。

射手は火の見櫓で待ち伏せしていた。つまり、雲右衛門の動きを予知していたのである。

ということは、射手は雲右衛門一味であり、雲右衛門が囮《おとり》となっておびき出した英次郎一統を、火の見櫓で待ち伏せしていたと考えられる。

だが、英次郎は別の推測をしていた。射手の標的は英次郎ではなく、明らかに雲右衛門であった。射手は雲右衛門を裏切ったのである。

いや、射手が裏切ったのではなく、雲右衛門に生きていられては都合の悪い者が、射手に命じて雲右衛門を撃たせたのである。

やはり雲右衛門は、幕府転覆を謀《はか》る連合の手足にすぎなかったのである。

雲右衛門を御し難くなった連合の黒幕が待ち伏せしていた。

黒幕の正体はおおよそ見当がついているが、動かぬ証拠がない。

雲右衛門を撃った射手は、とうの昔に姿を晦《くら》ましているであろう。だが、もしかすると、発射点の火の見櫓になにか手がかりを残しているかもしれない。

弦一郎も英次郎と同意見であった。

弦一郎は申し出た。

「火の見櫓の探索は、拙者にお任せください」

待ち伏せは一人ではあるまい。射手を救ける助手もいたであろうし、標的の命中の有無を確かめる役もいたにちがいない。

弦一郎は時をおかず、件《くだん》の火の見櫓を綿密に調べた。

多勢で調べれば、それだけ目が多くなるが、同時に現場が破壊される。

弦一郎は火の見櫓の探索を他の者に許さず、自分一人で綿密に観察した。

櫓の上だけではなく、履物《はきもの》を脱ぎ裸足《はだし》になり、梯子《はしご》を一段ずつ上下して、どんな微《び》物《ぶつ》も見逃さぬよう丹念に調べた。

当時は、町家がいまのようには広がっていなかった。神田から日本橋、京橋《きょうばし》にかけて、豪勢な城の借景《しゃっけい》がつづく。すでに百万に達しつつある江戸の人間の息吹が、背景の富士山にまで至りそうな水平線となって、青い靄《もや》がかかっている。

日暮れと共に富士は見えなくなっているが、当時としては珍しく、瓦屋根の重なる町家の中の天守閣のように、一際《ひときわ》高い、本格的な火の見櫓であった。

空に未練げにたゆたっていた夕映えも消えて、煮詰まった闇の底で龕灯《がんどう》の光だけを頼りに探索するのは辛《つら》い。

櫓はもちろん、櫓を上下する梯子も一段ごとに綿密に観たが、狙撃者の遺留品らしきものは発見できなかった。

櫓から梯子を一段ごとに綿密に調べ直しながら地上へ降り立った弦一郎は、ふと足の底に違和感をおぼえた。

小さな異物が、地面と彼の足拵《あしごしら》えの間に挟まっているようである。

弦一郎は立ち止まり、手下《てか》の者に龕灯で照らさせて、異物をつまみ取った。

(火の見櫓の上から雲右衛門を一発で仕留めた射手が、櫓を上下したとき、落としたものにちがいない)

弦一郎は推測した。

火の見櫓は道路の端に建ち、通行人はこの辺りを歩かない。

手下を呼び集め、集めた龕灯の光の下で仔細《しさい》に観察した異物は、極めて小さな鹿角《しかつの》細工の瓢箪《ひょうたん》であった。

鹿角の親瓢箪の中に、一つの賽子《さいころ》と五つの瓢箪、一賽六瓢《いっさいむびょう》、これを一切無病と掛けた、江戸の粋《すい》の縁起《えんぎ》細工である。

高価な鹿角を素材にした名人細工であるだけに、庶民には手の出ない高価な拵え物《こしらえもの》である。

「親瓢箪の中には、賽子一、子瓢箪五つ、お負けに独楽《こま》七個、都合十三個の小細工が入っていたはずだ。まだ落ちているかもしれねえ」

弦一郎は手下に命じて、さらに調べをつづけたが、最初の子瓢箪一個以外は、発見されなかった。

彼は子瓢箪の細工師を知っていた。その名は礫嵐《れきらん》。

すでに礫嵐と面識がある。密かな趣味である俳諧《はいかい》の集まり（結社）に、仕事の合間を縫《ぬ》い参加して知り合った師匠が、礫嵐であった。

礫嵐は名の売れた繊細工芸師であると同時に、蕉門十哲《しょうもんじってつ》の一人服部嵐雪《はっとりらんせつ》の流れを汲《く》む俳諧師であった。

礫嵐は蕉風《しょうふう》の精神拠点である「不易流行《ふえきりゅうこう》」（最先端にこそ不朽の価値を見いだす芭《ば》蕉《しょう》の理念）を、そのまま繊細工芸に反映させて、薬簞笥《くすりだんす》、薬籠《やくろう》、印籠《いんろう》、踏み台、硯《すずり》箱《ばこ》、香箱《こうばこ》、香盆《こうぼん》など多彩な鹿角細工を創り出している。

礫嵐の俳風も、蕉風を重んじながらも、独特の洒脱《しゃだつ》な句の世界を開いている。

弦一郎は火の見櫓の直下で採取した子瓢簞を、早速、礫嵐のもとに持ち込み、所有者を問うた。

礫嵐は子瓢簞を一目見ると、

「これは、わしの作品にちがいない。だが、においがちがう」

と答えた。

「においがちがうとは……？」

弦一郎は、礫嵐の言葉の意味がわからなかった。

「わしの作品には、わしだけにしかわからぬにおいが込められている。だが、この子瓢簞には、わしのにおいがまったくない」

「お師匠、それはどういうことでござるか」

「どうもこうもない。この一瓢のみ、親瓢簞から離れて、別の器に埋もれていたのであろう」

「別の器とは、どのような器でございましょう」

「禍々《まがまが》しい器であるな」

禍々しい器……と言われても、人には見せられない秘密を隠しておく器や、禁制の素材を使った器、盗んだ器、騙された偽器、故意に破壊した器など、いくらでもある。子瓢箪が収納されていた禍々しい器が、おもい当たらない。

礫嵐が言った「においがちがう」という言葉をおもいだして、弦一郎は、はっとした。

再度、全神経を鼻に集めて子瓢箪のにおいを嗅ぐと、かすかに硝煙のにおいがしたような気がした。

「お師匠、弾丸《たま》袋ではありませんか」

「ちがうな。わしは、薬袋《やくたい》だとおもう」

「薬袋……」

「心統一のために、禁薬を用いる者もいると聞く」

「禁薬……」

禁薬といえば、まず阿芙蓉《アフヨウ》を連想する。

最も毒性の強いこの麻薬は禁制品の筆頭にされ、鎮痛剤として、わずかに奥医師にのみ少量の処置が許されている。

弦一郎は再度、子瓢箪のにおいを嗅いでみたが、今度は無臭であった。

「お師匠、奥詰めの医師などから、子瓢箪を入れた『一賽六瓢』の注文を受けたおぼえはありませぬか」

「奥医師に心当たりはないが、西城の奥のお女中に頼まれたことがあったな」

「そのお女中の名前をおしえてはくださらぬか」

「わしも知らぬ。半年ほど前、奥のお女中の使いと称する又者《またもの》（上級女中の奉公人）が来て、一賽六瓢の注文をし、一月ほど後に仕上がった細工を御引き渡しした。その作品の一個にちがいないとおもうが、においがちがっておる」

礫嵐が知っていることはそれだけであった。

だが、弦一郎は、雲右衛門射殺の背後関係に、奥が絡んでいるとみた。狙撃者は奥に関わりがある者にちがいない。となれば、おそでが知っている人間かもしれない。

同時に、背後関係が奥となれば、奉行所の手出しができるところではない。

流英次郎から伝えられた連合の活動に、西城の大奥が関わっている疑いがあるという情報が、子瓢箪によって裏づけられた。

危険な粋《すい》

流英次郎は、雲右衛門狙撃の背後関係に西城の大奥があるという報告を弦一郎から受けて、自分と道之介の想定が的中したと感じた。

大奥・西奥《さいおく》共に奉行所から遠く離れた雲の上の管轄《かんかつ》外にある。

雲右衛門の射殺は、これまで道具として使ってきた豊臣連合が不要になったことを示している。むしろ危険な存在になったのである。

特に西城を牛耳《ぎゅうじ》っている間部詮房にとっては、雲右衛門の暴走が、彼の次期政権主導者の地位を脅かす。

雲右衛門を葬ってしまえば、豊臣連合はおのずから瓦解する。

特に上野寛永寺で火兵陣の大半を失ったことは、連合にとって致命的な打撃であったはずだ。残った火兵陣も戦意を失っている。

連合はすでに瓦解したも同然であった。そんな壊れた道具を密かに養う必要はなくなったのである。

だが、英次郎は、連合瓦解による反動を恐れていた。すでに反動は始まっている。雲右衛門の射殺後、主的は御当代以外にない。御当代ある限り、詮房の野心は絵に描いた餅《もち》にすぎない。

当代暗殺――この恐るべき秘命を実行できる戦力は、ただ一つに絞られる。〝猿蓑衆《さるみのしゅう》〟。幕府の秘匿《ひとく》暗殺集団であるが、事実は吉保の私兵である。

吉保は、権力を御後代につなごうとして詮房に接近している。

吉保の学僕・荻生徂徠は、白石の学敵であるが、所詮《しょせん》、学僕は政治の主導者には敵《かな》わない。

さらに吉保にとって、徂徠はすでに次期政権を約束された詮房と白石を結ぶ障害物《バリヤー》になっている。

現に徂徠は最近、吉保から遠ざけられている。権力亡者《もうじゃ》吉保にとっては、詮房と白石、ひいてはお喜世の方の三人が、命綱になっているのである。

御当代は政権移動の狭間《はざま》にあって、権力亡者の暗躍から蚊帳《かや》の外に置かれている。

（猿蓑）

英次郎は目を宙の一点に据《す》えて、つぶやいた。

すでに当代の身辺には主膳を配しているが、警備陣をさらに増加しなければならない。

事実上、当代は城内に孤立している。蚊帳の外に置かれながらも、当代はそれを少しも案じていないようである。

鋭敏で視野の広い当代は、権力亡者の蠢動《しゅんどう》などは眼中にないのかもしれない。視野が広ければ広いほど、自らの危険が煮詰まってくることを、なんともおもわなくなるようである。

英次郎は仙石伯耆守《ほうきのかみ》に、御当代身辺警護の強化を申し出た。

「御当代の御身辺に、なんの危険があるというのだ。主膳一人で充分であろうが。それに近習《きんじゅ》や宿直《とのい》の者もついておる」

伯耆守は怪訝《けげん》な顔をした。

英次郎は自分の危惧《きぐ》を率直に告げた。

伯耆守の表情が次第に改まって、

「其《そ》の方《ほう》の申し状、尋常に非ず。御大老を疑うのみならず、幕府すべてを否定することになるぞ」

厳しい口調で言った。

「御意。確かに幕府の核心に触れること、承知の上のお願いにございます」

「ならぬ。ならぬ。左様なことを言上《ごんじょう》できるとおもうか」

伯耆守は声を荒らげた。

「お言葉を返しまするが、上様におわせられては、中奥にてただ一人置き去りにされてござる。もとより主膳が侍り仕《つかまつ》りますが、もしも主膳一人の手に余る数を揃《そろ》えて推参すれば、我ら駆けつけるまで、御尊体の安全は保障できませぬ」

「ならぬと申せばならぬ。今日、城内におわす上様には、左様な危険はない。其の方の独り合点《がてん》にすぎぬことを、上様に上申できるか」

伯耆守は頑《がん》として首を左右に振った。

いまの吉保は、借りてきた猫のように従順である。

豊臣連合の雲右衛門を退治し、ようやくお膝元《ひざもと》が鎮まったいま、英次郎の尋常ならざる注進と陳訴に、さしもの伯耆守も応じない。

ましてや、猿蓑衆が当代を狙うなどとは、夢にもおもっていない。

「何卒。何卒。猿蓑衆の前《さき》の統領小貝《こがい》が御当代を狙い奉《たてまつ》ったことを、おおもいだしくださりませ」

小貝の名前を聞いた伯耆守は、一瞬ぎくりとしたようである。

猿蓑衆の一人、霧雨が上様に成り代わり玉床に待ち受け、自らを犠牲にして刺客に立った小貝を討ち果たしたことをおもいだした。

飼い犬に手を咬《か》まれた経験が再び起こると聞いても、にわかには信じ難い。

小貝の死は固く秘匿された。

厳重な箝口令《かんこうれい》が布《し》かれた。霧雨が刺客に仕立てられ、小貝が霧雨を追って姿を消したことにされた。

幕閣は小貝がまだ生きているとおもっている。伯耆守だけには密かに真相が伝えられたが、信じ難いようであった。

刺客の派遣者は吉保が疑われていたが、確たる証拠はなかった。

影将軍が、吉保の自害を予想して、英次郎と道之介両人を吉保の私邸に走らせ、際どいところで自害を阻止させた事実が間接証拠となっている。

だが、吉保は幕閣にとって欠かせぬ人材であった。

証拠があっても、依然として幕閣に君臨している吉保を動かせない。それだけ彼は深く、当代の政権に食い込んでいるのである。

「其の方の申し分、含み置く」

英次郎の強い姿勢に押されて、伯耆守は言った。

「主膳、お側に侍る限り、滅多に手は出せぬと存じ奉れど、万一のために、城外にまで届く笛を持たせております。

つきましては当座、我が一統、村雨をお邸《やしき》の一隅に置かしたまえれば幸いに存じまする。一旦《いったん》事あるとき、主膳の笛の音が、村雨を介して我が一統に届きまする。主膳の吹く笛の音は、お邸までが限界にござりまする故の、伏してのお願いにございます」

英次郎は、伯耆守の前に平伏した。

「部屋ならば、空いておる。かさねと共に滞在するがよい」

伯耆守は承諾した。

彼にとっても、英次郎の具申が由々しき大事であることを悟ったのである。

まさかとはおもいながらも、英次郎の言葉はいちいちおもい当たる。

猿蓑衆は幕府の秘匿集団でありながら、吉保以外に猿蓑衆に直接、接触した者はない。

累代将軍直属の秘密機関と伝わっているが、将軍が替わるごとに猿蓑衆は再編成をされ、所管は曖昧である。

だが、英次郎の報告によれば、将軍直属のはずが、いつの間にか、吉保の私兵と化しているという。

その証拠が、霧雨の死であった。その死すら、英次郎から密かに伝えられて、初めて知ったのである。

英次郎の報告を受けた伯耆守は、あり得ると考えた。

伯耆守は、上様の耳に入れぬほうがよいと判断した。

同時に、英次郎に対して、上様の警護強化は固く秘匿するように、と命じた。伯耆守から言われなくとも最高機密である。

伯耆守はまだ半信半疑の様子であったが、上様、御後代、およびその御健康の不安定、これを補佐する詮房、白石、そして、この両人に最近接近している吉保などを総合して案ずるに、充分あり得る想定である。

この想定の実現の有無に拘《かかわ》らず、外部に漏れれば、幕威は失墜する。警護不充分のまま上様にもしものことがあれば、御後代が控えておわしても、幕政は大混乱に陥るであろう。

また、豊臣連合の蠢動を制圧したとはいえ、御当代の異変に、幕府に対する叛心《はんしん》を秘めている外様大名たちが、絶好の機会とばかり結集して叛旗《はんき》を翻《ひるがえ》せば、天下の一大事となる。

さらに、武士のみならず、武士道の成果として天下の喝采《かっさい》を浴びた赤穂浪士全員の切腹により、四民は強い不満を蓄えている。

当代は主膳が気に入ったらしく、中奥、大奥を問わず、彼を常に側近に侍《はべ》らしている。警護の強化というよりは、彼を補佐役と心得ているようである。

浅野内匠頭《たくみのかみ》の殿中刃傷《にんじょう》以前にも、寛永《かんえい》五年（一六二八）、豊島刑部《としまぎょうぶ》が老中井上正就《いのうえまさなり》を、貞享元年（一六八四）、若年寄稲葉正休《いなばまさやす》が大老堀田正俊《ほったまさとし》を殺害、いずれも城中、将軍の御座所の近くで発生した刃傷であるので、警護を強化している。

こんな下敷きがあるので、御当代の警護を厚くしても、不審はもたれない。もっとすれば吉保であろう。

英次郎としては、警護強化をあからさまにすれば、吉保が刺客派遣をあきらめるとみていたが、伯耆守は固く秘した。城中、城外の反応を恐れたのである。

祖式弦一郎が火の見櫓《やぐら》の下から採取、保存した子瓢箪《こびょうたん》の持ち主探索は、西奥止まりであった。

西奥の奥女中の一人に納品されたところまでは追跡できたものの、複数の奥女中の中の納品先を特定できない。

西奥に出入り自由のおそでであれば、納品先を絞り込めるかもしれないが、大奥の健康と生命を預かるおそでに、そのようなことは英次郎とて頼めない。

弦一郎は歯ぎしりをしたが、到底、町方の手の届かぬ雲の上である。

狙撃者の背後関係は浮かび上がったが、〝異物〟の所有者の探索はその先へ進展しない。

仙石伯耆守の協力によって、当代の警護は間接的に強化されたが、その後、なんの異変も、不穏な気配もない。

間接的警護とは、直接警護を主膳が担い、忍者笛によって、城外から村雨以下英次郎一統が駆けつける手筈《てはず》になっているものである。

後に、主膳と代って貴和一人が直接に警護することになったが、当代がかなりの遣《つか》い手《て》であることは、すでに寛永寺の雲右衛門一味の待ち伏せを躱《かわ》して証明している。

英次郎一統の間接警護が駆けつけるまで、当代と貴和二人で保《も》ちこたえられると、英次郎は計算している。

平穏無事な日々がつづいているが、油断はできない。見えない敵は、警護陣が安心するまで動かずに、襲撃の機会を待っているのかもしれない。

その間、雲右衛門と共に豊臣連合は崩壊して、江戸の町は本来の平和と活気を取り戻していた。

江戸っ子は季節に敏感である。四季折々の風情や香りや、天候、日照、気温などに合わせて生活をする。生活というよりは人生を合わせている。

多くの城下町は城主や民がいて町を創るが、江戸はその逆のように感じられる。

家康が江戸を創り、幕府を開いたのであるが、諸国から四民が集まる前から、そこに江戸があったかのように調和している。

本来、武都でありながら、将軍の代を重ねると共に、上方から各種商人が集まり、商業が盛んになった。

商人につづいて、大工、鍛冶《かじ》、畳《たたみ》、金物など、各種職人や工芸職人や細工師、絵師や筆師、学者、僧侶、医者、文人など、町人が続々と集まって来る。

元禄期には、多数を意味する八百八町は、千町に達しようとしている。

人が集まれば集まるほど人間の海となって、江戸文化が発達し、それぞれの能力や運によって、貧富の差が激しくなる。

天下泰平の下、戦場が街角に移り、出番を失った武士は町人の経済力に圧倒されるようになる。

直参《じきさん》、旗本などとふんぞり返っても、支配階級から消費者階級に落ちている。物価高の江戸で元武士の身分を隠し、その日暮らしをしている者もいる。

江戸に根を下ろすのは難しいが、来る者は拒まぬ。なにげなく根を下ろした者にとって最大の恩恵は、無税である。

形式上は武士優位の武都ではあっても、町人が江戸の懐を占めている。

人口が増えれば増えるほど、生存競争が厳しくなり、武士には住みにくい町になる。

町人から借金をしながらも、依然として、武士が主権を握っている。

武家地・寺社地が約八割以上を占め、二割弱の残地に町人を押し込めている。その二割の町地すら、強制移動が激しく、町人間の連帯は薄い。

それでいながら、江戸の文化は、町人文化であり、武士も町人に化けたその日暮らしが多数を占めて、江戸の粋となる。

江戸の粋は一種の痩《や》せ我慢であるが、その我慢が、武士にはない生き生きとした人間の息吹となって、江戸に脈打っている。

町人がそれほどの働き者かというと、その反対で、手に職のある者も、午後に差しかかるとほとんど早仕舞いである。

職のない者は一日中、釣れもしない堀や川や沼に、釣り糸を垂らしている。

中には雨の後の水溜まりに糸を垂らし、それを一日、見物している者もいる。

他の都市ではほとんど見られない火難によって、町を焼失しながら、大火の都度、江戸の町は進化していく。

失うものをなにも持たない裏長屋の住人も、火災の都度、いくらでも仕事が転がり込み、懐中が温かくなる。

火災ですべてを焼失して零落する者もいるが、「火事は江戸の華」などと、痩せ我慢を張る。

江戸は決して住みよい町ではないが、能天気な住人の痩せ我慢が、江戸の粋を生んでいる。

どんなに住みにくくとも、江戸にいったん草鞋《わらじ》を脱いだ者は、出て行こうとしない。

戦場は人間が外道《げどう》となって殺し合いながら、最も強い者が生き残るが、江戸は能天気で弱い者も生きている。

死のにおいのする戦場と異なり、人間のにおいが籠《こも》っている。決してよいにおいではないが、最も人間臭いのが江戸である。

人の数が多いほど犯罪も多いが、殺された人間の血のにおいは、速やかに複数の人間の体臭によって消されてしまう。

士農工商、善人も悪人も、富める者も貧しい者も、ごった煮のようにされて、江戸の文化に煮詰められる。

上方の文化は〝下りもの〟と称ばれ、高級品とされるが、江戸の文化は〝下らないもの〟と差をつけられる。

上流階級の気取った香りに対して、江戸の粋は、むしろ中流以下の人間味の凝縮であり、痩せ我慢のシンボルとして、階級を問わず、恰好《かっこう》がよい。

その最もよい見本は、火消しの纏持《まといも》ちである。大火が発生し、消し口を確保するために、屋根の上に纏を押し立てる。

炎が迫ってきても敢然と立ち向かい、降りない。直接、消火になんの貢献もしないのに、纏を立ち守り、消し口から動かない。

まさに、江戸の粋の骨頂であるが、上方から見れば理解できないであろう。

上方文化は不動であるが、江戸の粋は人間の凝脂《ぎょうし》であり、流動している。まことに見事《シャープ》な対照《コントラスト》である。

いつ来るかもわからぬ刺客を待ち伏せしている英次郎以下一統は、戦場と街角の境に置かれているような気がした。

刺客が来なければ、火のない所に立つ纏持ちと同じである。

刺客に備えて、待つ側は絶対的に不利である。敵は都合のよいときに、いつでも攻め込める。

攻めて来なければ無駄な待ち伏せとなるが、英次郎一統の警護が刺客をあきらめさせたとすれば、警護の使命は果たせたといえよう。

当代は英次郎一統の間接警護には気づいていないらしい。仮に気づいても、気づかぬ振りをするであろう。

事実、気づいたとすれば、その背後関係をも察知して、西奥の〝清掃〟から後代の再考にまで至るかもしれない。それこそ天下の一大事である。

すべてを察知しながら知らぬ顔をしているとすれば、江戸から学んだ粋の一種であろう。粋であるにしても、危険な粋である。

将軍であるがゆえに、賭けなければならぬ粋であるとすれば、警護を強化した英次郎一統は粋の外にある。

時代は経過し、年が変わって、また一つ歳を重ねた。天下の泰平は定まり、増えてくる人口と共に大名邸の移転が多くなる。道が四通八達し、足が増えてくる。

いまや「生類憐みの令」は「生類愛護令」に変わり、実質上、生類の中に人間が第一位を占め、犬、猫等がつづいている。犬が一位だったのは悪夢のような遠い昔話になっている。

気品ある梅の香りにつづくように、沈丁花《じんちょうげ》の芳香が漂うころ、北上してくる桜前線の便りが聞こえてくる。春は街角にたたずんでいる。

山地は依然として冬将軍が支配しているが、その先行きは見えている。

江戸城内にも、いずこからともなく沈丁花の香りが忍び込んで来る。

逢魔《おうま》が時、夕闇が城中に降り堆もる暮六つ、徒目付《かちめつけ》（城内保安役）が、

「下乗橋外《げじょうばしそと》、泊り鵜《う》も相見えませぬ」

と呼ばわる。

呼び声と共に、江戸城の一日が終わる。城中は静まり、宿直《とのい》の者は中奥に詰める。

今夜は大奥への将軍の渡御《わたり》はない。

夜が更《ふ》けていくにつれて、城中は無人のように森閑となる。沈丁花の香りがますます濃くなってくる。

宵《よい》の口に聞こえた町地のざわめきも、水を打ったように静まり返り、あたかも深山《みやま》の奥にあるかのような山気《さんき》が支配する。

深山であれば、遠方から風の声や水の流れる音が聞こえてくるかもしれないが、城中深く鼓膜《こまく》を圧するような静寂が屯《たむろ》する。

静かすぎるということは、騒がしさよりも耳につく。

中奥にある将軍の寝所の控の間に、貴和は宿直をする。宿直ではあっても夜は眠る。

廊下に面した宿直部屋には近習《きんじゅ》の不寝番《ねずのばん》が控えているが、不寝とは言葉だけで、平穏無事な夜に慣れすぎて、徒目付の「鵜」の声と共に、さっさと寝てしまう。

もっとも起きていたところで、なにか異常が発生しても、言葉通り翫具《おもちゃ》の夜警にすぎず、なんの役にも立たない。

貴和は御寝所の隣室に侍《はべ》り、床《とこ》に横になっても神経の半分は醒《さ》めている。半分ずつ交代に眠るという特技も、幼いころから身につけている。その特技をもって充分に不寝番の使命を果たせる。

深夜に至り、貴和の半醒《はんせい》している神経が異常な気配にかすかに揺れた。

半醒している神経中、視・聴・触・味には、なんの異常も感じていないが、嗅覚《はな》に極微のにおいが触れた。

なんのにおいか確認する前に、貴和の本能的自衛力がおのずから反応した。

常人には嗅《か》ぎ取れない極微のにおいを、催眠香と悟った貴和は、常備している抗眠香を放出した。

同時に、御寝所を目指して絞られている闇の気配を察知して、常人の耳には聞こえぬ忍者笛を吹いた。

床に横たわっていても武装している貴和は、直ちに床から脱けて、御寝所との間仕切りを開き、御尊体に膝行《しっこう》して、

「上様、異常な気配が迫っております。しばし騒がしくなりましょうほどに、隠し部屋（避難室）にお移りあそばしますよう」

と最低音で伝えた。

将軍はすでに貴和の気配を察知して、目を醒《さ》ましていた。

いざというときは将軍自身が戦力になることを、貴和は上野の件で知っていたが、自分が控えている限り、将軍を戦力に加えてはならぬと、自らに誓っている。

「苦しゅうない。余も戦おう」

将軍は、むしろ待ち構えていたような声を出した。

「なりませぬ。お一人の御尊体ではおわしませぬ。さ、敵は尋常の者ではございませぬ。一刻も早く御避難あそばしませ。私めが侍り奉《たてまつ》る限り、御尊体には一指も触れ

させませぬ」

貴和は断乎《だんこ》として言った。

貴和の気勢に押されて、さしもの将軍も素直に従った。

催眠香はますます濃厚になっているが、貴和が炷《た》いた抗眠香によって抑止されている。

宿直の間では催眠香の必要もなく、瓶具の不寝番が眠りこけている。彼らが目を醒《さ》まさぬほうが足手まといにならず、働きやすい。

敵の戦力は六、七名。貴和からでも数えられる距離に迫っている。いずれも超常の遣い手とみた。

英次郎一統が駆けつけるまで、貴和一人で支えなければならない。

仙石伯耆守からあたえられた待機室《まちべや》に眠っていた村雨と主膳は、眠りの底で忍者笛を聞いた。

床の上にがばと跳ね起きた村雨は、

(貴和、いますぐに駆けつける。保ちこたえろ)

一統に中継する笛を吹きながら、すでに蹄《ひづめ》で小屋の床を蹴って猛っているかさねに、主膳とともに跨《また》がった。

非常呼集に備えて、城門、城中を通過する手形があたえられている。

組屋敷に半醒半眠状態で待機していた英次郎は、村雨から中継されてきた笛を聞いて、一統を総動員した。

同居している陣十郎以下四人組は英次郎につづき、道之介は四谷の自邸から走る。念のために銀蔵と弥ノ助を、弦一郎の許へ走らせた。

笛の伝達によって、敵の兵力は六、七名と報告された。

主膳と村雨が現場に駆けつければ、一人で二人を相手にすればよいが、それまでは貴和一人で六、七名の敵兵力を支えなければならない。

貴和のことであるから、将軍を決して戦力に加えないであろう。

(貴和、頼むぞ。すぐに村雨と主膳が駆けつける)

英次郎は城を目がけて走りながら、いまにして江戸の広さをしみじみと感じた。

ここで御当代にもしものことがあれば、天下の泰平は崩れる。

御寝所に達した敵勢と向かい合った貴和は、愕然《がくぜん》とした。

六、七名と読んだ敵の兵力は、なんと十四名であった。多少の誤差はあるとしても、十数倍の兵力に、ただ一人で向かい合っている。
黒衣の集団は一塊《ひとかたまり》の闇のように押し寄せたが、貴和の目の前で、一個が二個に分断し、十四個に分かれた。

敵は、御寝所に近づくまで二人で一体、すなわち一人が一人を背負って、兵力を半分に見せかけたのである。

一瞬、絶望感にとらわれかけた貴和は、室内戦に対応して、短くした糸刃を旋回させた。

糸刃は何個かの黒衣に触れたが、いずれも鎖帷子《くさりかたびら》を着ているらしく、糸刃を跳ね返した。

貴和は屈せず、空転した糸刃を長押《なげし》に巻きつかせ、空間を移動しながら、目潰しを黒衣の集団に投擲《とうてき》した。

完全防備はしていたが、多少の打撃はあたえたらしい。

その瞬間を逃がさず、糸刃を分銅が先についた鎖に持ち替えた貴和は、黒衣集団の足を狙って、薙《な》ぎ払った。何人かの黒衣が足の骨を折られて、床に転がった。

「相手は一人だ。網を被せて押し包め」

男とも女ともわからぬ中性の声が命じた。

敵は黒衣に身を包んでいるが、貴和には既視感《デジャヴュ》があった。どこかで、この集団と出会っている。

だが、いつ、どこで出会ったか、咄嗟《とっさ》におもいだせない。おもいだす余裕もない。

間髪を入れず、薄黒い靄が広がり、貴和を包みかけた。

床を回転した貴和は、際どく逃れると同時に、靄の端を摑《つか》んで自身の回転力と共に強く引いた。黒い靄は投網《とあみ》の一種であった。

「襲《かさ》ねよ」

敵の頭領《かしら》が追加命令を下したときには、貴和は床に広げられた網の上を逆転して、敵集団の手許に迫っていた。

貴和の意外な動きに敵集団が狼狽《ろうばい》した一瞬を狙って、手許に手繰《たぐ》り寄せた糸刃を短かい半径で旋回させた。

半径を縮めれば攻撃範囲が狭くなるが、命中率と破壊力が増す。

第二の投網を握った敵の小手が、血飛沫《ちしぶき》と共に数本、離断された。

だが同時に、貴和は、攻防双方の力を使い果たしていた。

「いまだ。押し包め」

敵の頭領が叫んだ。

（これまで）

観念の眼を閉じかけたとき、戦闘場の外周から手裏剣が打ち込まれた。馬のいななきが聞こえた。

頭領の指揮下、整然と動いていた黒衣の集団が混乱した。

「貴和さん、大事ないか」

村雨の声が頼もしく聞こえた。

「生涯、腕なき腕の痛みをおぼえよ」

主膳の声と共に、切断された数本の小手が床に増えた。

「慌てるでない。増えたところで、たかが三人、毒煙を遣え」

敵の頭領が落ち着いた声で命じた。

たちまち煙幕が張られた。刺激性の強い煙が充満し、わずかに吸っても激しくむせる。黒衣集団は襲撃前から面体《めんてい》を隠す綿布《マスク》をかけている。

毒煙に包まれかけた三人は、おのれの身よりも、隠し部屋に避難した将軍の身を案じた。

気道《エアパイプ》は中庭につづいているはずであるが、御寝所から毒煙が隠れ部屋に漏れ入らないとは限らない。

騒動にようやく気づいた宿直の者が加わったが、黒衣の集団に、あっという間に斬り伏せられた。まさに甑具の宿直である。

だが、甑具ではあっても、黒衣集団との戦闘に牙《きば》を剝《む》いてくれた。

「貴和、逃すな」

主膳は、この隙間《すきま》を決して逃さなかった。緊迫した戦勢が甑具によって一瞬乱された間隙を縫って、三人同時に呼吸を合わせ、攻撃に転じた。

集中した兵力は、凄まじい破壊力となって敵中で爆発した。

分断された敵の兵力は、寡数の盛り上がる勢いに敵《かな》わない。

圧倒的優位を保っていた黒衣集団は、三人に掻《か》きまわされて乱軍となった。

「怯《ひる》むな。火をかけよ」

集団の頭領が命じた。英次郎が最も恐れていた奥の手を出そうとしている。

黒衣集団は八方から火炎を噴き出した。黒衣それぞれが、「手ノ内火」と称ばれる携帯火薬に一斉に点火して、移動しながら、噴水のように火炎を噴き出した。

中奥を火炎で満たせば、隠れ部屋に避難した将軍の安全は保障されない。

火の手がまわり始めると共に、黒衣集団は撤退をしかけた。

すでに火炎をまとった甑具が、一塊の炎となってのたうっている。耐火服を着ていない甑具たちは、火柱となって奥内を走りまわり、火の手を拡大している。

「妖火《ようか》という火術を用い、奥内より火を放たば、内奥の者共動転して、火を消さんとすれば同士討ちとなり、両軍乱軍となり、敵を防がんとすれば火勢ますます盛んとなり、戦わずして敵勢敗北す」

と、古い忍書に記述されている通りの状況となった。

彼らが面体を覆っていた鼻隠《マスク》しは、火術を使う前提であった。

圧倒的多数の敵兵力に、妖術と称ばれる火術が加わった。

黒衣集団は、火と煙中に姿を消しつつあった。

耐火服を着ていない三人は、敵に置き去りにされたまま、火の手に取り巻かれつつある。

そのとき、英次郎以下一統が駆けつけた。貴和と村雨と主膳は、それを待っていた。

あらかじめ英次郎より指示されていた、将軍御座所に新たに設けられて間もない繋《けい》索《さく》(引き紐)を引いた。

最近、仙石伯耆守を介して、英次郎の献策により、将軍御座所や御寝所の天井に、城内火災に備えた消火砂を設置した。

英次郎は城中防火のためと献策したが、

「城中防火とは不穏である」

と、伯耆守は失火の備えと言い換えて、極秘の消火装置を手配したのである。

村雨が繋索を引くと同時に、天井から大量の砂が散布され、室内に朦々《もうもう》たる砂煙が充満した。広がりかけた火の手は、あっという間に消された。

奥の手を封じられた黒衣集団は、攻守逆転して、兵力が充実した英次郎一統と向かい合った。

兵力はほぼ伯仲しているが、英次郎一統は盛り返す勢いに乗っている。

「畏《おそ》れ多くも御城内を徘徊《はいかい》する黒鼠《くろねずみ》めら、一匹たりとも生かして帰さぬ」

英次郎の言葉と共に、びゅんと空気を切り裂く音がして、貴和の恐るべき糸刃が弧を描いた。砂煙が鎮まった後を血煙が飛んだ。

「痴《し》れ者《もの》(馬鹿者)め。これで当代の居場所がわかった」

頭領がほくそ笑んだ。

消火砂は、特に隠し部屋を包むように設置されている。火は消えたが、隠し部屋の所在が黒衣集団に察知されてしまった。

火は天井から振り撒《ま》かれる消火砂によって消されたが、砂煙と火煙によって、濃霧のように視野が閉ざされている。

彼我共に同士討ちを恐れて充分に立ちまわれないが、勝手知ったる貴和に導かれて返す勢いに乗り、戦勢は有利に展開している。

御寝所の外張りに四人組が控え、一人たりとも生かして帰さぬ覚悟を示して、退去しようとする黒衣集団の前に立ち塞《ふさ》がった。

追撃は一統に任せて、英次郎は隠し部屋の前に占位して、迎撃の構えを取っていた。

島の休暇

黒衣集団の頭領《かしら》は、将軍の所在を突き止めながら、空手《からて》で帰るはずがない。この機会を逃せば、彼我共に決着がつかなくなる。

(来たな)

英次郎は、隠し部屋に集中した凄まじい殺気を感じ取った。敵は隠し部屋を押し破る自信があるのであろう。

「やはり、お主か」

「待ちかねておった」

集団の頭領と英次郎はほとんど同時に言葉を交わした。

砂埃《すなぼこり》がおさまりつつある。

戦闘は依然としてつづいているが、英次郎一統が勢いに乗っている。

黒衣の頭領を討ち漏らせば、当代への脅威は生きていることになる。

敵にしても将軍に肉薄する次の機会は、簡単には得られない。

英次郎と黒衣の頭領は、初めて一対一で顔を合わせた。

双方共に容易ならざる相手であることを察知した。これまで見《まみ》えた敵の中で、最強の手応えである。

敵にとって、隠し部屋の前に立ちはだかる英次郎は、厚い壁となっている。

同時に、英次郎に向かい合った黒衣の頭領は、これまで経験のない、途方もない殺《ころし》技《わざ》を秘めているのを本能的に悟った。

厚い壁が妖しい秘技をはね返すか、あるいは恐るべき技が壁を突き崩すか。共に一撃で勝敗が定まる。

砂煙は鎮まり、両人相互に完全に視野に入った。剣機が熟しつつあった。

黒衣の集団は、一統によって悉《ことごと》く床に倒れており、貴和以下一統は、一対一で対《たい》峙《じ》している二人を遠巻きにして手出しができない。

それほど間合を保って睨《にら》み合っている二人には、他の者を寄せつけぬ結界《バリヤー》が張りめぐらされているように感じられた。

そのとき、中奥の騒動が伝えられたか、感じ取ったか、おそでが手当て箱を抱えて現場に駆けつけて来た。

それが均衡を崩すきっかけとなった。

彼我共に間合が詰められ、英次郎の必殺の一撃が振り降ろされると同時に、彼の視野が真っ赤に染められた。

一刀両断された頭領の口から火炎が放射された。英次郎の顔面を焙《あぶ》ると同時に、頭領の首は火炎を噴きながら宙に飛び、床に落ちて弾んだ。

幼いころから体内に燃料を蓄え、吹き矢の要領で噴き出す際に着火して、間合にとらえた敵に炎を放射する、恐るべき火術である。

英次郎は火炎に眼を焙られ、視野を失っていた。

だが、追撃は来ぬまま、頭領の身体が床に崩れ落ちた音を聞いた。

後《ご》の先《せん》を取られていれば、もはや次の打撃を防ぐ術はない。

茫然《ぼうぜん》として、頭領の血を吸ったばかりの剣を杖にして立ちすくんでいる英次郎を支えたのは、おそでであった。

床に転がった頭領の首は、火炎を吐き尽くし、切り口を床につけて止まった。

おそでが手早く濡れた手拭いを英次郎の眼に押し当てて、冷やした。

「小菊……」

床に落ちた弾みに覆面が取れた首の主を見分けた村雨が、驚いた声を出した。

幕府の秘匿《ひとく》暗殺集団猿蓑衆第二軍の統領小菊が、当代将軍の生命《いのち》を狙った刺客であった。

（まさか……）

おそでに、爛《ただ》れた眼を冷やされ、充分視力の回復しないまま、英次郎は村雨の言葉が信じられなかった。

「上様。お騒がせいたしましたが、鼠《ねずみ》は追い払いました。お出ましなされませ」

貴和が隠し部屋の扉《と》に声をかけた。

村雨が開いた扉の奥から、当代が姿を現わした。

「御寝所を騒がし、穢《けが》し奉《たてまつ》り、申し訳ございませぬ」

英次郎は、まだ回復しきらぬ眼を閉じて、床に平伏した。

床は、彼我《ひが》の凄まじい戦いの跡を残したままであるが、隠し部屋の中に当代を閉じ込めておくわけにはいかない。

「其《そ》の方《ほう》どもの働き、決して忘れぬ。余の一命がここにあるのは、偏《ひとえ》に其の方共の働きによる」

当代自ら床に膝《ひざ》をつき、頭を下げて謝意を表したのに、一統は驚いた。

「畏《おそ》れ多いことにございます。何卒、何卒、御尊顔をお上げくださりませ」

と、英次郎は恐縮のあまりさらに床に這《は》った。

一同が従った。おそでだけが怪我《けが》人の手当てのために、忙《せわ》しく立ちまわっている。

御寝所内は惨憺《さんたん》たる状況を呈している。

床に倒れているのは黒衣集団の者ばかりである。死体の間に、まだ息のある者が呻《うめ》いている。

血の海となった床に、刃こぼれした刀や、銃器と共に、切り裂かれた肉片や、耳朶《みみたぶ》や、指などが散乱している。

英次郎一統も血まみれであるが、いずれも生命に別状ない軽傷であり、自らの出血に、敵の返り血を浴びて凄まじい姿になっている。

間仕切りの襖《ふすま》や障子は悉く打ち破られ、蹴破られている。

その間を、おそでが敵・味方の差別なく、重傷者から手当てをしている。

翫具の宿直には、死者や重傷者が出ているが、英次郎以下一統は血まみれになってはいても、敵の返り血であり、いずれも軽傷で、深刻な損傷《ダメージ》は受けていない。

床の上に転がり落ちている敵の頭領の首を見て、さすがのおそでもぎょっとしたようであるが、手当てをする手を休めない。

「息のある者が反撃するやもしれぬ。敵の負傷者には近づくな」

と英次郎は制止したが、

「怪我人はすべて私の患者です」

と、いつもと変わらぬ言葉を返して、手当てをつづけている。主膳と貴和が、それとなくおそでを護っている。

突然、おそでが手当てする手を止めて、負傷者の間に転がっていた頭領の首を確かめて、

「おせんさん」

と声を上げ、離断された頭領の首を両手で抱え上げた。

「おせん……」

おそでが発した言葉を聞いて、英次郎は愕然《がくぜん》とした。

おせんは、西城の大奥の御年寄、絵島《えじま》のお末《すえ》（下女）で、行方を晦《くら》ましていると聞いた。

そのおせんが黒衣集団の頭領であり、村雨が猿蓑衆第二軍の統領小菊であることを確認した人物だった。

これまで気がつかなかったのは、男の声に変声していたからである。

黒衣集団の頭領の正体は小菊すなわちおせんであった。案じていた通り、幕府の秘

匿暗殺集団が、当代の命を狙ったのである。

黒幕は柳沢吉保や、その背後に隠れている巨大な敵にちがいない。

おそでは丁寧に小菊の首を清拭《せいしき》すると、丁重に手当て布に包んだ後、再び負傷者の手当てにあたった。

小菊以下多数の死傷者を出した猿蓑衆第二軍は、崩壊した。

猿蓑衆の当代襲撃は厳重な箝口令《かんこうれい》が布かれて、その詮索《せんさく》も行われなかった。

当代の危機を救った英次郎一統に対しては、当代が額を床にこすりつけんばかりにして謝意を表示しただけであり、特に褒賞《ほうしょう》はなかった。

英次郎以下も、そのことに対しては、不満はない。褒賞があっては、箝口令を布いた意味がなくなる。

ともあれ、猿蓑衆の絶滅により、当代将軍の危機は去った。

柳沢吉保は我関せず焉《えん》の鉄面皮《てつめんぴ》で、背後関係にも、なんの動きも見られない。

そのとき、英次郎の胸に不吉な予感が走った。彼の予感はよく当たる。動物的な本能といってもよい。

そして、英次郎の予感は当たった。

おそでを除く英次郎一統は、評定所の命により捕縛《ほばく》された。

英次郎一統の裁判は、龍《たつ》ノ口《くち》、伝奏《てんそう》屋敷脇にある評定所において、大目《おおめ》付《つけ》・目付・町奉行の三手掛《みてがかり》の立会いで行われた。

評定所で行う裁判は、御目見《おめみえ》以上の武士に関わる事件で、寺社・町・勘定の三奉行の所管が相互に関係しているものなどである。

この中で、将軍の直裁《ちょくさい》以下、閣老直裁、五手掛、四手掛《よつてがかり》と並ぶ中で、三手掛は大目付・目付・町奉行（原則）の立会いによる、軽いほうの裁判に属している。

英次郎が予感したように、幕府の秘密に近づきすぎたための裁判ではあっても、一方で、その裁判そのものを大がかりにして、英次郎一統の幕秘《ばくひ》接近を周辺に察知されたくないという上の意識がわかる。

当代の配慮の下の三手掛、それも形式的な立会い裁判である。

老中といえども、遠島《おんとう》や死刑を言い渡すためには、将軍の許可を要する。つまり、英次郎一統の処罰には、当代の内意があることがわかる。

したがって、大目付仙石伯耆守《ほうきのかみ》以下、町奉行、目付の吟味《ぎんみ》は、まさに形式にすぎず、一方的に八丈島遠島を言い渡しただけである。

つまり、表向きは三手掛であるが、内実は将軍御《お》直《じき》裁判である。三手掛は偽装《カムフラージュ》にすぎない。

理由は、お上に対し叛意《はんい》これあり候あいだ、不届き至極。よって八丈島《はちじょうじま》へ遠島申し付くるものなり、という下達《かたつ》である。

まさに青天霹靂《へきれき》の達しであった。

当代将軍の一命を救い、平伏までされた一統が、謀叛人として遠島とは、我が耳が信じられない。

だが、英次郎は、来るものが来たとおもった。

一統は幕府の秘密に近寄りすぎたのである。

確かに、英次郎一統によって当代は地獄の門前で救われたが、一言でもその秘密が外に洩れれば、幕府崩壊の緒《いとぐち》になりかねない。

遠島ではあっても、大島と並んで最も軽い八丈島流しは、当代のせめてもの情《なさけ》ではないか。

道之介や主膳がいきり立つ前で、

「この遠島は、長くはないとおもう。すべては御当代の胸の裡《うち》にあること。ここは潔く刑に服そう」

と、英次郎は説得した。

「我ら一統が島流しになれば、だれが御当代を護るか」

道之介が問うた。

「その心配は無用。猿蓑衆なきいま、もはや御当代を狙う者はおらぬ」

「そのように言い切れるのか」

「言い切れなければ、配流《はいる》を受けぬ。我らの配流によって、御当代の安全は保障される。もしこの先、御当代を狙うような者があれば、黒幕が明らかになる。自らの首を絞めるようなことはせぬ」

英次郎の自信に満ちた声の前に、一統は渋々ながら同意した。

黒幕は御後代の背後に隠れているが、猿蓑衆壊滅後、当代に手を出すようなことがあれば、自らの首を絞めるようなものである。

後代は、背後の黒幕の暗躍を知らない。手足である猿蓑衆を失った黒幕は、身動きができなくなっている。

黒幕は、幕府最強の秘匿暗殺軍団が、かくも脆《もろ》く英次郎一統に蹴散らされようとは、おもっていなかったようである。

長くて一年、それ以上長ければ、島抜けをしてもよい。

それにしても、大奥年寄のお末に化けていた小菊には驚いた。

小菊を討たれて、黒幕の間部詮房は愕然としたであろう。

後代に権力を引き延ばそうとして擦り寄って来た吉保に、子飼いの猿蓑衆を使わせて、当代の暗殺を企んだのは詮房にちがいない。

だが、最強の刺客を英次郎に討たれて、詮房は黒幕を剝《は》ぎ取られ、吉保は強い私兵を失った。

当代の将軍が腹を立て、家宣を廃嫡《はいちゃく》して、御三家の中から別の後代を選び直せば、詮房や吉保は一挙に失脚してしまう。

当代が英次郎一統を八丈島に流したと知って、後代の取り替えはないとわかった。いったん決定した後代の取り替えは、幕府の威信を失墜させる。当代としてもやむを得ぬ処置であろう。

詮房や吉保はひとまずほっと胸を撫《な》で下ろしたであろうが、彼らの連携は切れた。詮房は、猿蓑衆と吉保を介してつながっていたことが暴露されれば、後代の政権に関われなくなる。

また、吉保は詮房と断絶すれば、権力を次期政権につなぐどころか、速やかに失脚する。ここは両名共に知らぬ顔を通す以外にない。

英次郎が当代の安全を保障したのは、黒幕が暗躍した背後関係を完全に読み取ったからである。

新井白石と共に、綱豊を後代に押し上げたまではよかったが、一向に政権を譲ろうとしない当代将軍に、焦って猿蓑衆を動かしたのが発端である。

詮房は焦りすぎた。綱豊が後代に指名され、西城に移ったときから、ゆったりと構えているべきであった。

お喜世の方と男と女の関係に入り、お喜世の方の胎内に自ら播種《はしゅ》しようとしたのがまちがっていた。

頭の切れる詮房は、英次郎が小菊を討ったと聞いて、すでに彼に黒幕の正体が知られたことを察知したであろう。

当代が英次郎一統を配流したのも、幕府の根幹に関わる秘密を守るためであることを、それとなく詮房に伝えて、自粛するように命じたのである。

つまり、すべてを知っていると、当代は詮房を恫喝《どうかつ》した。この度は許すが、次は許さぬと、暗黙の裡《うち》に言い渡したのである。

英次郎一統は八丈島配流を言い渡された後、船出の日まで、小伝馬町《こでんまちょう》の牢屋敷内の遠島部屋に入れられた。

本来なら遠島先は出帆前夜まで伝えられないが、町奉行から八丈島と下知された。

牢内とはいえ、揚がり座敷は娑婆《しやば》（市中）の住宅内と変わらず、食事も寝具も囚人とは別格の、市中と同じ品が供された。囚人とはおもえぬ特別待遇である。

一統は牢屋敷に十日滞在して、霊岸島《れいがんじま》の船番所から流人《るにん》船に乗り込み、鉄砲洲《てつぽうず》沖に三日間、滞船後、品川沖へ進み、再度、風待ちした後、本州最後の地、下田《しもだ》へ向かう。

「当分、江戸の見納めだ。よく見ておけ」

英次郎は一統に告げた。

「八丈島にも岡場所（私娼窟）はあるのか」

道之介が心配そうに問うた。

「そんなものがあるか」

主膳が莫迦《ばか》にしたように言った。

「心配することはない。岡場所はなくとも、美《い》い女がごろごろしている。流されて、島の女を妻にして、江戸にいたときよりも優雅な暮らしをしている者もいるぞ」

遠島経験のある陣十郎が言った。

四人組はすでに配流され、島抜けをした古強者《ふるつわもの》であるだけに、舟遊びに行くような顔をしている。

おそでは、かさねに跨《また》がって鉄砲洲から品川まで追って来た。

「島で病いに罹《かか》ったら、とりあえず対応できる薬を一通り揃えております。能書《のうが》きをよく読んで使って下さい」

かさねの背から降りたおそでが、薬箱を差し出した。

頭風《ずふう》（頭・喉・気管支）、阿倍岐《あえぎ》（呼吸器）、之波不岐《しわぶき》（咳）、欧吐《おうと》（食中毒など）、知波久《ちはく》（唾血）、加女波良《かめはら》（腹痛）、痢《り》（下痢）、衣夜美《えやみ》（瘧《おこり》）、岐波無夜万比《きばむやまい》（黄疸《おうだん》）、癪《しゃく》（胃痙攣《けいれん》など）、疝気《せんき》（下腹痛）、苦船《くせん》（船酔い）、己許呂《こころ》惑い（鬱《うつ》）、加佐保《かざほ》路之《ろし》（発疹《ほっしん》）、火焼《ほやけ》、解毒《げどく》、その他、耳、眼、鼻、口唇、歯、風邪《かぜ》、便秘、などの心身をカバーするおおよその薬が取り揃えてある。

おそでの行き届いた配慮に、一同は感動した。

出帆《しゅっぱん》のときがきた。纜《ともづな》を解《と》き、船と桟橋の間に海面の距離が開く。

「お帰りの一日も早いことを、お祈りしています」

おそでが涙ぐんで手を振った。

「おそで先生、なにか事あれば、死して魂《たま》となりても駆けつけまする」

主膳、貴和、弥ノ助、四人組などが声を揃《そろ》えて言った。

「皆さまに、なにか事あれば、私のほうからお上に願い出、馳《は》せ参じまする」

おそでが頰《ほお》を濡らしながら、精一杯声を張り上げて答えた。

その声も双方の間に開く距離によって遠ざかっている。

そのとき、岸辺に盛大な水飛沫《しぶき》が立った。

なにごとかと陸船双方の視線が集まった海面に、かさねが飛び込んで、必死に流人船を追っている。

「かさね、戻りなさい」

「かさね、岸へ戻れ」

陸と船の上から、おそでや英次郎一統が、船を追うかさねに声を集めた。

だが、かさねは言うことを聞かず、一心不乱に流人船を追いつづけている。

船上の一統とおそでには、かさねの気持ちがわかっていた。

かさねは動物であるが、一統の一人（一頭）であるとおもっている。医師のおそでは陸に留まっても仕方がないが、一統の一人のつもりでいるかさねは、自分も一緒に行くと自己主張しているのである。

かさねは、もはや陸地へ泳ぎ返せぬ距離に来ていた。

「船頭さん、待ってくれ。あの馬を乗せてくれ」

英次郎は言った。

「途方もないことを申すな。船手頭から馬を乗せよとは言われておらぬ」

流人船の指揮を執る小頭《こがしら》が拒否した。

「あの馬を乗せなければ、我ら一統、実力をもってこの船を奪い、島へ渡るぞ」

英次郎が声をかけた。同時に一統が凄まじい殺気を放射して、小頭、船頭、水夫《かこ》、船牢の鍵役《かぎやく》、水夫数名を取り囲んだ。

いずれも一騎当千の流人から殺意を集められて、小頭以下乗組員はすくみ上がった。

「船足を緩めよ」

英次郎の命によって船速を落とした流人船に、かさねは追いついた。

一統全員が手を伸ばして、かさねを船上に引っぱり上げた。

流人船は五百石積み。かさねが〝船客〟に加わって少し狭くなったが、全員歓迎している。

陸上からも、おそで以下随従者が手を振り、かさねが〝乗船〟したのを見届けて、喜んでいる。

後になって気づいたことであるが、おそでが用意した薬箱の中には、馬の薬も入っていた。

おそでは事前から、かさねが流人船を追いかけ、乗船することを予測していたようである。

一統が運ばれる流人船は、その後、伊豆国下田の番所に留船《りゅうせん》後、形式的な流人改めを受けた後、流人始末書(流人手形)を番所に納めて、いよいよ目的の島に舳先《へさき》を向けた。

航路は穏やかであり、八丈島へ着いた。

波止場では、島の有力者である、地役人《じやくにん》、名主《なぬし》、組頭、書役《かきやく》、網元《あみもと》、流人頭、船主などが悉《ことごと》く顔を揃《そろ》えて出迎えた。

「大した出迎えだな。まさに島の領主の入府(入国)を、有力な領民たちが総迎えしているようだ」

流人経験者の陣十郎以下四人組が、大層な出迎えに驚いた。

桟橋に着船して英次郎一統が上陸すると、島で最高の有力者の、地役人および名主が丁重に出迎えの挨拶《あいさつ》をして、名主の屋敷に案内された。

驚いたことに、屋敷内の大広間に歓迎の宴席が用意されており、選ばれた女たちが美しく装って迎えた。

とうてい流人を迎える対応ではない。江戸からの要人を迎えるような、最高の接遇《もてなし》であった。

島の人間の中には、根津陣十郎以下四人組をおぼえている者もいた。

美女たちの歓待を受けた後、割り振られた当座の居所に案内されて、再び驚いた。

いずれも木の香も新しい家が、一人一家屋ずつ提供されている。かさねの小屋までが、上陸後、用意された。

家の中には清潔な寝具と共に、暮らしに必要な家具や、細かな日常道具が用意されている。

「我らを各戸に分散させて、討ち取るつもりではないのか？」

と、道之介がささやいた。

「それにしては家がかたまっている。闇討ちをしたければ、それぞれの家に距離を置くはず」

主膳が言った。

言われてみれば、各家から声をかければ届く距離に、一統の住居が並んでいる。

島は本当に一統を歓迎していた。

(これも御当代の配慮であろう)

英次郎は心中うなずいた。

一統は流人ではなく、島の賓客《まろうど》として待遇されている。

「岡場所の女よりも、はるかに美形が揃っておる。名主が、お気に入りの女があればどうぞお持ち帰りを、と耳打ちしよったぞ」

道之介があからさまに喜んでいる。

「あまり欲張るなよ」

英次郎はやんわりと釘《くぎ》を刺した。

「心配無用。おれが選ばなくとも、先方がおれを選んでおる」

と、道之介は自信たっぷりに答えた。

当初、遠島と聞いたとき、道之助は憤慨したが、いまは喜んでいる。

「流刑でなく、流行（持て囃《はや》される）だな」

道之介は、はしゃいでいた。一統の他の者も、悪い気持ちはしていない。

「我らの遠島とは、島がちがったように感じられるわ」

陣十郎が信じられないような顔をしている。他の三人も驚きから覚めていない。

いずれにしても、島人《しまびと》に邪気は感じられない。

接遇に当たった島の女たちも、江戸から来た男たちを歓迎しているようである。

女たちの中には四人組をおぼえている者がいて、〝帰島〟したことを喜んでいる。

四人が再度、遠島を下知されたのではなく、本人たちの意思で帰って来たとおもっているらしい。

江戸を追放された一統は、流人として島での過酷な暮らしを覚悟していたが、流刑地に上陸して、賓客として接遇され、驚いた。

道之介などは、新築の住処《すみか》をあたえられ、美女に痒《かゆ》いところに手が届くような、日常の暮らしの世話をやかれ、鼻の穴を脹《ふく》らませている。

「島の暮らしは江戸よりもずっとよい。このまま一生、島に腰を据《す》えてもいいな」

と太平楽なことを言った。

しかも、その暮らしの費用はお上から出る。

江戸の日々のような緊張と退屈はなく、山を背負い、海に囲まれた大自然の中で、安全と経済が保障されている。

一統は生まれてからこれまで、このような体験をしたことがなかった。

島人の人情は厚く、潮騒《しおさい》と共に目を覚まし、美しい侍女が、新鮮な海の幸を盛った朝食を運んで来る。

昼は海へ出て魚を釣り、貝を漁《すなど》る。時には漁船に便乗して沖釣りを楽しむ。

時折、便船が江戸から奢侈《しゃし》品や嗜好《しこう》品を運んで来る。眠くなれば、浜や木陰や、家に帰って昼寝をする。昼寝の夢の中にまで、芳《かぐわ》しい潮の香りと潮騒が侵入してくる。美しい侵入者である。

昼寝から覚めれば、侍女がうまい茶を淹《い》れ、便船が運んで来た嗜好品を添えて差し出す。

一統は、希望する島民を集めて、それぞれ得意な学の講義や、武道の稽古《けいこ》を施《ほどこ》す。

稽古の合い間、貴和は、回遊してくるイルカの群を呼び寄せた。

貴和が吹く指笛に応じて、イルカの群が島に近づく。海面から跳ね上がる姿に島民たちは仰天し、貴和を「イルカの女王」と呼んで尊崇《そんすう》した。

一統と島民たちが親しくなるほどに、島での暮らしはますます快適になった。

関ヶ原の戦いに敗れ、一統よりも前に配流された宇喜多秀家《うきたひでいえ》の子孫たちとも親しくなった。一統が島民と流刑者の差別をせずに等しく扱ったので、彼らの尊敬を集めた。

流人の中には幕法に触れた旗本、僧侶、医師、文人、各種職人などがいて、彼らが築き上げた流人文化がある。

流刑者たちの中には凶暴な者もいたが、一騎当千の一統の前では、借りて来た猫のように縮こまっている。

充実した一日が終わりかけると、落日が水平線に林立する雲の峰《みね》を赤く染める。季節によって日没の時間は異なっても、洋上に堆み重ねた夕闇が次第に濃くなるのに比例して、海は遠方から黄昏《たそがれ》を呼び、西の残照が東の空に反映して、西以上に、東に置き去りにされた雲の峰を彩っている。

海・山・空共にとっぷりと昏《く》れると、昼間はそれぞれに過ごした一統が英次郎の家に集まり、夕食を共にする。

そこに島民たちも加わる。夕食の膳には、江戸から運ばれて来た江戸の味も載っている。

そして、床に就くまで、碁や将棋、雑談、所持品を賭ける賽子《さいころ》遊びなどに耽《ふけ》る。

道之介は懇《ねんご》ろになった複数の島の女を〝巡回〟するのに忙しい。

主膳、貴和、村雨、弥ノ助は猫を飼い始めて、溺愛《できあい》している。

毎日が、なんの予定もないはずであるが、充実していて、結構忙しい。

その充実の合い間に、英次郎はかさねに跨《また》がり、島内の隅々まで見てまわった。

かさねも島へ来てから、ますます生き生きとしているようである。

江戸では勝手気ままに歩けない。伯耆守を城中に運んだときは、下城して来るまで、城内の厩《うまや》でじっと待っていなければならない。

英次郎やおそでを乗せても、歩く通りはおおかた定まっている。島では時には手綱を解かれて、だれも乗せず、島内を風の吹くまま、気の向くまま、自由に歩き、走りまわることもある。

英次郎は、遠島の沙汰が下ったとき、幕秘に近づきすぎたための処刑とおもったが、いまになって、当代から下賜《かし》された褒賞の休暇であると悟った。

だが、当代の危機は当面ないとはいうものの、将軍の親衛は翫具《おもちゃ》だけである。一朝事あるとき、当代は裸である。

一統は島の暮らしが気に入り、終《つい》の住処にしたいと言いだしているが、江戸へ呼び返される日が必ず来ることを、英次郎は覚悟していた。

便船が、英次郎宛のおそでの手紙を運んで来た。

江戸は一見、平穏無事ではあるが、城中の空気はかなり変わっていることを伝えた。

柳沢吉保は依然として大老格ではあっても、実権はほとんど失われ、御後代家宣の側妻《そばめ》お喜世の方、および側近の間部詮房、新井白石などの勢力が強くなっているという。

そして、

「英次郎様のご帰府が、一日も早いことを祈っています」

という文言で結んでいた。

英次郎もおそでに会いたかった。このまま島に留まれば、英次郎の手が伸びるのを待っている侍女と懇ろになってしまう。そうなったら帰れなくなる。

彼自身も、島の暮らしの心地好さが江戸への郷愁を超えつつあることを悟っている。

流されて、早くも一年が経過した。

一統は島の生活に馴れた。時折、永遠の郷愁のように、江戸の日々がおもいだされたが、島に根を下ろしつつある。

離島対海賊戦

この間、一統は奇妙な体験をした。

ある日、浜の方が騒がしいので様子を見に行ったところ、異国船が碇泊《ていはく》して、異人が水や食料を求めていた。

背が高く、髪は茶色で、まったく理解できない言葉を遣《つか》っている。相互に身振り手振りで、ようやく意思を疎通《そつう》している。

家康が江戸に開府後、三代家光の時代に鎖国令《さこくれい》が出され、海外への渡航や、異国との交易が禁止された。

だが、本土から遠く離れている島に異国船が寄港するのを妨《さまた》げられない。

彼らは地球の裏側のほうから、遠洋航海途上、食料や飲み水を使い尽くして、島に救いを求めて寄港したらしい。

これを無下《むげ》に追い払うのは人道に反する。彼らは謝礼に異国の珍しい品を残していった。

異国の品々の中には、禁制品らしい怪しげな物品もある。

英次郎が気に入ったのは、異人がカヒ（コーヒー）と称《よ》んでいた茶色い豆や、金属製の脚が何本もある匙《さじ》と箸《はし》の中間のような食器である。

さらに驚いたのは、墨を使わずに字が書ける筆であった。

下り物よりも便利で、質がよさそうである。

英次郎が気になったのは、乗組員の中の数名の視線が、島の女たちに集まっていることである。

長途航海中、女早《おんなひで》りの乗組員が、島の女に目を吸い寄せられても異とするには足りないが、彼らのぎらぎらした目が引っかかる。

その異国船は、飲料水や必要物品を島で補給し、友好的に離島していったが、異国の海賊船が寄港したら、どうなるか。

雲右衛門一味の火兵（火器）と戦った英次郎は、異国の強力な武器を知っている。

異国の海賊船が大挙して襲来すれば、島は護りきれない。江戸から援軍を呼んでも間に合わないし、彼らがいつ襲来するかもわかっていない。

それに、救援を求めたとしても、鎖国を国是とした幕府が、本土から遠く離れた小島に、いつ来襲するかも不明な異国の海賊に対応するために援軍を派遣することは、まずないであろう。

離島は自衛する以外にないであろう。

異国船が離島した後、英次郎は一統を呼び集めて、寄港異国船から感じた危惧《きぐ》を伝えた。

「まさか、異国の海賊船が、この島を襲うことはあるまい。寄港した異国船も海路に迷ったのではないのか」

道之介が言った。

「この島が異国の海図に載っていれば、今後も寄港する船があるやもしれませぬ」

海に詳しい貴和が言葉を引き継いだ。

「本土から遠く離れたこの小さな島を襲っても、大した収穫《えもの》はあるまい」

主膳が口を開いた。

島は時折、江戸から来る便船によって、食料や生活必需品の補給を受けており、不足分は漁や、島内の農耕、つまり島民の生産、加工によって補っている。

「海賊船の狙う獲物は、金品や食物や水だけではありません。島には、鄙《ひな》には稀《まれ》な美形の女性《にょしょう》が、他の島に比べて多く集まっております。噂《うわさ》を聞いた異国、あるいは本土近海に潜《ひそ》む海賊船が襲わぬとも限りませぬ。相応の護りを固めておくべきではありませぬか」

と、村雨が貴和の意見を承《う》けた。

「まさかとはおもうが、襲われてからでは遅い。万一の護りを固めておくに如《し》かず」

陣十郎以下四人組もうなずいた。

英次郎の言葉が結論となった。

「強力な異国の武装船に襲撃されれば、島はひとたまりもない。一騎当千の一統が揃《そろ》っていても、船上の火兵対陸上の白兵（刀や槍）では勝負にならない。島内には島民の他に百数十人の流人がいるが、ほとんど戦力にならない」

英次郎の提言によって、一統は水練の強者《つわもの》貴和や村雨の指導のもと、浜辺から泳いで異国船に奇襲をかける訓練を始めた。

海賊たちを島内に誘い上げ、罠にかけるために、袋小路《ふくろこうじ》や落とし穴を各所に設置した。

また、若い女は、海賊の目に触れぬよう、怪しげな船を見かけると同時に隠れる避難所を設けた。

四人組の一人、野村幸介《のむらこうすけ》は、小西家中花火師の弟子であり、彼自身も花火をつくる。

幸介は島で産する硫黄《いおう》と木炭と硝石を用いて、独特の花火玉を製造した。硫黄と木炭だけでは爆発しない。これに酸化剤を混合して、初めて爆発力を持つ。武装十分な異国船に対して、どれほどの抵抗力があるかは不明であるが、ないよりはよい。

海と山に囲まれ、純朴《じゅんぼく》な島民に助けられ、島の鄙には稀な女性にかしずかれ、いささか箍《たが》が緩んできていた一統は、寄港した異国船から、本来の戦士に戻る契機《きっかけ》をあたえられた。

あるいは杞憂《きゆう》に終わるかもしれないが、それならそれで幸いである。異国の海賊となれば、相手にとって不足はない。

「そう言われてみれば、異国船の寄港はこの度が初めてではありません。べつに御禁制の交易をしたわけでもなく、航海途上、水や食べ物が不足して、助けを求めてきただけでございます。これを断れば人道に背くことになり、でき得る限りの手当てをしただけでございます。

異国船はなんの悪さもせず、感謝して航海をつづけていきました。お上の鎖国令にも触れておらず、海の旅人を助けただけにございます」

島の名主の言葉によれば、これまで異国船による被害を受けたことはないようであるが、信用はできない。お上に聞こえては都合の悪いことがあるかもしれない。名主や地役人、流人頭などが共謀して、御禁制の交易を密かにしている疑いもある。

この島が他の離島に比べて格段に裕福なことも、その資金源が異国船にあるなら不思議はない。

お上の監視が離島にまで届かないことを利用して、密交易による甘い汁を吸っている可能性は充分に考えられる。

英次郎一統を客扱いしているのも、いずれ甘い汁を吸う共犯者に引っぱり込む下敷きではないかと、英次郎はおもった。

春が行き、夏が近づいている。夏から秋にかけては、南の海に発生した暴風雨が、年間平均十一個ほど接近してくる。島では季節を問わず暴風雨を台湾坊主《たいわんぼうず》と称んで恐れている。

英次郎一統が流された昨年は、比較的暴風雨が少なく、島民はほっとしていた。

昨年は今日《こんにち》の小笠原諸島の守り神のような濃風帯《のうふうたい》（高気圧）がしっかりと煮詰まっており、台湾坊主を跳ね返してくれた。

だが、今年も小笠原の濃風帯が守ってくれるとは限らない。

一統は、来るか来ぬか不明の異国海賊船に備えて、訓練を怠《おこた》らなかった。

島の暮らしに怠惰《たいだ》になりかけていた一統にとって、海賊の襲撃を予想しての訓練は、励みになった。

「海賊が来なければ、宝の持ち腐れだな」

道之介がつぶやいた。

彼一人は、英次郎の対海賊危機管理訓練に懐疑的であった。

「毎日遊んで暮らしていては、髀肉《ひにく》が肥えるばかりでしょう。それこそ宝の持ち腐れとなりますよ」

村雨がやんわりと言った。

「おれは、どちらかといえば髀肉の嘆《たん》よりも、指が節くれだつほうが困る」

「指は指でも、侍女からもらった貝細工の指嵌《ゆびはめ》（指輪）が抜けなくなると困るのでしょう」

貴和に揶揄《やゆ》されて、一同がどっと笑った。

四月半ばとなり、梅雨《つゆ》の前触れ、走り梅雨が駆け抜けた夜、かさねが落ち着かなくなった。

つづいて村雨が、一統の家をつなぐ用心綱を引いた。

そら来た、とばかり英次郎の家に集合し、浜に出た。

黎明《れいめい》が兆《きざ》しかけている沖合に、いつの間に近づいたのか、明らかに異国船の輪郭が海面に投影されている。

一見して和船の千石積みを超える巨大な帆船が、次第に明るくなる昧爽《まいそう》（あかつき）の海面に揺れる影を落としている。

帆装《はんそう》は三本マストであり、舳先《へさき》が鋭い角のようになっている。

敵船を突き沈める角であり、突き出たその先に、遠方まで目が利く村雨が、大砲のような影を認めた。

舷側《げんそく》には砲塔を装備しているらしい窓が開いている。

交易船であれば、武装はしていないはずである。明らかに軍船《いくさぶね》であった。

（ついに来た）

英次郎の予測が的中したのである。

「どう対応しますか」

村雨が英次郎に問うた。

「やつらをできるだけ多く陸《おか》へ引き上げろ」

英次郎が命じた。

敵の上陸を阻止するとおもい込んでいた一統は、首を傾げた。

「海上にいる武装充分の異国船と戦っても、勝ち目はない。まず、できるだけ多数の敵を陸上に引っぱり込め。その後ゆっくりと料理する」

英次郎は自信のある口調で言った。

「きゃつらが簡単に上陸するかな」

道之介が懐疑的な声を出した。

「島の女性を、敵船からよく見える浜辺に並べよ」

英次郎は意外な命令を出した。

「それでは、女どもが真っ先に餌食にされてしまう」

道之介が抗議するように言った。

「敵が上陸すると同時に、女性は避難所に隠す。波打ち際に一歩でも上陸した者は、鏖《みなごろし》にせよ」

「それはいささか乱暴ではござらぬか。彼らが海賊と決まったわけではない。水や食料を求めに寄港したのかもしれぬ」

陣十郎が異議申し立てをした。

「武装充分の異国船が、早暁《そうぎよう》密かに島へ忍び寄っている。きゃつらの魂胆は見えている。恐らく艀《はしけ》（上陸用小舟）に分乗して、上陸を図るやつらは、鉄砲を持っているにちがいない。

鉄砲装備の艀が交易に来るはずはない。鉄砲を一挺でも認めたら、一人たりとも船に帰すな」

「上陸した敵が一人も帰船しなければ、母船は島に向けて砲撃を加えるのではないか」

主膳が問うた。

「島の美形を総動員する。長途の航海で飢えた狼《おおかみ》は、涎《よだれ》を垂らしながら上陸して来るであろう。そこを島の選り抜きの海女《あま》が待ち伏せして、艀を転覆《てんぷく》させる。

その間に、敵の艀とすれちがいに、村雨、貴和、その他、水練の達者な者が母船に奇襲をかける。恐らく母船には大した人数は残るまい。奇襲部隊が母船を襲えば、ひとたまりもあるまい」

英次郎の落ち着きはらった言葉に、一同は勇躍した。

陸に這《は》い上った狼どもは、狼ならぬ袋の鼠となる。

昧爽の空と海は刻々と明るくなってきた。

いまや、はっきりと船影が輪郭を現わしている。

舳先は槍のように尖《とが》り、大砲を据《す》え、舷側に砲口が覗《のぞ》いている。窓が開いている。

明らかに軍船であった。

浜辺には島の美形が勢揃いした。

海女部隊と奇襲部隊は軍船の死角に入っている。太陽の曙光《しょこう》が水平線から覗いた。

突然、凄まじい砲声が海面を震わせ、空に轟《とどろ》いた。

舳先の方向から白い煙が上っている。威嚇《いかく》射撃である。

間をおかず、舷側から数隻の艀が降ろされ、それぞれ乗組員を満載して浜辺へ向かって来た。

英次郎が予測した通りの展開である。

「奇襲部隊、海女部隊、出ませい」

英次郎の命令一下、村雨、貴和以下奇襲部隊、および海女部隊が海に入った。

海女部隊はどの辺りで艀に接触できるか、心得ている。

奇襲部隊はそれぞれが節を抜いた竹を持ち、海中で呼吸をつなぎながら、母船に忍び寄っている。

空は完全に明け離れていた。決戦の火蓋《ひぶた》が切られようとしていた。

三艘《そう》の艀に分乗した狼は約四十四。母船には十人ほどが残っていると英次郎はみた。

上陸部隊は、それぞれに火器を持っているのが見える。

それに対して、我が方の兵力は三分の一。花火玉を除いて火器は数挺しかない。

その他、流人や島民はいるが、さしたる戦力にはならない。むしろ足手まといになるだけである。

だが、これだけの兵力で向かい合わなければならない。

一統は、洋剣遣《づか》いと立ち合ったことはあるが、火器で重武装した異国の海賊と向かい合うのは、初めてである。

艀は、敵の顔が読めるほどに接近して来ていた。

「まだ出るな。鉄砲の的になるだけだ」

英次郎が、逸《はや》り立つ陸戦部隊を抑えた。

前後して海上に異変が生じた。

浜辺に接近した艀が、なにもないのに大きく揺れて重心を失い、転覆した。

つづく第二艀《け》、第三艀も、同じように覆された。

艀上の狼たちは、なにがなんだかわからぬ間に、海中に放り出されていた。抱えていた火器を放り出し、あるいは後生大事《ごしょう》に抱えていた火口が濡れて、ものの役に立たなくなっている。

浜辺から少し離れた水深が深い海域に放り出された狼たちはうろたえて、浜に向かって泳いだ。

そこを待ち構えていた英次郎一統と、一統から稽古《けいこ》を受けていた若い島民たちが一斉に迎え撃った。

「突いても叩《たた》いても構わぬ。船に帰すな」

英次郎は呼ばわりながら、よれよれになって浜辺にたどり着いた狼どもの手足を斬っていた。戦闘能力を奪えば、殺す必要はない。

狼が抱え持っていた役に立たない火器は、取り上げられた。

海に放り出され、母船に泳ぎ帰ろうとしていた数匹の狼は、海女たちに寄ってたかって海中に引き込まれた。

束の間に勝敗は決した。

一方、村雨は海戦の奇襲に馴《な》れている。貴和は敵の大船を乗っ取った経験がある。

奇襲部隊は、母船の留守部隊に発見されることなく母船にたどり着き、舷側に鉤縄《かぎなわ》を取りつけて上甲板《じょうかんぱん》に這い上がっていた。

留守部隊が気がつき、仰天して迎え撃とうとしたが、村雨の手裏剣と、貴和の糸刃によって、あっという間に制圧された。

英次郎が推算《すいさん》した通り、留守部隊は十人であった。

母船制圧の狼煙《のろし》を打ち上げようとした瞬前《しゅんぜん》、砲声と共に上甲板の一部が吹っ飛んだ。

村雨、貴和以下奇襲部隊は、危ういところで甲板に這って、危険を躱《かわ》した。

船長らしき男が舳先《へさき》に据えられた砲身を百八十度逆転させて、奇襲部隊のいる上甲板を撃ったのである。

自船を破壊することを覚悟の上での反撃であった。

船長はまだ砲煙が上がっている方向にいる村雨や貴和たちに、なにごとか叫んでいた。異国の言葉はわからぬが、

「降伏しなければ撃ち殺す」

というような言葉を叫んでいるらしい。

船長の気迫に押されて、奇襲部隊は身動きできなくなった。

奇襲部隊が降伏しない限り、船長は自爆覚悟で二発目を発射するかもしれない。動けぬまま、なにをおもったか、貴和が笛を吹いた。

同時に海面から黒い物体が宙に跳ね上がった。船長が黒い物体に注意を向けた一瞬を狙って、村雨が打ち込んだ手裏剣が船長の利き腕に命中した。攻守、再び逆転した。

黒い物体は、貴和が呼んだイルカであった。

こんなこともあろうかと、貴和があらかじめ島に呼び寄せていたイルカが、奇襲部隊の危機を救ってくれたのである。

メインマストに、白地に太陽を模した赤い丸をのせた旗が揚げられた。

浜辺では、すでに上陸狼が一匹残らず制圧されていた。

火力・兵力共に決定的に優勢な異国海賊船に圧勝したのである。島は沸《わ》き返った。

英次郎のただ一つの眼鏡ちがいは、足手まといと当てにしていなかった島民や流人たちが兵力不足を補い、海賊を誘う罠の餌《えさ》になった美形の女たちや、浜辺近くで狼たちを迎撃し、一統が最も恐れていた火器を無力にした海女部隊が、絶望的な戦勢を一挙に勝利に導いたことである。

この対海賊戦によって、島は、島民、流人、英次郎一統、および江戸から派遣されている役人たちを強い絆《きずな》で結び、一体とした。

恐らくこの噂を聞きつけた異国の海賊船は、この島を敬遠するであろう。

配流された英次郎一統が、強力な異国海賊船を撃破した報せは、速やかに江戸に伝わった。

幕府は驚嘆し、改めて英次郎一統の実力を思い知らされた。

鎖国政策を堅持している幕府にとって、我が国の領有である離島に異国船が寄港するだけでも一大事である。

これまでにも遠洋航海途上の異国船が、水や食料の補給を求めて寄港した事実はあるが、人道上、これを拒めず、幕府としては大目に見ていた。

悪質な異国船寄港の危惧《きぐ》がないではなかったが、幕府には離島の防衛力はなかった。

その危惧が初めて現実となった。島に流されていた英次郎一統が、これを撃退するに止まらず、完膚《かんぷ》なきまでに撃滅した事実にいかに対処すべきか、幕閣はうろたえた。

泰然自若《たいぜんじじゃく》としているのは、当代将軍だけである。

「一時、一統を蝦夷地《えぞち》の離島に移してはいかがでござろうか」

大老格の吉保が提案した。

閣議に列席した老中たちは、吉保が提議した意味を察知している。

離島とはいえ、江戸に比較的近い群島の流刑者たちが異国人と触れ合うことは、幕府にとって面白くない。

流人が異国人と結んで、幕府に謀叛《むほん》を企むのを恐れている。異国船と接触した流人を一時期的にも蝦夷地へ移せば、謀叛を防げる。

「それには及ぶまい」

当代が悠然として口を開いた。

「されど、英次郎一統は流刑に処せられ、上様に対し奉《たてまつ》り、怨《うら》みを蓄えておるやもしれませぬ。海賊をまぐれ当たりに撃破した余勢を駆って、謀叛の旗を翻《ひるがえ》すやもしれず、蝦夷地へ再遠島申し渡すのが安全と愚考仕《つかまつ》ります」

「もし一統が余に怨みを含みまかりおるとすれば、蝦夷地への再配流は、さらに謀叛を促すのではないのか」

「畏《おそ》れながら……蝦夷地ならば江戸から遠く、仮に叛旗《はんき》を翻《ひるがえ》したところで、七夕飾《たなばた》りのようなものにすぎませぬ」

「蝦夷地はオロシャ（ロシア）に近い。オロシャと結べば、海賊どころではないぞ」

と当代に反論されて、吉保は返す言葉に詰まり、黙した。

当時、ロシアはピョートル一世による改革が行われ、積極的な政策を実行して、絶対君主制を確立していた。

「案ずるには及ばぬ。英次郎一統は、決して余に叛旗を翻さぬ。むしろ、此度の勲功《くんこう》を賞し、江戸へ召還してはどうか」

と当代は、吉保が最も恐れていることを提案した。

英次郎一統が帰府すれば、江戸の治安を維持する最強の軍団となることは目に見えている。

幕府の秘密に近づきすぎた過激な行動を捉えて遠島を申し渡したものの、これは当代が幕閣と英次郎一統に挟まれて絞り出した苦肉の沙汰《さた》であった。

吉保はだれよりもよくそのことを知っている。

猿蓑衆の崩壊と共に、どんな沙汰を申し渡されても異議は唱えられない吉保が同じ地位を維持できるのは、当代のおかげである。

当代は、すべてを察している。吉保を処分すれば、家宣の側近である間部詮房や新井白石、また家宣の寵妾お喜世の方の波乱を呼ぶ。そうなれば、継嗣《けいし》としての家宣の地位も揺れてくる。

それはなんとしても回避しなければならない。この処置を誤れば、徳川家は分裂しかねない。分裂すれば家宣の即位はない。

とりあえず、応急処置として英次郎一統を離島に流し、吉保を救って、揺れている家宣の地位を安定させたのである。

当代の英断によって、焦眉《しょうび》の危機は回避した。

「上様には、英次郎一統を江戸へ呼び返すおぼし召しにあられましょうや」

と仙石伯耆守が問うた。

「余が呼び返さずとも、一統は帰府するであろう」

当代は、当たり前のことのように言った。

赦免《しやめん》の沙汰もなく、勝手に帰府するとなれば、島抜けである。当代は、一統の島抜けを予想しているようであった。

ということは、異国海賊船を撃破した英次郎一統の実力を警戒した幕府が、彼らをさらに遠隔の地への再配流を予想しての島抜けを、当代が重ねて予測していることになる。

(恐るべき上様の洞察力……)

伯耆守は内心、舌を巻いた。

島では、海賊を撃破し、海賊の死者七名、負傷者など、船長以下五十名は捕虜になった。

軽傷者は貴和や村雨が、おそでの見よう見真似で応急手当てを施した。

彼我差別せずに手当てをされて、捕虜は少し心を改めたようであった。

重傷者は六名中二名が死亡し、船長以下残りの四名も、貴和や村雨の手に余った。

それに対して、一統と島側は、数名が軽傷を負ったのみで、損害ゼロである。

地役人が江戸に捕虜の処置を問い合わせたが、返答はなかった。

「このままでは死にます」

貴和が言った。

「海賊襲撃の報告は、江戸に届いているはずだが、なしのつぶてだ。恐らく江戸は、我々と海賊の捕虜を蝦夷地、あるいは佐渡《さど》に移し流すつもりにちがいない。移動中、重傷者は確実に死ぬ」

と英次郎は指摘した。

「見殺しにしますか」

村雨が問うた。

「重傷者を助けるには、江戸へ行く以外にない。江戸には、おそでさんがいる」

英次郎はおもい詰めたような顔をした。

「しかし、島抜けをしなければ、江戸へは行けませぬ」

村雨が言った。

「人の命が第一だ。江戸へ行こう」

「我々と捕虜全員を運ぶ船がありませぬ」

貴和が言った。

「船はある」

英次郎が、沖に擱座《かくざ》したようになっている海賊船を指さした。満潮時を狙って引っ張れば沖へ出せる。

「まさか、海賊船を……」

一統は驚いた顔をした。

村雨は大船を操れる。捕虜に操舵させてもよい。船長は重傷である。一日も早く江戸へ行かなければ、船長以下重傷者の命が危ない。

「直ちに錨《いかり》を上げ、帆を張れ」

英次郎は命じた。

身振り手振りで意思の疎通が多少できるようになった海賊は、捕虜や、重傷者を江戸へ運んで手当てをするという意図を察知したらしく、協力的であった。

島民や流人に引っ張られて、潮に乗り海賊船は岩礁から離れた。

一年数ヵ月、島の暮らしを共にした島民や流人たちは、涙を流して別れを惜しんだ。

「泣くな。また悪いことをして戻って来る」

陣十郎以下四人が言ったので、頰《ほお》を濡らした島民や流人たちが、どっと沸いた。

幸いにも天候に恵まれ、船は江戸へ向けて快走した。イルカの群が海面に跳ね上がりながら追って来た。

島の浜辺では、相互に視野から外れるまで手を振っていた。

島影が水平線に霞《かす》むまで目を向けていた英次郎が、

「さて、江戸は我らをどのように迎えるか」

と、つぶやいた。

「江戸は、我らの入港を拒むやもしれんな」

道之介が言った。

「そのときはなんとする」

主膳が問うた。

「江戸湾に押し入るまでよ」

英次郎は成算があるように答えた。

「まさか、お主、大砲をぶっ放すつもりではあるまいな」

道之介が言った。

「入港を拒めば」

「お主……」

道之介は呆《あき》れて、開いた口が塞《ふさ》がらぬというような表情をした。

「案ずるな。一発の空砲で江戸は腰を抜かす。井の中の蛙《かわず》、江戸は手も足も出ぬであろう。異国の火力の前に、刀や槍を振り回す滑稽《こっけい》な構図をおもい知るであろう。蛙に異国の実力をおもい知らせるよい機会ではないか。我らは島抜けではない。異国の威力を土産《みやげ》に持ち帰るのだ。両国の花火を集めて出迎えても、おかしくない」

英次郎は一統を励ました。

船長以下、捕虜を鹵獲《ろかく》した海賊船に乗せて江戸へ連行した。船名は「アルバトロス」と船長が口を割った。

予定通り江戸湾に入港したアルバトロスを、船手頭以下多数の船が出迎えた。すでに下田の番所から報告が届いているらしい。警戒はしながらも、島抜けの囚人としてではなく、招かれざる客として対応しているようである。

「おそで先生が、お出迎えなされておる」

目の利く村雨と貴和が、出迎え舟の一艘におそでを見つけたらしく、かさねがいないた。

おそでを乗せた艀が舷側に近づくと、一統は歓声を上げた。

縄梯子《なわばしご》が下ろされ、一統の手が伸びた。

「どなたの手につかまればよいか、迷うわ」

おそでが嬉《うれ》しい当惑をしている。

「最初におそでさんを見つけた村雨と貴和が引っぱり上げろ」

英次郎の指示に従って、おそでは上甲板に引き上げられた。

一統が取り巻く中、おそでは再会の喜びを交わす間もなく、負傷者の手当てを始めていた。

まず重傷の船長から始めて、三人に手当てをし、軽傷者に取りかかる。

「かなりの深傷《ふかで》ですが、生命力が傷に勝《まさ》っています。皆さん、たぶん助かるでしょう」

おそでの言葉に、彼我躍り上がって歓声を上げた。

ふと気がつくと、一統と海賊が抱き合って上甲板を跳ねている。

負傷者を船から艀に移し、品川から大八車《だいはちぐるま》に乗せ換えて、手当て所に運ぶ。

おそでは久しぶりに、かさねの背に跨《また》がった。

噂を漏れ聞いたらしく、品川には好奇心の強い江戸っ子が群れ集まっていた。

祖式弦一郎が手下を引き連れて護衛した。

江戸に着くやいなや、島抜けとしてお縄を頂戴《ちょうだい》するとおもっていた一統は、弦一郎率いる町方の丁重な出迎えに面食らった。

これもご当代の配慮にちがいない、と英次郎はおもった。

当代将軍は、後代家宣を取り巻く側近の野望、すなわち将軍交代の幕府の秘密に迫りすぎた英次郎一統のほとぼりをさますまで遠島に処したが、彼らを罪人とはみていない。

当代は、むしろ英次郎一統に感謝と、謝罪を胸中に含んでいた。

いつ江戸へ呼び返すべきか、ほとぼりがさめるのを待っていた当代は、島を襲った異国海賊船を打破した一統を、よい機会とばかり、呼び返そうとした。

双方のきっかけが期せずして一致したのである。

だが、一統の帰府後、当分の間、当代から召しの沙汰はなかった。

英次郎には、当代の胸の裡《うち》がよくわかっている。

宥免《ゆうめん》の沙汰《さた》を下す前に、英次郎一統は勝手に島を離れた。その行為は、あくまでも島抜けである。

罪人として勝手に江戸へ帰って来た者共が、当代将軍から謁見《えっけん》を賜《たまわ》れば、法が乱れる。

泰平の御代に、幕府権威の方針となる法制・礼式などを将軍自らが破っては、示しがつかない。

すでに島抜けを暗黙のうちに赦《ゆる》している。当然、幕閣から異議が出されるはずが、沈黙している。大老格の吉保は沈黙を守るよりも、むしろ閣議を避けている。

仙石伯耆守《ほうきのかみ》が、閣老たちの顔を見まわしてから、

「拙者の存念を申し上げたい。此度《こたび》の流英次郎一統の無断帰府は、人命を救うためのやむを得ざる沙汰と存ずる。そもそも英次郎一統の八丈島流しは穏当ではない。江戸城警備の任に疲労したゆえの休息を願い仕り、赦した御諚《ごじょう》にござる。

休息中の一統をにわかに襲った異国の海賊と戦い、我が国領有の島を護り抜いた上に、怪我人の命を救わんとして、急遽《きゆうきよ》、島を離れ、帰府したのは、まさに人の鑑《かがみ》とすべきと存ずる。

したがって、此度の突然の帰府は島抜けに非ず、お上のお赦しも得ずに、勝手なる帰府とおもわれ候《そうら》えども、深傷を負いたる者共の命を救わんとての火急の帰府にござれば、なんら咎《とが》めるべき筋合いもござらぬと存ずる」

と擁護した。

伯耆守の言葉に、だれも異議を唱えない。

本来なら吉保から一言二言あって然るべきところであるが、もともと閣議を避けた手前沈黙を守っている。

一応、幕閣筆頭の席を維持しているが、吉保の影は薄く、凋落《ちようらく》の色は拭《ぬぐ》えない。

異文化交換

英次郎一統は江戸へ凱旋したのである。

仙石伯耆守《ほうきのかみ》の弁護により、一統は久しぶりに江戸の自由を満喫した。

怪我人も、おそでの手当てによって命を留め、船長以下全員が英次郎への忠誠を誓った。

いずれ彼らを母国へ帰すべく考えていた英次郎に、海賊たちは江戸の暮らしが気に入ったらしく、永住を希望した。

異人四十一人を預かる余裕はない英次郎は、当惑した。

道之介以下一統は、久しぶりの江戸を愉しんでいるが、四十一名の元異国海賊を預けられた英次郎は、江戸を愉《たの》しむどころではなかった。

彼らの住居は、空いている組屋敷があたえられたが、寝室、寝床、雪隠《せっちん》（便所）、畳《たたみ》、食事、衣服など、すべて生活様式が異なるので、面食らっている。これを、おそでや貴和が懇切丁寧におしえている。

江戸へ連行されて、断頭台で首を切り落とされると覚悟していた船長オリザレンコと、水夫長ガブリエル以下の海賊たちは、一人一人手厚い手当てを受けた後、住居まであたえられ、江戸の四民たちと平等に待遇されて、感動していた。

海賊一味は、英次郎一統が江戸の政府（幕府）に対して、かなりの影響力をもっていることに気づいた。

彼らは当初、捕虜に対するきめの細かい扱いを信用せず、なにか裏があるのではないかと疑っていた。

海賊は、長期の航海により欠乏していた食料、水、薪《まき》や、若い女たちを略奪、拉致《らち》するなど鎧袖一触《がいしゅういっしょく》と甘く見ていたのが、英次郎一統に完膚《かんぷ》なきまでに打ちのめされ、彼らが並みの集団ではないことを悟っていた。

江戸に連行されてからも、処刑どころか、傷の手当てをしてくれ、手厚い待遇を受けているのも、英次郎一統のおかげであるとおもっている。

つまり、一統に従っていれば、彼らの安全は保障されるという意識であった。

一方の一統は、江戸へ帰り、しばらくは島抜けとしてどんな処罰を受けるやも知れずと、戦々恐々《せんせんきょうきょう》とした日々を重ねていたが、仙石伯耆守から「おとがめなし」と宣言されて、ようやく久しぶりの江戸の風に馴《な》れてきた。

離島の潮風に比べて、江戸の風は人間臭《くさ》い。離島では、わずかな島民や流人の体臭は、潮の香りに吸い取られ、潮騒に消されたが、江戸は人間の息吹が濃厚であり、巷《ちまた》の陽気が騒然となって立ち上る。

幕府の開祖家康が「戦場から街角へ」を鍵言葉《キーワード》として、江戸の町づくりに取りかかっただけあって、武都として、京の都に対抗する意気込みがあった。

城下町は城を中心とした町家によって構成されるが、戦場から街角になった城下では、城は象徴にすぎず、町家が城下の殷賑《いんしん》を支える熱源になる。

こうして諸国津々浦々から天下の覇者家康の下に、一旗揚げようと志す威勢のよい人間が江戸へ集まって来た。

家康は、まず江戸の中心として、慶長八年（一六〇三）に日本橋を架け、ここを起点として五街道を全国へ延ばした。

豊臣家滅亡後、江戸城を象徴とした江戸は、海を埋め立て、日本橋を中心として町地が広がり、散らばっていた集落を呑《の》み込みながら、世界でもトップクラスの大都会を構成していった。

本来、武士の都としての町づくりだったが、戦争から泰平に移行して、町人や芸人や職人や、主を失った浪人などが集まって来たのである。

家康が当初描いた武都は、戦いではなく、商いや芸をもって一旗揚げようとする者や、食い詰め者によって、速やかに商都に変わっていった。

勢いはよかったが、脹《ふく》れ上がる人口に都市計画が追いつかず、かなり杜撰《ずさん》な町づくりとなった。

ほぼ武士と町人の人口が同じと推定されている江戸の武家地と寺社地が八・四割に達し、一・六割の町地に押し込められた町人は、まさに隣人の体熱が感じられるような、人口稠密《ちゅうみつ》な地域に暮らしていた。

その日暮らしの棟割《むねわ》り長屋の住人は、失うものはなにもない。極めて劣悪な住環境で、一日きざみに能天気に生きている。

杜撰な都市計画が、一日刻みで威勢よく愉しんでいる江戸っ子気質《かたぎ》を育んだのかもしれない。

そんな江戸の町づくりを根本的に変えたのが、明暦の大火であった。この後も二、三年に一度、大火は江戸を燃やしたが、その度に江戸は新しく生まれ変わった。

だが、江戸っ子気質は変わらなかった。むしろ火災から、仕事が生まれ、懐《ふところ》が温かくなる。

の特徴であった。

「江戸の華」と言われる火事を重ねる度、脱皮していくのが人間の坩堝《るつぼ》のような江戸
坩堝の中にいると、明日の保証はなにもなくとも、他人の体熱をうつされて、行く当てもない神輿《みこし》を、威勢のよい掛け声を合わせて担《かつ》いでいるようなものである。

人口が少なく、本土から切り離された島の暮らしから、江戸の坩堝に帰って来た英次郎一統は、いつの間にか自分たちも、行先不明の神輿を担いでいることに気づいた。

なにも生産しない。ただ担いでいるだけで、生きている手応えを感じている。

彼らが幾度か越えて来た死線にも命の手応えはあったが、神輿とは異なり、行く先は命じられていた。

生死いずれにしても必ず目標があり、進むべき、時には退くべき方位がわかっていた。

それが、久しぶりに帰って来た江戸にはない。

能天気。つまり、人生行先不明でも生きられるということである。

そんな江戸の坩堝に放り込まれていた英次郎に、仙石伯耆守から、

「直ちに城中御駕籠口《おかごぐち》に出頭せよ」

と命令がきた。御駕籠口への召し出しは上意である。

英次郎は一年十余月ぶりに登城した。

すでに上意が伝わっており、内桜田御門《うちさくらだごもん》から下乗橋を渡り、大手三之御門《おおてさんのごもん》を潜《くぐ》る。

いまは人形化した甲賀《こうが》忍者の末裔《まつえい》が先導に立ち、中之御門《なかのごもん》を潜り、中雀御門《ちゅうじゃくごもん》で書院番頭《しょいんばんがしら》が案内を交替する。本丸を通過、いよいよ殿中の奥へ進み、諸大名、幕閣の諸座敷の最奥に達し、新御番詰所《しんごばんつめしょ》から将軍「御座之間」の近くにある御駕籠口まで、最近侍の奥小姓が案内した。

当代はすでに出御し、障子を引き開けて、英次郎を待っていた。

「久しぶりじゃの。寂しかったぞ」

当代は満面に笑みをたたえて、英次郎を迎えた。近習《きんじゅ》も遠ざけられ、一対一で向かい合っている。

いまにして英次郎は、一統の遠島は、あまりにも幕府の秘密に迫りすぎた彼らを救うための当代の配慮であったことを悟った。

一統があのまま江戸に留まっていれば、幕府の総力を挙げてでも、彼らの口を封じなければならなかった。

離島での厚遇も、すべて当代の上意によるものであった。

「会いたかったぞ。皆の者、元気にしておるか」

下問しながら、当代の眼が少し潤《うる》んでいるように見えた。

「はは、もったいなき仰せ。一統の者、ますます元気溌剌《はつらつ》としてまかりおりまする」

「一統の者にもよろしく伝えよ。また、あの者どもと共に、巷《ちまた》をそぞろ歩きしたいものよな。かさねも健やかにしておるか」

「はは、かさねまで御心にかけたまわり、恐縮至極に存じ奉ります」

「堅い言葉はやめよ。左様申せば、市内微行《びこう》中、口中が火傷しそうな熱々の鰻《うなぎ》の蒲焼の味が、いまだに舌に刻まれておる」

「畏《おそ》れ入り奉《たてまつ》ります」

「蒲焼だけではないぞ」

当代が含み笑いをした。

「……と仰せられますと」

「浅草の茶屋で休憩したであろう」

「御意」

「あのとき、茶汲《く》み女から、別の渇きを癒《いや》してはどうかと勧められたが、別の渇きとは、なんであろうかの」

当代が謎をかけるように言った。

「さ、それは……」

英次郎は、返す言葉に詰まった。

「あの茶汲み女は、とれとれ（獲《と》れたて）の魚のように新鮮であった」

当代が遠方の雲を見るような眼をした。

「卑《いや》しき下層の女。拙者、おぼえておりませぬ」

「下層が卑しいとは限らぬ。むしろ雲の上にこそ、卑しさが蓄えられる。またの機会あれば、必ず下層に供をせよ」

と、当代は諭すように言った。

「あの節、威勢のよい町人が、屋根屋の金玉見下げたもんだと言ったが、あれはどういう意味じゃ」

「意味もなにもございませぬ。町人が飛ばした軽口にすぎませぬ」

「それを言うなら、見上げたもんだ。権現様が両腹痛えと笑っていると、別の町人が言葉を返したが、権現様と金玉はどんな関わりがあるのか」

「畏れ入り奉ります。礼を知らぬ町人共のご無礼、何卒、何卒、お気になさりませぬよう」

「気になどしておらぬ。殿中の左様、しからば、に比べて、町人の言葉こそ生きておる。意味はよくわからぬが、一語一語、心にぴたりとはまる」

「下賤《げせん》の者共のべらんめえにございまする。お忘れなされますよう」

「べらんめえとはなんじゃ……」

そんな会話がひとしきり弾んだ後、当代は表情を改めて、

「異国の海賊から、我が領有の離島をよく護り抜き、また、海賊共をよくぞ連れ帰った。其《そ》の方《ほう》共の深慮、感じ入った。さるによって、新たに申しつくる」

英次郎は姿勢を変えた。

「なんなりと仰せつけ賜《たまわ》りませ」

「其の方共が承知おきあるように、我が国は異国に対し、国を閉ざしておる。だが、此度《こたび》の海賊船近海離島の寄港に見る通り、いつまでも異国に、国を閉ざしつづけておるわけにはまいらぬ。我が国固有の文化は守られども、このまま鎖国をつづけるならば、我が国はいずれ世界から取り残されてしまうであろう。

現に、其の方共が離島に居合わせ、異国海賊船を降《くだ》したものの、島民や流人のみであったならば、離島は異国の領有島になったであろう。其の方共に降った海賊共から異国の智恵を学べ。

火器、軍船《いくさぶね》の構造《つくり》などはもとより、医術、医薬、衣服、住居、日々の暮らし方、農耕、言葉、火消し、町づくり（都市計画）、狼煙《のろし》（通信）、保存（記録）、政《まつりごと》（法律）、宗派（宗教）、芸能（芸術）、諸学（学問）をあますところなく学び取れ。決して捕虜として扱うな。異国の賓客《まろうど》、また師として尊崇し、彼らの知識や文物（文化）を学び集めよ。

見返りに、我が国の諸文物を惜しみなく教え返せ」

当代から下命された遠大な使命は、英次郎を緊張させた。改めて当代の深遠視野に驚かされた。

当代は、次の代だけではなく、幕府に限らず、この国のはるかな未来を考えている。

いまの状態で国を閉ざしつづけるならば、ただ一隻の異国のアルバトロスを江戸湾に迎えただけで敗北するであろう。

戦国期に発達した火器も、家康が全国統一を果たすと同時に、諸大名に武装解除を命じ、疑わしき者は、外様大名だけでなく、一門、譜代といえども容赦せずに改易（断絶）したため、火器は発達せず、刀槍も天下泰平の下に飾り物となり、異国に対する軍事力は甑具同然になってしまった。

その後れを、連行した海賊たちから学べという沙汰《さた》（命令）であった。

下城して来た英次郎は、

（当代は影ではなかった。徳川の覇権だけではなく、日本という国の未来を視野におさめている。

当代が家宣を次代として指名しながらも譲位しないのは、家宣の健康を案じているからであろう）

とおもった。

おそでは、家宣の身を気遣《きづか》っていた。

もともと蒲柳《ほりゆう》の体質《たち》であったが、西城に移ってから神経を遣《つか》うせいか、さらに虚弱になったようである。

御当代はまことに御気色《みけしき》麗しく、英次郎は、新たな命令と共に、面目を施して下城して来た。

当代の御意を、おそで以下一統に伝えると、彼らは、新たな下命に張り切った。

これまで一統に下達された勅命は、英次郎を通しての暗殺であった。

だが、此度はちがう。異国の海賊共から異文化を引き出せという上意である。

血のにおいの全くない、人間にのみ蓄えられる文化、それも外国《とつくに》の文化を引き出すべしという上意に、暗殺一筋に生きてきた一統は、衝撃的な感銘をおぼえた。

一統がこれまで生きてきた理由は、敵を食わねば自分が食われるからである。死線をさまよい、生き残《サバイバル》ってきた事実が彼らの人生であった。敵を殺すことによって自分が生き残る。それ以外のなんの理由もない。自分が生き残るためには、他人を殺さなければならない。自分にとって、なんの生産性もない人生である。

だが、此度の上意は、敵から新しい知識や、学術や、技術などの諸文化を引き出す役目である。

悪い文化も含まれているかもしれぬが、少なくとも下命の現場で血を流すことはない。しかも生産性がある。

彼らはこれまで、上からこのような命令を受けたことはなかった。

それだけに新鮮な発破《はっぱ》をかけられたように感じた。

当代の新たな内命に、一統は早速、従事した。

船長オリザレンコ、水夫長ガブリエルを筆頭に、海賊一人一人につき添って、異国の諸文化を学び取る。

驚いたことに、かさねまでが、異国の馬術を学ぶために、海賊を一人あるいは二人ずつ乗せて、馬場を走りまわっている。

道之介は主に文書、事務管理、記録、統計等、貴和は異国の操船術、海運等、村雨は砲術、帆船の製作、海外市場の情報、銀蔵は異国の薬草、弥ノ助は家畜の養育、主膳は異国の道具、おそでは医術に磨きをかけ、陣十郎以下四人組は洋上の航路や異国の交通、牢獄や処刑について学んだ。天文暦学者安井数哲は海賊からの文化吸収を聞きつけ、洋上での測候（気象観測）、天文等を学び、その他は英次郎が総ざらいをした。

ただ海賊たちから学び取るだけではなく、代替給付《ギブ・アンド・テイク》として日本の文化を教えた。日本と異国の文化の交換教授は、海賊たちも興味をもち、双方共に楽しみながら異文化を吸収していった。

異国文化の交換によって、海賊たちも、日本の暮らしに馴染《なじ》み、日本化していった。

まさに当代が狙った通り、異国の文化は、我が国の国力を補強した。

船長は織座連《おりざれん》、水夫長は冠太郎《かんむりたろう》と和名に変え、部下たちもそれぞれ和名に改めた。

英次郎一統は、新たな上意の下、戦闘集団から異文化建設集団に生まれ変わった。

破壊から建設へと百八十度の転換である。

当代は、後代の蒲柳《ほりゅう》体質を異文化によって補強しようとしている。軍事力を含めて強国に対応し得る後代を新築しようとしているのである。

交換教授の間、織座は、

「日本の花火を見たい」

と言い出した。特に江戸の花火は海外にまで聞こえていたらしい。

そもそも日本の花火は、徳川開府当時、明《みん》の商人が長崎《ながさき》にもたらし、江戸に伝えられたものである。

だが街中での花火は禁じられ、河口での打ち上げが許されたのが、万治《まんじ》の末（一六六〇）ころから、大名や旗本に盛んになって、趣向を凝《こ》らした納涼船を繰り出し、花火の打ち上げを競った。

特に不仲の大名・旗本が納涼船に槍衾《やりぶすま》を築いて、威勢を張り合った。

幕府は、それでなくとも犬猿の仲である大名と旗本の花火と槍衾の競い合いが血の雨を降らしそうな気配を恐れて、

「街中のみならず、河口においても花火一切仕るまじく、この段、固く申しつけらるべく候事」

と、隅田川から河口、江戸湾内での花火打ち上げを禁止した。

花火比べから武士の衝突を恐れての禁止であり、河口での町人の打ち上げは許容されていた。

まだ川開き前の時代であり、経済力をもち始めてきた町人が、夏に集中して花火を打ち上げるようになった。

それも次第に〝下火〟になり、海賊が連行されて来たときには、花火の季節外れとなっていた。

だが、織座らを来年の夏まで待たせるわけにはいかない。

祖式弦一郎に諮《はか》ったところ、豊臣連合の件で貸しのある（賊から守った）大店《おおだな》、鹿《か》島屋《しまや》や店勢を伸ばしている恵比寿屋《えびすや》などに働きかけ、季節外れの花火大会を催すことになった。

安井数哲が予測した適度の風が吹く晴夜に、両店主催の花火を打ち上げることになった。

耳の早い江戸っ子や、花火を禁じられた武家までが、河口に臨む岸辺に集まって来た。

さすが好奇心の強い江戸っ子だけあって、明るいうちから、よい場所を取ろうとして、河口の岸辺は立錐《りっすい》の余地もないほどに埋まっている。

当時、江戸の娯楽といえば、芝居と吉原見物ぐらいであるが、娯楽に飢《う》えた江戸っ子は、季節や天候、江戸の華の火事までも娯楽にしてしまう。

衣服や髪結《かみゆ》いや、小道具までが娯楽の対象になる。

冬になれば初雪争い、雨が降れば雨見、花が咲けば、趣向を凝《こ》らした花見の宴《うたげ》を開き、花の下で花を見ずに、どんちゃん騒ぎを繰り広げる。水溜《みずた》まりに釣り糸を垂らす者がいれば、それを見物している者もいる。

季節の催事や、祭りなどは絶対に逃さない。

暑ければ夕涼み、寒ければ火の用心、亭主が稼ぎに出て、閑《ひま》をもて余す女房連は井戸端会議に明け昏れる。

湯屋や旅籠《はたご》には、幕府の禁止に背《そむ》いて、密かに湯女《ゆな》や飯盛女を置いて、春をひさぐ。

湯屋の二階には女風呂を覗《のぞ》く窓が取り付けられ、風呂に入らず、窓から覗いてばかりいる常連もいる。

女が絶対的に少ない江戸では、女そのものが娯楽になっている。

そんな江戸っ子が、最も好むのは花火であった。まだ鍵屋の全盛期前であるが、江戸っ子の大好物である花火と聞いて、江戸湾に面する埋立地の石を畳んだ切岸《きりぎし》は、見物人で埋まった。

賓友《ひんゆう》の誓い

数哲の予測通り、空は晴れ、適度の風があって、煙が溜《た》まらぬ絶好の花火夜となった。

この季節の日没は早く、水平線に林立する雲の頭を染めていた夕焼けの反映は直ちに色褪《いろあ》せ、昏れ優った空に無数の星が、あるいは密集して、あるいは鏤《ちりば》められて、瞬《またた》いている。

欠けた月が、置き忘れられたように高所に張りついている。

河口から岸に近い江戸湾には、花火見物客を満載した大小の舟が、海面が見えないほどに浮かんでいる。

沖の方には千石《せんごく》級の大船が、それぞれの位置に碇泊している。

河口に最も近い永代橋は、見物人で埋まっている。

艀《はしけ》や猪牙舟《ちょきぶね》が、大船と陸《おか》の間を忙しく往復しているのは、沖の方から花火を見物したがる富裕な花火客を運んでいるのであろう。

日はとっぷりと昏れ、川風が急に冷たくなったが、花火客は意に介さない。

定刻がきた。

轟音《ごうおん》と共に、初発が夜空に炸裂して、豪勢な光の傘《かさ》を開いた。地上、水上から見物客の歓声が、津波のように盛り上がった。

つづいて金波《きんぱ》、銀波《ぎんぱ》、光露《こうろ》などが相次いで打ち上げられ、満天の星と欠けた月を消去した。

文化の交換教授として花火を注文した海賊集団は、岸の最上等の見物席をあたえられ、初めて見る日本の花火に驚嘆していた。

江戸の花火の特徴は、数千発の玉を息継ぐ間もなく打ち上げる速度と多色の配合にある。

紅・緑・青・紫・黄を基本五色として、つづいて花笠《はながさ》・提灯《ちょうちん》・万灯《まんどう》・藤など、吊物《つりもの》が夜空に吊《つ》るされ、型物として、落葉松《からまつ》・梅・桜・三重輪《さんじゅうわ》などが追いかけ、見上げる花火客の顔を塗り替えながら、海と空を轟音と共に幻想的に彩る。

天空狭しとばかり妍《けん》を競う光り華の群落は、花火客を千変万化する色彩で包み込んでしまった。

周囲憚《はばか》らぬ見物客の盛大な歓声が、花火の炸裂音を追いかける。

その瞬間であった。沖の方に圧倒的な爆発と共に、閃光《せんこう》が海面から空へ向かって巨大な火柱を発射したように迸り、規模の異なる轟音が、花火客の耳を聾《ろう》した。しばし花火客の視界が白くなり、鼓膜が破れたかのように耳鳴りがつづいた。

これまでの花火の炸裂と轟音とは異なる、巨大な破壊力を伴った閃光と爆音であった。

束の間、花火客は啞然《あぜん》として喚声《かんせい》も出ず、強烈な閃光を射込まれて、視力を失っていた。

「あれはなんだ」

「船が燃えている」

「海賊船が燃えているぞ」

ようやく視力と聴力を取り戻した花火客たちが、沖を指差して騒ぎだした。

沖に碇泊しているアルバトロスが、炎に包み込まれているように見えた。

織座連以下海賊集団も、英次郎一統も仰天した。

沖の方の花火船から打ち上げているとおもっていたが、アルバトロスを打ち上げ船に使おうとは、予想もしていなかった。

花火師が無断でアルバトロスを打ち上げ船に使用して、誤爆したとしか考えられない。

と、織座連に問われても、英次郎には答えられない。

「これは、どういうことか」


花火見物どころではなくなった。

ようやく視力を回復した花火客の眼に、アルバトロスと重なって炎上しているような打ち上げ船が見えた。

「待て。アルバトロスが燃えているのではない。打ち上げ船がアルバトロスに接触して、一斉に火薬に火がつき、炸裂したのだ。打ち上げ船を引き離せば、延焼の恐れはなくなる」

英次郎の指令一下、一統と海賊集団が一斉に猪牙舟《ちょきぶね》に乗った。

英次郎の言葉通り、打ち上げ船が失火し、仕掛け花火に延焼して、ほぼ同時に炸裂しながらアルバトロスに接舷《せつげん》したらしい。

一統の猪牙舟が現場に着いたときには、打ち上げ船に人影はなく、纜《ともづな》をつないで、猪牙舟で引っぱり、打ち上げ船をアルバトロスから引き離した。

際どいところであり、アルバトロスに村雨が乗り移った直後、打ち上げ船は火の塊となった。

一統と集団が岸へ漕《こ》ぎ戻っても、花火客は帰らなかった。

想定外の打ち上げ船爆発に花火は中止となったが、花火客は番外の大爆発を至近距離から眺めたことに満足していた。

光と音が錯綜《さくそう》する芸術的な見物《みもの》が、過失による圧倒的な破壊力と火勢に蹂躙《じゅうりん》されたことを、めったに見られない見世物《スペクタクル》に出会ったとして、むしろ喜んでいる。

意外な事故によって中止になった花火の後、アルバトロスは、船手頭の配下、水夫同心によって警備された。

海賊集団は、折角の花火見物を中断されたものの、音と光の芸術を充分に堪能していた。

だが、英次郎は、この意想外の事故に不審を抱いた。

祖式弦一郎も、単なる事故ではないと疑っているようであった。

「打ち上げ船が失火した後、船上に花火師の姿はなく、その後も名乗り出てこないのは、おかしい。意図したものではない、不注意による失火であれば、叱責を受けるだけで、処罰はされぬはずであるが……」

と首をかしげた英次郎に、

「拙者も同感でござる。花火師ともあろう者が、打ち上げ船上で火を失したとはおもわれませぬ。さらに、出火した打ち上げ船をアルバトロスに接舷してござる。つまり、接舷前までは打ち上げ船にいたことになる」

と弦一郎が言った。

「つまり、花火師の失火ではなく、当初から企んでおったのではないか……」

「左様。花火大会を悪用しての真の的は、アルバトロスにあったのではないかと……」

「いかにも。されど、何故《なにゆえ》にアルバトロスを狙ったのであろうか……」

「もしや」

英次郎と弦一郎は同時におもい当たったことがあったらしく、顔を見合わせた。

「すなわち、出火した打ち上げ船の接舷時、だれがアルバトロスに乗っていたか……」

「おもい当たってござる。アルバトロスは、沖寄り、花火見物に随一の水域に碇泊《ていはく》しておった。船手頭の許可を得た者が、船の上から見物しておったはず……」

江戸湾に碇泊しているアルバトロスは、江戸っ子の興味の的になっている。

碇泊船は船手頭配下水夫同心の所管である。江戸の武士や町人も水夫同心に袖《そで》の下を遣《つか》い、アルバトロスの見物に来る。

花火の夜は、特にアルバトロスの人気は高かった。

「当夜、アルバトロスから花火見物をした者を調べ上げましょう」

弦一郎は、英次郎の心中を察したように言った。

二人は、打ち上げ船の炎上は、失火ではなく、花火の夜、アルバトロス船上にいた者を、船もろとも失わせるためであったと確信した。


翌日、英次郎は、当代から、直ちに御駕籠口《おかごぐち》に参り候べしと沙汰《さた》を受けた。

昨夜の今日とあって、英次郎は押《お》っ取《と》り刀《がたな》で御駕籠口へ出頭した。

当代は近習《きんじゅ》も遠ざけ、一人で御駕籠口で待っていた。過日、お召しを受けたときと雰囲気が異なった。

「近うまいれ」

当代は前置きを省いて差し招いた。言われた通り膝行して、息が触れるまでに近づいた。

「其《そ》の方《ほう》を見込んで、内命を下す」

「御尊命、謹んで奉戴《ほうたい》仕《つかまつ》ります」

英次郎は答えた。

「其の方共でなければ、履行《りこう》できぬ命である。心して聞け」

英次郎は浅尾藩《あさお》、および尾州《びしゆう》、紀州《きしゆう》両藩の探索を命じられた場面をおもいだした。

以前の密命よりも圧力が高い。

「其の方共一統の総力を挙げて、紀州藩主吉宗《よしむね》を護れ」

意外な名前を告げられて、英次郎は束《つか》の間《ま》、その意味を量りかねた。

「もとより吉宗の名前、存じおろうな」

「畏《おそ》れ入り奉《たてまつ》ります。紀州家二代藩主光貞《みつさだ》公の第四子としてお生まれあそばし、越《えち》前《ぜん》国丹生《にう》郡三万石を領した後、御本家二人の御継嗣《ごけいし》が夭逝《ようせい》され、近年、二十二歳にて御本家第五代に成りあそばされた英邁《えいまい》な御連枝《ごれんし》と承っております」

「さすがに鋭い耳よの。吉宗は徳川家系のうちで英邁中の英邁。それを妬む者もあるやもしれぬ。

其の方共、すでに察知しておる通り、後代は蒲柳である。野心多き者が後代の継嗣の地位を狙い、虎視眈々《こしたんたん》としておる。吉宗には野心はないが、彼を恐れる者があるやもしれぬ。其の方、一統を率いて、吉宗を影護りせよ」

当代は家宣の器を信じて継嗣として指名したが、その蒲柳の体質《たち》を案じて、家宣が短命であれば、彼の後継者をいまのうちから用意しておかなければならないと慮っ たようである。

「将軍に継嗣なきときは、御三家のうちより選べ」

という家祖家康の遺訓を奉じて、器ならざる者が後継を狙えば、徳川幕府は崩壊する。

英次郎が吉宗に関して伝え聞くところによると、単に頭脳明晰《めいせき》、英邁であるだけではなく、果断実行、行動力に優れ、近習《きんじゅ》二、三名を引き連れ、城下を忍び歩きながら視察するという。

馬術に優れ、愛馬に跨《また》がり遠出をすることもあって、家臣から「暴れん坊藩主」と陰で称ばれることもあるが、性格は優しく、家臣、領民、子供たちからも慕われている。

後代に指名された家宣公に万一のことがあれば、御三家を見渡しても、吉宗を超える者はいない。

次の次の将軍の座を狙う者があれば、吉宗はあまりにも無防備であった。

御当代は吉宗の性格を熟知しており、英次郎一統に密命を下したのである。

何者が吉宗を狙っているか……あるいは杞憂《きゆう》かもしれぬが、当代の深遠な視野《マクロ》には充分に実体のある脅威として映っているのであろう。

密命を受けた英次郎は下城すると間もなく、祖式弦一郎から驚くべきことを伝え聞いた。

弦一郎が船手頭《ふなてがしら》から聞き集めたところによると、花火当夜、アルバトロスに乗船して花火見物をした花火客の中に、折から参勤交代で在府中の徳川吉宗がいたということである。

ここにアルバトロスに接舷した打ち上げ船の炎上が、英次郎の不審をストンと埋めた。

打ち上げ船は、吉宗の花火見物を絶好の機会として、花火の故意の打ち上げ事故に隠れて吉宗を狙ったのである。

狙いは正確であったが、襲撃は失敗した。

それにしても、当代の予知能力は凄い。花火見物の夜の大変については、当代はなにも語らなかったが、すでに打ち上げ船の炎上が事故ではなく、吉宗暗殺の触手であることを察知していたのであろう。

ここに御当代の密命の意図と、打ち上げ船の炎上の謎がぴたりと一致した。

幸いにも襲撃は失敗に終わり、吉宗は無事であった。吉宗自身、自分が狙われていたことに気がつかないであろう。

当代の、次の次の代までの後継を固めておく深慮に、英次郎は改めて驚嘆した。

当代の密命を受けたものの、英次郎は下城して、改めてその重さを実感した。

吉宗を狙う者は尋常ではない。

祖式弦一郎から伝えられたアルバトロスを利用した吉宗暗殺計画は、そのスケールと、緻密《ちみつ》な設計などを見ても、これまで英次郎一統が向かい合ったすべての敵よりも、一段と優れている。

継嗣家宣が名君の器であることは疑いないが、蒲柳の体質が不安である。

家宣にもしものことがあれば、将軍を継ぐ者は、人望、先見力、判断力、統轄力、実行力等において、吉宗の他にない。

紀州家二代藩主の第四子として生まれ、越前国の小藩主として冷飯を食わされていた吉宗は、本家二人の継嗣が夭逝《ようせい》し、第五代本家当主となり、いまや徳川宗家の後継候補最有力者と見られている。

だが、仮に後継候補一位が吉宗にまわれば、御三家筆頭の尾州家が黙っているはずはない。

当代から密命を受けた英次郎は、組屋敷に一統を集めて、当代の内命を伝えた。

「まだ確定していない仰せ出だしであるが、御当代は御継嗣の後を紀州家の吉宗公に託す御存念である。御当代ならではの御深慮にあらせられるが、次々《じじ》後継の確保は必ずや尾州家の不満と反発を招くであろう。御当代はそこまで見通しておられ、事前に尾州家を抑えよ、という内分の御沙汰である」

と英次郎は一統の意見を聞くように一同を見まわした。

「さすがは御当代。次代の次代までお見通しとは畏《おそ》れ入った。つまり、尾州が黙っていないということは、先日の紀州侯アルバトロス船上で花火見物中、打ち上げ船が炎上したのは尾州の仕業というわけか」

敏感な道之介が言った。

「おそらくその筋にちがいないとおもっている」

英次郎はうなずいた。

「紀州には根来衆《ねごろしゆう》がおります」

村雨が言った。

根来寺を拠点とする僧兵集団は南都北嶺《なんとほくれい》で横暴を極め、信長、秀吉に弾圧された後、離散、家康に救われ、多年養われて、のちに紀州藩に仕えた。

昔、種子島《たねがしま》に漂着したポルトガル人から鉄砲を伝えられ、軍事力を強化した。

全国を平定した家康は火器を禁止したが、根来衆はその後、同じ紀州の雑賀衆《さいかしゆう》と連携し、さらに伊賀《いが》忍者と交わることによって、火器と忍法を合体《ジョイント》させた。

村雨は、この強力な軍事連合に吉宗が護られていると仄《ほの》めかしたのである。

「根来・雑賀の衆は確かに紀州藩に仕えているが、いまは多年の天下泰平で牙《きば》が抜けている。根来衆の末裔は御薬込役《おんくすりこめやく》と称ばれ、本来、御薬込役は鉄砲に火薬を詰め込む役職であったのが、せいぜい奥女中の御使い、御代参《おだいさん》に付き添う御供役《おともやく》に落ちぶれてしまった。

いまは辛うじて打ち上げ花火の工夫をしている。おそらくアルバトロスの花火見物も、紀州から連れて来た御薬込役の手配であろう」

と英次郎が説明した。

「つまり、紀州の護衛では甘いというわけだな」

主膳が口を挟んだ。

「そうだ。いまの紀州の護衛では吉宗公を護りきれぬ。護りきれぬどころか、蹴散らされるであろう。つまり、御当代は我らに、吉宗公の陰供《かげども》をせよということだ」

一統は顔を見合わせた。

紀州藩第五代の藩主、吉宗の陰供は極めて難しい。

当代は言葉では明示しなかったが、吉宗を狙う者は、尾州藩が累代養っている甲賀忍軍の中興の祖・木村武右衛門《きむらたけえもん》の編成した暗殺集団であろう。代々引き継がれて、宗家に対する秘密軍事力を蓄えている。

尾州藩第二代光友寵臣《みつともちょうしん》の席を独占した清寿院《せいじゅいん》は、歴代山伏《やまぶし》の修験頭《しゅげんがしら》であり、以来、甲賀《こうが》忍軍と山伏の接点になっていた。

宗家に対する謀叛力として、当代影将軍から密命を受けた英次郎一統は、尾州の秘《ひ》匿《とく》軍団を徹底的に叩いたが、御三家の筆頭尾州家に疵《きず》はつけられない。

こうして尾州の秘匿軍事力は、全国の山伏集団と連携して生き残っている。

もし吉宗が暗殺されれば、家宣の後継は尾州にまわってくること必定である。

影将軍としては、徳川安泰のために、それは絶対に避けなければならない。尾州家を疵つけず、宗家の運営を吉宗に引き継がせることが徳川の未来を保障するという難命である。

それを英次郎一統だけで完遂しなければならない。

「この陰供は、我らが影になるだけではなく、尾州家そのものを陰に隠さなければならない。これまで乗り越えてきたすべての岩礁《がんしょう》（隠れ岩）よりも難しいぞ。

敵は隠れ岩であり、いくら破壊しても構わぬ。だが、決して陸上に破片を残してはならない。我らは陰供であり、彼我いずれも陸地ではなく、海中にて戦うことになる。我ら一統、海（見えない所）の藻屑《もくず》となっても救け上げることはできぬ。我らは一人欠けても我らではなくなる。決して死んではならぬ。

我ら一人死んでも全員が死ぬ。我ら全員は一心同体である」

英次郎は一統に言い渡した。

「いまや正義のためでもなければ、御後代、徳川宗家、忍者としての使命のために戦うのでもない。一統が全員、顔を揃《そろ》えて生きるために戦うのである」

英次郎の言葉に、一統はしんとなって黙したが、

「私ら死ぬことはありません。おそで先生が付いておりやす。追うにしても逃げるにしても、かさねがおりやす。水の中では村雨さん、海にはイルカの女王貴和さん、盗む名人の銀ちゃん、どんな文書でも探し出し、集める道之介先生、片腕を常に隠して余裕のある雨宮の旦那、そして絶対不死身の英次郎統領。死ねと言われても死なない墓場不要の一統でやんす」

と弥ノ助が言った。

「こら、やの字、泥棒の名人とはなんだ。てめえこそ世間の声を盗み聞き、集めてくる大泥棒じゃねえか」

「なんだ、てめえこそ、他人の懐はすべて自分の懐、棺桶《かんおけ》の中身まで盗む名人じゃねえか」

「なんだと、この雲助野郎……」

と言い争いを始めた二人を仲裁するように、ひひひーんとかさねが嘶《いなな》いた。

「二人とも抑えて、抑えてと、かさねが鳴いているぞ。これが本当の賓友《ひんゆう》というものだ」

英次郎が言ったので、一同はどっと笑った。

解説

折笠由美子

今の若い人たちにはなじみがないと思うが、昭和の時代に「昭和元禄《げんろく》」という言葉が流行《はや》ったことがある。泰平で経済も発展した世相を元禄に譬《たと》えたもので、そのくらい元禄は平和な時代だと思われていた。戦乱のあとに復興を遂《と》げ、政治の安定と経済の発展をつかんだことに共通点をみたのだろう。

元禄の将軍は徳川綱吉《とくがわつなよし》で、このあたりから日本人の食事が三食になったと中学校で教わった記憶もある。一定以上の年齢の人にとっての元禄のイメージは、忠臣蔵、生類憐《しょうるいあわれ》みの令、それと一日三食になった時代、ではないだろうか。

『悪道』シリーズは、その綱吉が将軍だった時代を舞台に、伊賀《いが》忍者の末裔《まつえい》・流英次《ながれえいじ》郎《ろう》を中心とした一統が活躍するアクション満載の痛快作だ。シリーズ四作目は「五《ご》右衛門《えもん》の復讐」とあるように、石川《いしかわ》五右衛門がキーワードになっている。

この作品は「小説現代」誌上に二〇一四年三月号から二〇一五年六月号まで「悪道Ⅳ」として掲載されたのち、二〇一五年九月に講談社より『悪道　五右衛門の復讐』と改題されて刊行された。

宝永《ほうえい》期のある春の日、影将軍の市中微行《びこう》に同行した英次郎は途中で気になる浪人を見つける。その男の後を追わせたところ、男は両国《りょうごく》広小路で叩《たた》かれ屋《や》の大道芸をしていることがわかる。ところが腕自慢の男はお店者《たなもの》らしき男に首を刎《は》ねられてしまい、広小路は大パニック。なにしろ平和な町中で人の首が飛ぶのだから無理もない。

何かよからぬことが起きそうな英次郎の予感を裏付けるかのように、老舗《しにせ》の薬問屋の蔵の錠前が破られ、千両箱と大量の高麗人参《こうらいにんじん》が盗まれるという事件が起きる。

また少し時を遡《さかのぼ》り、元禄十七年二月には初代市川團十郎《いちかわだんじゅうろう》が「五右衛門」の熱演中に処刑人に扮《ふん》した生島半六《いくしまはんろく》に刺殺されるという事件も起きていた。

薬問屋の事件ののち、英次郎のもとを訪れた南町奉行所付同心の祖式弦一郎《そしきげんいちろう》は、團十郎を殺害した犯人が広小路で浪人の首を刎ねたお店者によく似ていたようだと話し、薬問屋の蔵破りの手口は石川五右衛門のやりかたそのものだと語る。

その後も蔵破りや殺しが起こる中、英次郎は一統のひとりの道之介《みちのすけ》からとんでもないことを聞く。なんと高家の古文書の中に、石川五右衛門は生きているという記述があるというのだ。もしそうなら秀吉《ひでよし》は五右衛門にとって恩人ということになり、子々孫々にわたって徳川の世の転覆《てんぷく》をはかってもおかしくはない。はたして五右衛門は生きていて、その子孫が徳川に怨《うら》みを持つ者たちとともに幕府転覆のための騒乱を引き起こそうとしているのだろうか。

森村誠一のミステリーでは、Aだと思って追っていくとBにつながり、その背後にはCが隠れており、という展開があり、さらなるどんでん返しが起こることがあるが、この作品でもその特徴はいかんなく発揮されている。時代小説にそうしたミステリーの要素を入れ、複雑かつスリリングに展開させていくことでは、やはり図抜けていると思わされる。

ところで、お家騒動ならまだしも、天下泰平の世に世をひっくりかえしかねない騒乱のたくらみを展開させて現実味があるかということだが、実はリアリティをもつ要素がさりげなく文中に書き込まれている。

大名家の取《と》り潰《つぶ》しが多く、幕府に怨みをもつ浪人が多かったのもそのひとつだが、作者は庶民の生活のありかたにも十分注意を払っているのだ。

例えば次のさりげない記述に目を配ってほしい。

「元禄以前の江戸は流動期であり、大名以下、町人の移動が激しかった。それが元禄の末期から宝永にかけて、影将軍の善政のもと、大名の取り潰しや、転封もほとんど終わり、武士も町人も移動から定着に変わってきた。その分、近所衆の仲が緊密になるかとおもいきや、むしろ疎遠になった」

こんな記述もある。

「武家地・寺社地が約八割以上を占め、二割弱の残地に町人を押し込めている。その二割の町地すら、強制移動が激しく、町人間の連帯は薄い」

一般に江戸の庶民は近隣との付き合いが厚く、大家は面倒見がよく、互いに助け合って生きているというイメージがあるが、少なくとも綱吉の時代はそうとも限らないらしい。

江戸の地誌『御府内備考』などをめくって町のなりたちをみると、実にあちこち替地があったのがわかる。明暦《めいれき》の大火をきっかけとして替えさせられた場所が多いが、それのみならず、寛文《かんぶん》や天和《てんな》、元禄であっても大名の屋敷になったり武家方の用地になったりしている。

定住の兆しは出てきたものの、まだまだ安心はできない。さらに人が増え、よくわからない人物も目につくようになる。これでは安定感は生まれにくい。加えて火事の多発である。

また本書に「江戸は武都であり、男が圧倒的に多い」とあるように、この時代の江戸は男の数が女より多く、家庭を持てない男も多くいた。人は持ち家をはじめ、大切なものが多くなればなるほど、今の体制を変えたくないと思うものだ。だが当時の庶民の多くは〝絶対に、今このままの生活を大事に維持したい〟という人は後世の人が思うほど多くはなく、そこに天下騒乱という物語のリアリティが生まれているのだと思う。庶民の目で時代背景をとらえた作者の目線に納得するし、都市を見る目の確かさをあらためて思い知らされる。

小説内では庶民は特に目立った活躍はしていないように見えるが、天下の存続を決めるのに無視できない存在なのだ。

一方江戸城の西城に目を向けてみれば、元禄、宝永で目立つのは将軍の側近の存在感だろう。『悪道』と『悪道　西国謀反』では柳沢吉保《やなぎさわよしやす》が暗躍したが、今回は間部詮《まなべあき》房《ふさ》がキーマンのひとりとなっている。猿楽師から近侍になり、綱豊《つなとよ》に従って西城入りしたあともトントン拍子に出世し、老中次席にまでなっているこの男が物語にどう絡《から》むのかも読みどころのひとつだ。詮房は『悪道　御三家の刺客』にも登場しており、気になる男だ。

詮房が守る家宣《いえのぶ》は西城に住んでいるが、その東には時の重臣たちの屋敷が置かれていた。『御府内沿革図書』を収めた『江戸城下変遷絵図集』を見ると、それらの屋敷は実に目まぐるしく変わっており、栄華盛衰を感じざるをえない。柳沢吉保や間部詮房の晩年と重ね合わせて見るとき、権力のはかなさを考えさせられる。

英次郎たちは影将軍とその後継の家宣、さらには徳川家を守る立場になってしまったが、秩序を守る側につく人間については意外に描きにくいものだ。そのあたりの説得力はどのように工夫されているのだろうか。

まず影将軍が私心のない聡明な人物として描かれていることが挙げられるが、一番は英次郎らが〝二度と戦《いくさ》を起こしてはならない〟と強く望んでいることだろう。徳川の世が崩れれば、またしても戦乱の世が訪れ、多くの人が血に染まり、焼き討ちに遭《あ》う。それをさせまいとする英次郎たちの固い決意は作者が戦争を知っているからこそ描けるものだと思う。そうした思いを主題にしたかったわけではないだろうが、やはりにじみ出てしまうのは、この著者ならではのものとしてストンと胸に落ちる。

さて本書『悪道　五右衛門の復讐』では火事や火がライトモチーフのように頻出《ひんしゅつ》する。

江戸の庶民は火事によって生命やわずかばかりの財産を失い、火事をなによりも恐れていたが、その一方で復興に伴う特需の恩恵を受けてもいた。

冒頭、影将軍と英次郎たちが一膳飯屋に入り、飯に納豆と味噌汁《みそしる》、それに豆腐と野菜の煮しめを注文するが、これはまるで今の定食、もしくはセレクションである。江戸時代の定食の始まりは、明暦の大火後、浅草金竜山《きんりゅうざん》の門前の茶屋で、茶飯、豆腐汁、煮しめ、煮豆を出したことだと言われる。悲惨な火災ののち、復興特需の中、新しい食文化が生まれたことになる。

火事と再生・進化を繰り返してきた江戸の町を語るのに、実にふさわしいオープニングではないだろうか。

物語の最後では英次郎たちは影将軍から新たな内命を受ける。この難命をどう果たすのか、期待が高まるラストである。

本書は二〇一五年九月に小社より刊行されました。

|著者| 森村誠一　1933年埼玉県熊谷市生まれ。青山学院大学卒。9年余のホテルマン生活を経て、1969年に『高層の死角』で江戸川乱歩賞を、1973年に『腐蝕の構造』で日本推理作家協会賞を受賞。1976年、『人間の証明』でブームを巻き起こし全国を席捲、『悪魔の飽食』で731部隊を告発して国際的な反響を得た。『忠臣蔵』など時代小説も手がけ、精力的な執筆活動を行なっている。2004年、第7回日本ミステリー文学大賞を受賞。デジカメ片手に俳句を起こす表現方法「写真俳句」も提唱している。2011年、講談社創業100周年記念書き下ろし作品『悪道』で、吉川英治文学賞を受賞する。2015年、作家生活50周年を迎えた。
森村誠一ホームページアドレス　http://morimuraseiichi.com

悪道《あくどう》 五右衛門《ごえもん》の復讐《ふくしゅう》

森村誠一《もりむらせいいち》

講談社文庫
定価はカバーに
表示してあります

2017年9月14日第1刷発行

発行者――鈴木　哲
発行所――株式会社　講談社
東京都文京区音羽2-12-21　〒112-8001
電話　出版（03）5395-3510
　　　販売（03）5395-5817
　　　業務（03）5395-3615

Printed in Japan

デザイン―菊地信義
本文データ制作―講談社デジタル製作
印刷―――豊国印刷株式会社
製本―――株式会社国宝社

ISBN978-4-06-293765-8

講談社文庫刊行の辞

二十一世紀の到来を目睫に望みながら、われわれはいま、人類史上かつて例を見ない巨大な転換期をむかえようとしている。

世界も、日本も、激動の予兆に対する期待とおののきを内に蔵して、未知の時代に歩み入ろうとしている。このときにあたり、創業の人野間清治の「ナショナル・エデュケイター」への志を現代に甦らせようと意図して、われわれはここに古今の文芸作品はいうまでもなく、ひろく人文・社会・自然の諸科学から東西の名著を網羅する、新しい綜合文庫の発刊を決意した。

激動の転換期はまた断絶の時代である。われわれは戦後二十五年間の出版文化のありかたへの深い反省をこめて、この断絶の時代にあえて人間的な持続を求めようとする。いたずらに浮薄な商業主義のあだ花を追い求めることなく、長期にわたって良書に生命をあたえようとつとめるところにしか、今後の出版文化の真の繁栄はあり得ないと信じるからである。

同時にわれわれはこの綜合文庫の刊行を通じて、人文・社会・自然の諸科学が、結局人間の学にほかならないことを立証しようと願っている。かつて知識とは、「汝自身を知る」ことにつきていた。現代社会の瑣末な情報の氾濫のなかから、力強い知識の源泉を掘り起し、技術文明のただなかに、生きた人間の姿を復活させること。それこそわれわれの切なる希求である。

われわれは権威に盲従せず、俗流に媚びることなく、渾然一体となって日本の「草の根」をかたちづくる若く新しい世代の人々に、心をこめてこの新しい綜合文庫をおくり届けたい。それは知識の泉であるとともに感受性のふるさとであり、もっとも有機的に組織され、社会に開かれた万人のための大学をめざしている。大方の支援と協力を衷心より切望してやまない。

一九七一年七月

野間省一

講談社文庫 最新刊

今野　敏　**ST プロフェッション**〈警視庁科学特捜班〉
連続誘拐事件。被害者は口々に「呪いをかけられた」と言う。常識外の事件にSTが動く!!

有沢ゆう希　原作 ムサヲ　**恋と嘘**〈映画ノベライズ〉
ある日、私たちは「恋」を通知される。恋愛禁止の世界を描いた禁断のラブストーリー！

宮城谷昌光　**湖底の城 六**〈呉越春秋〉
父兄の仇！　楚都を陥落させた叛逆の英雄・伍子胥《ごししょ》が「屍《しかばね》に鞭打つ」。胸躍る歴史ロマン。

森　博嗣　**サイタ×サイタ**〈EXPLOSIVE〉
依頼人不明の素行調査。連続して起きる爆発事件。そして殺人。Xシリーズ第5弾！

佐藤愛子　新装版 **戦いすんで日が暮れて**
亭主が拵《こしら》えた多額の借金を、妻は憤《いきどお》りに燃えながらも返済し……。直木賞受賞のベストセラー。

石田衣良　**逆《さか》島《しま》断《たつ》雄《お》**〈進駐官養成高校の決闘編2〉
権力闘争に明け暮れるなか、断雄のクラスで「最強トーナメント」が開催されることに！

姉小路　祐　**影のクロス**〈監察特任刑事《デカ》〉
繰り返される爆破と、警察関連人物の不審死。影の組織に戻橋が挑む！〈文庫書下ろし〉

梨　沙　**華《はな》鬼《おに》**
美しくも残酷な鬼の許嫁《いいなずけ》となった神無《かんな》の運命は？　傑作学園ファンタジー、ついに文庫化。

西澤保彦　新装版 **七回死んだ男**
殺されては甦り、また殺される祖父。孫は祖父を救えるか？　どんでん返し系ミステリ。

早坂　吝　**虹の歯ブラシ**〈上木《かみき》らいち発散〉
日本で最もエロい名探偵・上木らいちが、難事件をロジックで解き明かす。奇才の野心作。

森村誠一　**ねこの証明**
森村誠一講談社文庫100冊記念本は、エッセイ、小説、写真俳句と、まるごと一冊ねこづくし！

講談社文庫 最新刊

森村誠一 悪道 五右衛門の復讐
徳川泰平の世に、なぜ石川五右衛門の幻影が江戸を脅かすのか？　英次郎、必殺剣と対決！

周木律 伽藍堂の殺人 〈〜Banach-Tarski Paradox〜〉
異形建築は奇跡と不吉の島にあった。〝瞬間移動〟殺人とBT教団の謎。〝堂〟シリーズ第四弾。

小前亮 賢帝と逆臣と 〈康熙帝と三藩の乱〉
清のみならず中国史上最高の名君と言われる皇帝の聡明と英断を描いた長編中国歴史小説。

連城三紀彦 綾辻行人、伊坂幸太郎、小野不由美、米澤穂信 編 連城三紀彦 レジェンド2 傑作ミステリー集
ミステリーの巨匠を敬愛する超人気作家4人が厳選した究極の傑作集。特別鼎談も収録。

足立紳 弱虫日記
弱虫な俺が、死に物狂いで自分を変えようとした理由は。少年の葛藤と前進を描いた感動作！

奥野修司 徳山大樹 怖い中国食品、不気味なアメリカ食品
第20回「編集者が選ぶ雑誌ジャーナリズム賞」企画賞受賞記事に大幅加筆。〈文庫オリジナル〉

倉知淳 シュークリーム・パニック
肩肘張らない、でも甘すぎない、絶妙な新感覚の謎解き。大傑作本格ミステリ全6編収録。

新野剛志 明日の色
バツイチ職なしの吾郎が目指す仕事はギャラリスト!?　めげない男の下町痛快奮闘記。

法月綸太郎 怪盗グリフィン対ラトウィッジ機関
SFとミステリの美しき融合。傑作『ノックス・マシン』を発展させた、新たな代表作！

森川智喜 一つ屋根の下の探偵たち
奇妙奇天烈摩訶不思議な〈アリとキリギリス〉事件に挑む！　シェアハウス探偵ストーリー！

北原みのり 木嶋佳苗100日裁判傍聴記 〈佐藤優対談収録完全版〉
死刑判決が下った平成の毒婦、木嶋《きじま》佳苗《かなえ》とは何者だったのか？　佐藤優との対談を収録。

講談社文芸文庫

芥川龍之介　谷崎潤一郎

文芸的な、余りに文芸的な／饒舌録　ほか　芥川vs.谷崎論争

千葉俊二編

解説＝千葉俊二

昭和二年、芥川自害の数ヵ月前に始まった〝筋のない小説〟を巡る論争。二人の応酬を発表順に配列し、発端となった合評会と小説、谷崎の芥川への追悼文を収める。

あＨ3

978-4-06-290358-5

日野啓三

天窓のあるガレージ

解説＝鈴村和成　年譜＝著者

日常から遠く隔たった土地の歴史、自然に身を置く「私」が再発見する場所――都市幻想小説群の嚆矢となった表題作を始め、転形期のスリルに満ちた傑作短篇集。

ひＡ7

978-4-06-290360-8

三木　清

三木清文芸批評集

大澤　聡編

解説＝大澤　聡　年譜＝柿谷浩一

昭和初期の哲学者にしてジャーナリストの三木清はまた、稀代の文芸批評家でもあった。批評論・文学論・状況論の三部構成で、その豊かな批評眼を読み解く。

みＬ4

978-4-06-290359-2

町田　康　スピンク合財帖
町田　康　猫のよびごえ
舞城王太郎　煙か土か食い物〈Smoke, Soil or Sacrifices〉
舞城王太郎　世界は密室でできている。〈THE WORLD IS MADE OUT OF CLOSED ROOMS〉
舞城王太郎　熊の場所
舞城王太郎　九十九十九
舞城王太郎　山ん中の獅見朋成雄《しみともなるお》
舞城王太郎　好き好き大好き超愛してる。
舞城王太郎　NECK《ネック》
舞城王太郎　SPEEDBOY!
舞城王太郎　獣の樹
舞城王太郎　イキルキス
舞城王太郎　短篇五芒星
松尾由美　ピピネラ
松久淳・田中渉・絵　四月ばーか
松浦寿輝　花腐《くた》し
松浦寿輝　あやめ 鰈 ひかがみ
真山　仁　虚像の砦
真山　仁　新装版 ハゲタカ(上)(下)
真山　仁　新装版 ハゲタカII(上)(下)
真山　仁　レッドゾーン(上)(下)
真山　仁　グリード(上)(下)〈ハゲタカIV〉
真山　仁　そして、星の輝く夜がくる
毎日新聞科学環境部　理系白書
毎日新聞科学環境部　「理系」という生き方〈理系白書2〉〈この国を静かに支える人たち〉
毎日新聞科学環境部　迫るアジア どうする日本の研究者〈理系白書3〉
前川麻子　すきもの
町田　忍　昭和なつかし図鑑
松井雪子　チル☆
牧　秀彦　裂《れっ》帛《ぱく》〈五坪道場一手指南〉
牧　秀彦　凛《りん》々《りん》〈五坪道場一手指南〉
牧　秀彦　雄《ゆう》飛《ひ》〈五坪道場一手指南〉
牧　秀彦　清《せい》冽《れっ》〈五坪道場一手指南〉
牧　秀彦　美《び》剣《けん》〈五坪道場一手指南〉
牧　秀彦　無《む》我《が》〈五坪道場一手指南〉
真梨幸子　孤《こ》虫《ちゅう》症《しょう》
真梨幸子　深く深く、砂に埋めて
真梨幸子　女ともだち
真梨幸子　クロク、ヌレ!
真梨幸子　えんじ色心中
真梨幸子　カンタベリー・テイルズ
真梨幸子　イヤミス短篇集
まきの・えり　ラブファイト(上)(下)〈聖母少女〉
牧野　修　黒娘 アウトサイダー・フィメール
牧野修・巴亮介 漫画原作　ミュージアム〈公式ノベライズ〉
毎日新聞夕刊編集部　女はトイレで何をしているのか?〈現代ニッポン人の生態学〉
前田司郎　愛でもない青春でもない旅立たない
間庭典子　走れば人生見えてくる
松本裕士　兄弟〈追憶のhide〉
枡野浩一　結婚失格
円居　挽　丸太町ルヴォワール
円居　挽　烏丸ルヴォワール
円居　挽　今出川ルヴォワール
円居　挽　河原町ルヴォワール
松宮　宏　秘剣こいわらい
松宮　宏　くすぶり亦《また》蔵《ぞう》〈秘剣こいわらい〉
松宮　宏　さくらんぼ同盟

丸山天寿　琅《ろう》邪《や》の鬼
丸山天寿　琅《ろう》邪《や》の虎
町山智浩　アメリカ格差ウォーズ 99%対1%
松岡圭祐　探偵の探偵
松岡圭祐　探偵の探偵II
松岡圭祐　探偵の探偵III
松岡圭祐　探偵の探偵IV
松岡圭祐　水鏡推理
松岡圭祐　水鏡推理II 〈インパクトファクター〉
松岡圭祐　水鏡推理III 〈パレイドリア・フェイス〉
松岡圭祐　水鏡推理IV 〈アノマリー〉
松岡圭祐　水鏡推理V 〈ニュークリアフュージョン〉
松岡圭祐　水鏡推理VI 〈クロノスタシス〉
松岡圭祐　探偵の鑑定I
松岡圭祐　探偵の鑑定II
松岡圭祐　万能鑑定士Qの最終巻 〈ムンクの〈叫び〉〉
松岡圭祐　黄砂の籠城(上)(下)
松岡圭祐　シャーロック・ホームズ対伊藤博文
松島泰勝　琉球独立宣言 〈実現可能な五つの方法〉

松原始　カラスの教科書
益田ミリ　五年前の忘れ物
三好徹　政・財 腐蝕の100年
三好徹　政・財 腐蝕の100年 大正編
三浦哲郎　曠野の妻
三浦綾子　ひつじが丘
三浦綾子　岩に立つ
三浦綾子　青い棘《とげ》
三浦綾子　イエス・キリストの生涯
三浦綾子　あのポプラの上が空
三浦綾子　小さな一歩から
三浦綾子　増補決定版 言葉の花束 〈愛といのちの792章〉
三浦綾子　愛すること信ずること
三浦光世 三浦綾子　愛に遠くあれど 〈夫と妻の対話〉
三浦明博　死《し》水《すい》
三浦明博　サーカス市場
三浦明博　感染広告
三浦明博　滅びのモノクローム
宮尾登美子　新装版天璋院篤姫(上)(下)

宮尾登美子　新装版 一絃の琴
宮尾登美子　東福門院和子《まさこ》の涙(上)(下) 〈レジェンド歴史時代小説〉
皆川博子　冬の旅人(上)(下)
宮崎康平　新装版 まぼろしの邪馬台国 第1部・第2部
宮本輝　ひとたびはポプラに臥す 1〜6
宮本輝　骸骨ビルの庭(上)(下)
宮本輝　新装版 二十歳《はたち》の火影《ほかげ》
宮本輝　新装版 命の器
宮本輝　新装版 避暑地の猫
宮本輝　新装版 ここに地終わり 海始まる(上)(下)
宮本輝　新装版 花の降る午後(上)(下)
宮本輝　新装版 オレンジの壺(上)(下)
宮本輝　にぎやかな天地(上)(下)
宮本輝　新装版 朝の歓び(上)(下)
峰隆一郎　寝台特急「さくら」死者の罠
宮城谷昌光　俠骨記
宮城谷昌光　夏姫春秋(上)(下)
宮城谷昌光　花の歳月
宮城谷昌光　重《ちょう》耳《じ》(全三冊)

講談社文庫 目録

三津田信三 山魔《やまんま》の如き嗤《わら》うもの
三津田信三 水魑《みづち》の如き沈むもの
三津田信三 密室《ひめむろ》の如き籠《こも》るもの
三津田信三 生霊《いきだま》の如き重《だぶ》るもの
三津田信三 幽女《ゆうじょ》の如き怨むもの
三津田信三 スラッシャー 廃園の殺人
三津田信三 シェルター 終末の殺人
三津田信三 ついてくるもの
宮下英樹と「センゴク」取材班 センゴク合戦読本
宮下英樹と「センゴク」取材班 センゴク武将列伝
三輪太郎 あなたの正しさと、ぼくのセツナさ
三輪太郎 死という鏡〈この30年の日本文芸を読む〉
汀《みぎわ》こるもの パラダイス・クローズド〈THANATOS〉
汀こるもの まごころを、君に〈THANATOS〉
汀こるもの フォークの先、希望の後〈THANATOS〉
宮田珠己 ふしぎ盆栽ホンノンボ
道尾秀介 カラスの親指〈by rule of CROW's thumb〉
道尾秀介 水の柩
深木《みき》章子《あきこ》 鬼畜の家

深木章子 衣更月《きさらぎ》家の一族
深木章子 螺《ら》旋《せん》の底
深志美由紀《みゆき》 美食の報酬
三木笙子 百年の記憶〈哀しみを刻む石〉
湊かなえ リバース
村上龍 海の向こうで戦争が始まる
村上龍 アメリカン★ドリーム
村上龍 ポップアートのある部屋
村上龍 走れ! タカハシ
村上龍 愛と幻想のファシズム(上)(下)
村上龍 村上龍全エッセイ〈1976~1981〉
村上龍 村上龍全エッセイ〈1982~1986〉
村上龍 村上龍全エッセイ〈1987~1991〉
村上龍 超電導ナイトクラブ
村上龍 イビサ
村上龍 長崎オランダ村
村上龍 フィジーの小人
村上龍 368Y Par4 第2打
村上龍 音楽の海岸

村上龍 村上龍料理小説集
村上龍 村上龍映画小説集
村上龍 ストレンジ・デイズ
村上龍 共生虫
村上龍 新装版 限りなく透明に近いブルー
村上龍 新装版 コインロッカー・ベイビーズ
村上龍 歌うクジラ(上)(下)
村上龍 坂本龍一 EV. Café——超進化論
向田邦子 新装版 眠る盃
向田邦子 新装版 夜中の薔薇
村上春樹 風の歌を聴け
村上春樹 1973年のピンボール
村上春樹 羊をめぐる冒険(上)(下)
村上春樹 カンガルー日和
村上春樹 回転木馬のデッド・ヒート
村上春樹 ノルウェイの森(上)(下)
村上春樹 ダンス・ダンス・ダンス(上)(下)
村上春樹 遠い太鼓
村上春樹 国境の南、太陽の西

講談社文庫　目録

2017年6月15日現在